Katharina M. Mylius
Die Toten vom Magdalen College

AF286424

Mylius, Katharina M.: Die Toten vom Magdalen College. Hamburg, Dryas Verlag 2019

3., überarbeitete Auflage 2019
ISBN: 978-3-940258-39-7

Lektorat: Kristina Frenzel, Berlin
Korrektorat: Birgit Rentz, Itzehoe
Umschlaggestaltung: © Guter Punkt, München (www.guter-punkt.de),
Kim Hoang, unter Verwendung von Motiven von Shutterstock
Umschlagmotiv: „Asphalt Road" © Vitaly Krivosheev - Fotolia.com

Bibliografische Information der Deutschen Bibliothek:
Die Deutsche Bibliothek verzeichnet diese Publikation in der
Deutschen Nationalbibliografie, detaillierte bibliografische Daten
sind im Internet über http://dnb.ddb.de abrufbar.

Der Dryas Verlag ist Imprint der Bedey Media GmbH,
Hermannstal 199k, 22119 Hamburg

Die TOTEN vom Magdalen College

Krimi von
Katharina M. Mylius

 DRYAS

Für Oma Elfriede
In Liebe

Samstag,
17. Mai

WENN DIE STUDENTEN ausgeflogen sind, ist Oxford so friedlich, dachte Frederick Collins und blickte auf die Old Bodleian Library, die historische Bibliothek auf der gegenüberliegenden Straßenseite. Sie wurde von hellen Lampen angestrahlt und sah mit ihren Zinnen und Türmen aus wie ein kleines mittelalterliches Schloss. Seit einer Woche waren Semesterferien und die Studierenden, die nicht nur aus England, sondern aus der ganzen Welt für ihr Studium nach Oxford kamen, hatten die Stadt fluchtartig verlassen. Die engen Gässchen der Innenstadt waren wie leergefegt und Frederick hatte die alten, geschichtsträchtigen Gebäude fast für sich allein. Überhaupt fühlte er sich in dieser Stadt, als ob er in der Vergangenheit lebte, vor allem jetzt, da die Sonne untergegangen war und die Zeichen der Gegenwart mit ihr in der Dunkelheit verschwunden waren.

Frederick saß an einem der nur spärlich beleuchteten Holztische vor dem King's Arms, einem der ältesten Pubs Oxfords an der Ecke Holywell Street und Parks Road, und gefiel sich dabei, sich selbst zu bedauern. Es war ein lauer Samstagabend, ein Abend, den man eigentlich mit einer Frau verbringen sollte. Noch bis vor wenigen Wochen hatte Frederick jeden Samstagabend mit Susan in Liverpool in einem Restaurant am Ufer des Mersey gesessen, den Schreien der Seevögel zugehört und dem Wasser zugeschaut, wie es langsam hinunter in die Flussmündung floss und sich dann immer mehr mit dem Horizont verband. Diese Weite, diese unendliche Weite war das, was er am meisten vermisste. Abgesehen natürlich von Susan, die ihn für diesen aalglatten Immobilienschnösel verlassen hatte.

Bei dem Gedanken daran zog sich Fredericks Magen zusammen. Es tat noch genauso weh wie an dem Mittwoch vor ein paar Wochen, als Susan sich von ihm getrennt hatte. Seine Mutter hatte ihn von Anfang an gewarnt, hatte gesagt, dass Susan eine Frau war, die nie genug kriegen konnte. Tatsächlich hatte es Zeiten gegeben, da hatte Susan nicht genug kriegen können – von ihm. Doch das war nun vorbei. Frederick hatte es in Liverpool nicht mehr ausgehalten. Er wolle so weit weg wie möglich, hatte er zu seinem Vorgesetzten gesagt, egal wohin, und so war er in Oxford gelandet.

Wehmütig griff er nach dem Glas, das vor ihm stand, und trank den letzten Schluck Bier, der sich noch darin befand. Er war warm und schmeckte bitter. Dann begann das Smartphone in Fredericks Hosentasche zu vibrieren. Er zog es eilig hervor. Doch es würde wohl kaum Susan sein.

HEIDI GREEN STAND verschwitzt im Wohnzimmer im ersten Stock ihres neuen Mietshauses. Erst vor drei Tagen waren sie in die Walton Well Road Nummer 43 in Jericho gezogen. Der Stadtteil im Nordwesten Oxfords, der an den weitläufigen Naturpark Port Meadow angrenzte, hatte sich in den letzten zwanzig Jahren von einem heruntergekommenen Industrieviertel zu einer beliebten Wohngegend entwickelt, nachdem die Eisenwarenfabrik am Kanal in eine moderne Apartmentanlage umgebaut und die alten Häuser in der Walton Well Road renoviert worden waren. Heidi war heilfroh, endlich aus der kleinen Wohnung in der Marlborough Road im Süden Oxfords raus zu sein, die seit der Geburt ihrer Zwillinge viel zu eng geworden war.

Doch Heidi ging auf dem Zahnfleisch. Nach Stunden hatte sie es endlich geschafft, Ann und Max in ihrem neuen Zimmer zum Schlafen zu bringen. Sie stöhnte, denn um sie herum standen unzählige Umzugskartons, deren Inhalt die beiden Kleinen ausgeräumt hatten. Es war alles ein großes Durcheinander – ein noch größeres Durcheinander, als es ohnehin schon gewesen war. Heidi hatte den Umzug unterschätzt. Oder vielmehr hatte sie ihre eigenen Kräfte überschätzt. Erst seit wenigen Wochen arbeitete sie nach der Mutterpause wieder in ihrem alten Job als Kriminalkommissarin. Die Auszeit hatte sich wegen der Doppelbelastung mit den Zwillingen länger hingezogen, als Heidi es eigentlich geplant hatte. Nun fühlte es sich so an, als seien all die Jahre, in denen sie sich zur Kriminalkommissarin hochgearbeitet hatte, eine Ewigkeit her und als müsse sie sich ihren Kollegen noch einmal beweisen. Vor allem dem Neuen, der ihr als Partner zugeteilt worden war und der nur so vor Energie strotzte.

Ausgerechnet heute hatte ihr Mann auch noch nach Manchester gemusst. Richard, den alle nur Rich nannten, war Ingenieur, und im neu gebauten Trafford Center, einem Einkaufszentrum im Zentrum von Manchester, dessen Heizungsanlage Rich erst kürzlich abgenommen hatte, gab es irgendeinen technischen Fehler. Der Stadtverwaltung war es egal, ob es Wochenende war oder nicht, der Schaden musste behoben werden. Heidi würde allein mit all dem hier fertigwerden müssen. Ihre Eltern wohnten zwar in der unmittelbaren Nachbarschaft, nur eine paar Gehminuten entfernt in Summertown, doch Heidi wollte sie nicht um Hilfe bitten. Dann würde sie sich nur wieder anhören müssen, wie chaotisch sie war und dass sie den Umzug besser hätte organisieren müssen. Das würde sie nicht auch noch ertragen können.

Sie brauchte dringend eine Verschnaufpause. Also räumte sie sich einen kleinen Flecken auf dem roten Ledersofa, das noch immer mitten im Wohnzimmer stand, frei und wollte sich gerade setzen, als ihr Smartphone zu klingeln begann.

„Wo hab ich das blöde Ding bloß wieder hingelegt?", fluchte sie und kletterte zwischen den Umzugskisten herum. Schließlich fand sie die Kiste, in der das weiße Gerät vor sich hin surrte und klingelte. Sie hatte gehofft, dass es Rich wäre, der ihr sagen wollte, dass er bereits auf dem Rückweg war, doch auf dem Display stand: „Nummer unbekannt".

Heidi hielt sich das Smartphone ans Ohr und fragte: „Ja?"

„Inspector Green?"

Am liebsten hätte Heidi gleich wieder aufgelegt. Sie erkannte die helle Stimme des jungen, übereifrigen Sergeant Simmons sofort.

„Es ist Samstagabend, Simmons!"

„Tut mir leid, dass ich Sie stören muss, Inspector Green, aber im Magdalen College ist ein Mann zusammengebrochen. Tot! Er soll vergiftet worden sein!"

„Im Magdalen College? Aber es sind doch Semesterferien!"

„Heute findet dort ein Alumni-Dinner statt." Sergeant Simmons' Stimme klang aufgeregt und noch heller als sonst. „Chief Inspector Meyers will, dass Sie und der Neue das übernehmen. Ich mach mich gleich mit ein paar Streifenwagen auf den Weg, um das Gelände abzusperren. Dr. Goldberg und die Spurensicherung hab ich auch schon informiert."

„Ich bin so schnell wie möglich da", versprach Heidi.

Wenn es um die Aufklärung eines Verbrechens ging, legte sich in ihrem Kopf jedes Mal ein Schalter um: Es war wie bei einem Hund, der die Fährte aufgenommen hatte – nichts und niemand würde Heidi nun davon abhalten können, diesen Fall zu lösen. Auf einmal war ihre Müdigkeit wie weggeblasen und sie freute sich insgeheim darüber, dass sie einen guten Grund gefunden hatte, das Aufräumen noch etwas zu verschieben.

„Ähm, Inspector Green, eins noch …"

„Ja?"

„Könnten Sie den Neuen vorm King's Arms abholen?"

„Der Neue ist im Pub?", platzte es aus Heidi heraus. „Na, das kann ja heiter werden!"

„Es ist ja nicht so, dass der Mann nichts vertragen könnte …"

Heidi dachte an ihren neuen Kollegen, der erst vor wenigen Tagen aus Liverpool zu ihnen nach Oxford versetzt worden war und die massige Statur eines Rugbyspielers hatte. Er sah genau so aus, wie sie sich einen bulligen Polizisten aus dem Norden immer vorgestellt hatte.

„Abgesehen davon wartet der Neue vor dem Pub auf Sie!", berichtete Sergeant Simmons sie.

„Wir werden so schnell wie möglich zum Magdalen College kommen, Simmons, und wenn ich den Neuen tragen muss", versicherte Heidi.

„Das will ich sehen! Der ist ja doppelt so groß wie Sie!"

Heide legte auf. Dann rief sie ihre Mutter an, um sie zu bitten, auf die schlafenden Zwillinge aufzupassen. Nachdem das erledigt war, zog sie aus einem der Umzugskartons eilig einen leichten Baumwollpullover heraus, den sie statt ihres verschwitzten T-Shirts überstreifte, und steckte sich die dunklen Haare hoch. Zeit, sich zu duschen oder Make-Up aufzulegen, hatte sie nicht, denn es klingelte bereits an der Haustür.

„Wer ist denn der Tote?", fragte Heidis Mutter, während Heidi nach dem Autoschlüssel griff, der an einem kleinen Holzbrett im Eingangsbereich beim Treppenaufgang hing.

„Ich weiß es noch nicht, nur dass es in einem der Colleges passiert ist."

Ihre Mutter nickte.

„Ich versuche, so schnell wie möglich wieder nach Hause zu kommen. Rich sollte eigentlich auch bald zurück sein. Danke, Mum!" Heidi gab ihrer Mutter einen flüchtigen Kuss auf die Wange und lief dann eilig zu ihrem kleinen dunkelgrünen Mini Cooper, den sie vor dem Haus geparkt hatte.

Den lauten Seufzer, den ihre Mutter ausstieß, bevor sie die Haustür hinter sich zuzog, hörte Heidi bis auf die Straße. Ihre Mutter musste das Chaos entdeckt haben.

FREDERICK STAND VOR dem King's Arms und wartete. Das Pint hatte er bereits bezahlt; es war auch hier im Süden üblich, dass man sich im Pub die Getränke selbst an der Theke holte und sofort bezahlte. Ungeduldig steckte er sich eine Craven „A" an, zog daran und atmete den Rauch tief ein. So schnell hätte er nicht mit einem Mord in der kleinen Hundertfünfzigtausend-Seelen-Stadt gerechnet, doch er konnte es kaum abwarten, über irgendetwas anderes zu grübeln als darüber, was mit Susan schiefgelaufen war.

Er sah, wie der Mini seiner neuen Partnerin von der Thames Valley Police mit Blaulicht die beleuchtete Broad Street heruntergeschossen kam. Der Wagen hielt nur wenige Zentimeter vor seinen Füßen, so dass er einen Satz nach hinten machen musste. Er warf den Zigarettenstummel auf den Boden, öffnete die Beifahrertür und zwängte sich auf den engen Beifahrersitz.

„Wollen Sie mich umbringen?", stöhnte er. „Unfalltod verursacht durch überhöhte Geschwindigkeit?"

„Ich könnte behaupten, Sie sind mir betrunken vors Auto gelaufen", konterte Heidi.

„Die Autopsie würde Sie entlarven. Ich habe nur ein Pint getrunken, das sind bei meiner Körpergröße höchstens null Komma drei Promille! Gerade genug, um so leichtsinnig zu sein, bei Ihnen ins Auto zu steigen! Ich wurde vorgewarnt …"

„Vorgewarnt? Sie kennen also schon das Ammenmärchen, dass Simmons zum Radfahrer wurde, nachdem er einmal bei mir im Auto mitgefahren ist? Das glauben Sie doch nicht etwa?", fragte Heidi mit gespielter Empörung.

„Hätte ich sonst zugestimmt, dass Sie mich abholen? Ganz so leicht lasse ich mich nicht einschüchtern!"

„Na, dann schnallen Sie sich mal an, Sie Held!"

Frederick blickte amüsiert in das schmale Gesicht der zierlichen Dunkelhaarigen, die viel jünger aussah als er selbst, obwohl sie beide Mitte dreißig waren.

„Wissen Sie schon was Näheres über den Mord?", fragte er.

„Nein, noch nicht, nur dass ein Mann im Magdalen College tot zusammengebrochen ist", antwortete Heidi und fuhr los. „Möglicherweise ist es während des Alumni-Dinners passiert."

„Während des Alumni-Dinners?"

„Mehrmals im Jahr, während der Semesterferien, veranstalten die einzelnen Colleges der Universität ein Dinner für ihre ehemaligen Absolventen. Das sind ziemlich aufwendige und teure Veranstaltungen mit einem exquisiten Essen mit mehreren Gängen und berühmten Gastrednern. Viele der Teilnehmer reisen dafür von weither an. Simmons meinte, dass heute Abend im Magdalen College ein solches Alumni-Dinner stattfindet."

In diesem Moment riss Heidi das Lenkrad herum, um in die Longwall Street einzubiegen. Frederick musste sich mit der Hand am Türgriff festhalten, um nicht gegen die Fensterscheibe gedrückt zu werden.

Von wegen Ammenmärchen, dachte er. „Welches College ist das eigentlich? Und wieso wird der Name so eigenartig ausgesprochen – ‚Maudlin'?"

„Wegen des französischen Einflusses zur Zeit seiner Gründung im Jahr 1458. Das Magdalen College wurde auf dem Gelände eines ehemaligen Hospizes errichtet und war wie viele der alten Colleges früher einmal ein Kloster. Es ist eines der größeren der neununddreißig Colleges hier in Oxford und auch eines der renommiertesten. Da, schauen Sie, da ist schon der Magdalen Tower", erklärte Heidi.

Vor ihnen war ein hoher, quadratischer Glockenturm mit sechs reich verzierten Turmspitzen zu sehen, der durch helle Strahler angeleuchtet wurde.

„Von der Spitze des Towers läutet der Knabenchor der Magdalen College School jedes Jahr die Maifeierlichkeiten ein, schon seit mehr als fünfhundert Jahren. Das ist aber nur was für Frühaufsteher, das Ganze findet um 6 Uhr morgens statt. Oder aber man ist schlau und feiert die Nacht durch. Hier ist ja alles abgesperrt! Simmons ist also schon in Aktion."

Fünf Polizeiwagen und ein Krankenwagen standen vor den hohen Mauern des College. Heidi trat auf die Bremse und der Mini kam mit quietschenden Reifen zum Stehen.

Sie öffnete ihr Fenster und rief einem älteren Polizisten zu: „Guten Abend, Harold! Wo kann ich parken?"

„'n Abend, Heidi! Am besten fährst du direkt in den Hof." Er zeigte auf ein wenige Meter entferntes dunkles Eisentor, das gerade geöffnet wurde. „Einfach dem Krankenwagen hinterher. Simmons wartet schon auf euch."

„Das kann ich mir denken!" Heidi zwinkerte Harold zu, woraufhin der schmunzelte. Dann lenkte sie den Mini durch die schmale Einfahrt zum St Swithuns Squad, dem großen Innenhof des Magdalen College. „Harold Hefner ist ein alter Freund meines Vaters", erklärte sie Frederick, bevor sie den Wagen dort parkte, wo Sergeant Simmons sie mit wild fuchtelnden Armen wie ein Lotse hinwies.

Noch während sie sich abschnallten, öffnete der große, dünne Sergeant die Fahrertür und keuchte: „Da sind Sie ja endlich! In der Dining Hall ist die Hölle los!"

„Es ist also tatsächlich während des Alumni-Dinners passiert?", fragte Heidi.

„Ja, der Tote ist einer der Gäste. Er ist zusammengebrochen, kurz nachdem der zweite Gang aufgetragen wurde."

Mit schnellem Schritt führte Sergeant Simmons die beiden Inspectors durch einen nur spärlich beleuchteten alten Kreuzgang und danach eine steinerne Treppe hinauf. Je höher sie kamen, desto lauter wurde das Stimmengewirr, das ihnen entgegendrang.

„Wie lange sind Sie schon auf dem Gelände, Simmons?" Heidis Frage ging beinahe im Lärm unter.

„Seit genau sechzehn Minuten. Ich habe sofort veranlasst, dass das Collegegelände abgesperrt und der Zugang zur Dining Hall überwacht wird. Die Spurensicherung und Dr. Goldberg sind auch schon da", antwortete Sergeant Simmons pflichtbewusst und strich sich nervös das dunkle Haar aus der Stirn.

„Wann genau ist der Anruf in der Zentrale eingegangen?"

Sergeant Simmons blickte auf seine große Armbanduhr. „Vor dreiundzwanzig Minuten, um 20.05 Uhr, kurz nachdem der Mann zusammengebrochen ist. Ich wurde um 20.12 Uhr vom Pförtner eingelassen. Um 20.14 Uhr istDr. Goldberg eingetroffen und um 20.18 Uhr war das gesamte Gelände inklusive der Dining Hall bereits abgesperrt. Ich habe alles unter Kontrolle bis auf den Dean, der macht Probleme. Ihm ist der ganze ‚Vorfall' unangenehm vor den Gästen."

„Wer ist das?", fragte Frederick laut.

„Der Dekan des College und Gastgeber des Alumni-Dinners heute Abend", erklärte Heidi und wandte sich wieder Sergeant Simmons zu: „Machen Sie sich keine Sorgen, Simmons, um den Dean kümmern wir uns. Allerdings würden Sie uns helfen, wenn Sie damit beginnen könnten, die Personalien der Gäste aufzunehmen."

„Sicher, wird sofort gemacht", beteuerte Sergeant Simmons. „Hier ist es, die Dining Hall, in der es passiert ist."

Heidi nickte den beiden Constables zu, die vor einer hohen, dunklen Holztür mit aufwendigen Schnitzereien standen und diese bewachten. Einer der Constables stieß einen der Türflügel auf und sofort schlug Frederick der Geruch von Kerzenwachs entgegen. Sie betraten den großen Saal, doch es dauerte einige Sekunden, bis sich seine Augen an das schummrige Kerzenlicht darin gewöhnt hatten. Die Dining Hall war mit dunklem Holz vertäfelt und an den Wänden hingen unzählige Ölgemälde, von denen ältere Herren in farbigen Roben in den Raum hinunterblickten. Frederick nahm an, dass es sich bei ihnen um die ehemaligen Rektoren des College handelte, die über die Jahre porträtiert worden waren. In der Mitte der Halle waren vier lange Festtafeln mit weißen Leinentischdecken aufgebaut. Auf einem Podium im hinteren Teil der Dining Hall, das man über eine kleine hölzerne Treppe erreichen konnte, stand eine weitere Festtafel. Gedecke, Blumengestecke und Kerzenständer, in denen gelbe Honigwachskerzen brannten, standen auf den Tischen.

Es herrschte große Unruhe im Saal, obwohl drei Constables in dunkelblauen Uniformen versuchten, die aufgeregten Gäste zu beruhigen. Frederick überflog mit den Augen die Anwesenden; es mussten um die sechzig Gäste sein. Plötzlich krampfte sich sein Magen wieder zusammen. Die Männer trugen dunkle Fracks, weiße Hemden und schwarze Lackschuhe und sahen aus wie Pinguine. Sie erinnerten ihn an den Mann, den er in den letzten Wochen versucht hatte, aus seinem Gedächtnis zu streichen – vergeblich.

Ein einziges Mal nur hatte Frederick Susans Neuen gesehen, doch die Bilder hatten sich in sein Gehirn gebrannt und spulten sich wieder und wieder wie ein Film vor seinem inneren Auge ab. Es war ein verregneter Mittwochabend vor ein paar Wochen gewesen. In Liverpool regnete es viel. Der Mann hatte den Arm um Susan gelegt, um seine Susan. Er hatte ausgesehen wie der junge Charlie Chaplin, nur ohne Schnauzer. Sein kurzes schwarzes Haar hatte er zu einem ordentlichen Mittelscheitel gekämmt gehabt und tonnenweise Haargel hineingeschmiert. Oder vielleicht war sein Haar auch einfach nur nass gewesen vom Regen; es hatte jedenfalls fürchterlich geglänzt. Er hatte einen dunklen Anzug, ein weißes Hemd und schwarze Lackschuhe getragen. Und nun war Frederick mit lauter Männern konfrontiert, die so aussahen wie Susans Neuer.

Die Frauen in der Dining Hall erinnerten ihn dagegen an Papageien, eine war bunter als die andere. Sie hatten die Haare zu hahnenkammähnlichen Frisuren aufgeplustert und trugen glänzende Abendroben in allen erdenklichen Farben, die mit funkelndem Schmuck um die Wette schillerten. Alle zwitscherten aufgeregt vor sich hin.

„Dean Shaw?" Heidi trat an den Mann mit der glänzenden Glatze heran, an den Sergeant Simmons sie verwiesen hatte.

Der Dekan verzog unzufrieden das Gesicht. Es war streng und faltig und strahlte eine Autorität aus, die Frederick als unangenehm empfand. Trotz seines hohen Alters hatte Dean Shaw jedoch wache Augen, die Heidi geringschätzig von oben bis unten musterten. Danach wanderte sein Blick zu Frederick, der sich neben Heidi gestellt hatte.

„Guten Abend! Ich bin Inspector Green und das hier ist mein Kollege Inspector Collins. Wir kommen von der Thames Valley Police", sagte Heidi.

Der Dekan war sichtlich überrascht. Seine Augen weiteten sich ungläubig und wanderten noch einmal von Heidi zu Frederick, der mit seiner Größe von fast zwei Metern neben ihr wie ein Riese wirken musste. Wahrscheinlich störte Dean Shaw sich daran, dass sie so gar nicht wie Polizisten aussahen. Heidi trug einen einfachen rosafarbenen Baumwollpulli über einer hellblauen Jeans und Frederick ein sportliches Poloshirt und eine beigefarbene Chino.

„Dean Shaw, könnten Sie uns bitte sagen, wer der Tote ist?" Heidi überging die prüfenden Blicke des Dekans und schaute hinüber zu dem breitschultrigen, rotblonden Mann, der leblos am Boden lag.

„Der Tote ist Councillor McCann, den kennen Sie doch sicher", näselte Dean Shaw von oben herab mit einem starken Oxforder Akzent.

„Councillor Jules McCann, der für die Wahl zum Lord Mayor nächste Woche aufgestellt war?", fragte Heidi ungläubig. „Die Presse berichtet seit Wochen über nichts anderes."

Dean Shaw nickte zustimmend.

„In dieser kleinen Stadt gibt es einen Lord Mayor?", wunderte sich Frederick.

„Sie sind wohl nicht von hier?", mutmaßte Dean Shaw.

„Ich bin erst vor wenigen Tagen von Liverpool nach Oxford gezogen", erklärte Frederick und lächelte entschuldigend.

„In Oxford wird bereits seit 1122 jedes Jahr im Mai ein Mayor gewählt, seit 1962 sogar ein Lord Mayor. Er ist der wichtigste Mann der Stadt. Jules McCann stand kurz davor, dieses Amt zu übernehmen", dozierte Dean Shaw.

„Es klingt so, als ob Sie Mr McCann gut kannten", folgerte Heidi.

„Jules McCann ist vor Jahren als junger Stipendiat hier an mein College gekommen; er stammte ursprünglich aus Glasgow, war also Schotte. Nach dem dreijährigen Bachelor-Studium ist er in Oxford geblieben, ein Segen für die Stadt. Er war ein hochintelligenter Mann, hatte Politikwissenschaft studiert und ist in die Politik gegangen. Ich habe ihn all die Jahre nach Kräften unterstützt, auch nach dem Studium. Durch meine Kontakte hat er es erst so weit gebracht, für die Wahl zum Lord Mayor aufgestellt zu werden. Er wäre der jüngste Lord Mayor in der Geschichte Oxfords geworden. Und jetzt ist er tot und das Dinner heute Abend ruiniert. Alle Bemühungen waren umsonst."

Frederick war sich nicht sicher, worüber Dean Shaw am meisten enttäuscht war. „Wann genau hat Mr McCann hier studiert?", hakte er nach.

„1992 ist er nach Oxford gekommen und hat im Sommer 1995 seinen Bachelor gemacht."

„Er war also erst Ende dreißig?"

„Neununddreißig, um genau zu sein. Viel zu jung, um zu sterben! Und ausgerechnet hier und heute!"

„Haben Sie gesehen, wie Mr McCann gestorben ist?", fragte Heidi.

„Ja und nein." Dean Shaw hielt sich mit seiner faltigen Hand die hohe Stirn, so als ob ihm das beim Erinnern helfen würde. „Ich saß dort oben an der Tafel auf dem Podium. Erst als ich aus dem Saal unten Schreie hörte, habe ich bemerkt, dass etwas nicht stimmte. Zu diesem Zeitpunkt lag Jules McCann bereits leblos am Boden. Dr. Fisher, ebenfalls Alumnus meines College, hat ihn sofort notversorgt, doch anscheinend konnte er nichts mehr für ihn tun, für ihn kam jede Hilfe zu spät. Aber sagen Sie, wann können wir das Dinner endlich weiterführen? Wissen Sie, viele der Gäste sind von sehr weit her für diese Veranstaltung angereist, wir haben diesen Abend seit Monaten vorbereitet und unter den Gästen sind einige sehr wichtige …"

„Wir müssen untersuchen, unter welchen Umständen Councillor McCann gestorben ist. Möglicherweise wurde er ermordet", unterbrach ihn Heidi.

Dean Shaw wurde kreidebleich. „Was? Jules McCann soll ermordet worden sein? Ein Mord hier in meinem College? Das kann nicht sein!"

„Wir gehen davon aus, dass er vergiftet wurde, und müssen diesem Verdacht nachgehen. Wir werden die Leiche einer Obduktion unterziehen, um die genaue Todesursache festzustellen. Wenn es sich tatsächlich um Fremdverschulden handelt, dann befindet sich der Mörder möglicherweise noch auf dem Gelände, sehr wahrscheinlich sogar hier in der Dining Hall. Es tut mir sehr leid, aber Sie werden das Dinner abbrechen müssen, Dean Shaw, damit wir unsere Untersuchungen durchführen können."

„SCHMERZHAFTE SACHE", NUSCHELTE Dr. Goldberg in seinen dunklen Bart. „McCann scheint qualvoll erstickt zu sein."

Heidi blickte in das blasse Gesicht des Toten. Es war verzerrt und ließ erahnen, welche furchtbaren Schmerzen Jules McCann kurz vor seinem Tod gehabt haben musste.

„Wie der Arzt, der uns gerufen hat, schon vermutet hat, denke ich auch, dass McCann vergiftet worden ist", sagte Dr. Goldberg und nickte einem Mann zu, der etwas abseits stand.

Der Grauhaarige kam zu ihnen herüber und stellte sich vor: „Guten Abend, ich bin Dr. Fisher."

„Dr. Fisher, Sie erzählten mir eben, was Sie gesehen haben. Könnten Sie dies bitte noch einmal für meine Kollegen wiederholen?", bat Dr. Goldberg.

„Selbstverständlich. Ich saß dort drüben." Dr. Fisher zeigte auf eine der langen Tafeln, die vor einem kleinen Kamin stand, in dem ein Feuer brannte. „Es ging alles sehr schnell. Bis ich realisiert hatte, was hier los war, und von meinem Sitzplatz aufgestanden und zu Mr McCann hinübergelaufen war, war der längst tot. Meine Versuche, ihn wiederzubeleben, blieben leider erfolglos."

„Dr. Fisher meinte, er habe einen bitteren Mundgeruch bei McCann wahrgenommen."

Der grauhaarige Doktor nickte zustimmend und ergänzte: „Ich tippe auf Gift."

„Ich hatte eben selbst das Vergnügen", fügte Dr. Goldberg hinzu, zeigte auf McCanns geöffneten Mund und rümpfte die Nase.

„Und?", fragte Heidi.

„Es war ein ziemlich strenger Geruch, ich denke auch, dass es Gift war."

„Der Mörder hat das Gift wahrscheinlich in Mr McCanns Wein gemischt, und der hat es dann getrunken", mutmaßte Dr. Fisher.

„Das ist auch meine These", bestätigte Dr. Goldberg. „Aber ich melde mich, sobald ich die Ergebnisse der Obduktion habe. Ich werde ihn gleich mitnehmen."

Zwei Sanitäter hoben den Toten unter Anleitung von Dr. Goldberg auf eine Trage und bedeckten ihn mit einem weißen Laken. Dann trugen sie die Leiche aus der Dining Hall. Bevor Dr. Goldberg sich verabschiedete, führte er Heidi und Frederick zu dem Stuhl, auf dem Jules McCann während des Dinners gesessen hatte. Der Sitzplatz befand sich an der langen Tafel ganz rechts, dort, wo an der Wand die Büste von Oscar Wilde angebracht war.

„Mindestens fünf Personen hätten McCann das Gift in sein Glas mischen können", überlegte Frederick laut, „nämlich die beiden, die links und rechts von ihm, und die drei, die ihm direkt gegenüber saßen."

Heidi nickte, doch mit den Augen suchte sie bereits die Tische nach Hinweisen ab. An jedem Sitzplatz lag neben dem Teller ein kleines Heftchen, das mit einer goldenen Schleife zusammengehalten wurde. Heidi griff nach einem der Heftchen und blätterte darin. Nicht nur das aufwendige Sieben-Gänge-Menü des Alumni-Dinners wurde dort beschrieben und die Redner wurden vorgestellt, es war auch ein Sitzplan mit Namen eingezeichnet. Neben den Namen stand das Jahr, in dem die Gäste ihren Abschluss am Magdalen College gemacht hatten.

„'n Abend, ihr beiden!" Die helle Stimme gehörte zu Stephanie Bradshaw von der Spurensicherung. Sie war gerade dabei, die Gläser zu untersuchen, die auf dem Tisch standen.

„Wie sieht's bei dir aus, Steph?", fragte Heidi, während sie das Heftchen faltete und in ihre Hosentasche steckte.

„Eindeutig Gift", antwortete die mollige Mittdreißigerin und zeigte auf ein halb gefülltes Weinglas. „Dr. Goldberg hatte Akonitin vermutet, ein Pflanzengift, mit dem auch früher schon Leute umgebracht wurden, ohne dass man es nachweisen konnte. Zum Glück sind wir da heute viel weiter. Gerade habe ich einen ersten Test gemacht – mit Erfolg. Ich werde mir das Glas aber im Labor noch mal ganz genau anschauen, auch wegen der Fingerabdrücke. Zwar gehe ich davon aus, dass der Mörder schlau genug war, keine zu hinterlassen, als er das Gift in den Wein gemischt hat, aber man kann ja nie wissen. Vielleicht haben wir Glück. Handschuhe wird er wohl kaum getragen haben, das wäre sicher aufgefallen."

„Oder aber er hat das Gift nicht ins Glas, sondern in die Weinflasche gemischt", warf Frederick ein und wandte sich dann an eine der jungen Kellnerinnen.

Sie war gerade dabei, die Honigwachskerzen zu löschen, die in den reich verzierten Messingkerzenständern brannten. Sergeant Simmons hatte inzwischen dafür gesorgt, dass die Deckenleuchte eingeschaltet worden war.

„Entschuldigen Sie, Miss?"

Die junge Rothaarige lächelte schüchtern. „Ja, Sir?"

„Können Sie mir sagen, wer heute Abend für den Platz zuständig war, an dem der Tote saß?"

„Soviel ich weiß, war das Cathy Charles." Sie zeigte auf eine blonde junge Frau, die neugierig zu ihnen herüberschaute.

„Sie sind von der Polizei, oder?", fragte die Blonde ohne Umschweife, als Heidi und Frederick an sie herantraten.

Frederick nickte und erwiderte: „Und Sie sind Cathy Charles?"

Die junge Frau lächelte. „Das ist richtig."

„Wir müssen Ihnen ein paar Fragen zum Tod von Councillor McCann stellen."

„Ich habe nichts damit zu tun!" Cathy Charles blickte sich nervös um, so als ob sie am liebsten die Flucht ergreifen würde. Dann brach sie auf einmal in Tränen aus.

Eine heftige Reaktion für jemanden, der nichts zu befürchten hat, fand Heidi.

Frederick zog eine Packung Taschentücher aus seiner Hosentasche und hielt sie Cathy Charles wortlos entgegen. Dankbar nahm sie sich ein Taschentuch.

„Geht's wieder?", fragte Frederick nach einer Weile.

So viel Einfühlungsvermögen hätte ich ihm gar nicht zugetraut, dachte Heidi und schaute in das gleichmäßige Gesicht ihres neuen Kollegen, dessen dunkelbraune Augen Cathy Charles genau beobachteten.

Die junge Frau nickte und ihr blonder Pferdeschwanz wippte auf und ab. Sie schnäuzte sich.

„Wie ich gehört habe, Miss Charles, haben Sie Councillor McCann den Wein serviert, den er getrunken hat, kurz bevor er starb. Ist das richtig?", fragte Frederick mit sanfter Stimme und hielt Cathy Charles die Taschentuchpackung erneut entgegen, doch sie lehnte dankend ab.

Mit leiser Stimme fragte sie: „Und jetzt denken Sie, ich hab ihn umgebracht?"

„Ausschließen können wir es nicht", erwiderte Heidi bestimmt.

Sofort brach die junge Frau erneut in Tränen aus. Frederick warf Heidi einen vorwurfsvollen Blick zu.

„Könnten Sie uns bitte die Flasche zeigen, aus der Sie Mr McCann den Wein eingegossen haben?", fragte er.

„Das kann ich nicht!" Cathy Charles wirkte verzweifelt. „Wegen der ganzen Aufregung weiß ich nicht mehr, welche Flasche es war."

Sie führte Heidi und Frederick in eine moderne Großküche, die gegenüber der Dining Hall lag. Auf dem Boden an einer Wand standen unzählige Weinkisten. Einige von ihnen waren noch ungeöffnet, andere mit leeren Flaschen gefüllt. Auf einem Tisch daneben standen ein Dutzend Flaschen, in denen sich noch Wein befand.

„Es muss eine von diesen gewesen sein." Cathy Charles zeigte auf die Rotweinflaschen, die auf dem Tisch standen.

Frederick beugte sich vor und las das Etikett einer der Flaschen: „Clarendon Hills 2009. Das ist ja ein ganz besonders edler Tropfen. Australier."

„Sind Sie ein Weinkenner?", fragte Heidi erstaunt.

„Überrascht Sie das? Dachten Sie, im rauen Norden Englands trinken wir nur Bier und prügeln uns und verstehen nichts von gutem Wein?" Fredericks Tonfall war herausfordernd.

Heidi schwieg verlegen. Wenn sie ganz ehrlich war, hatte sie genau das gedacht. Hier bei ihnen im Süden Englands war der industrielle Norden noch immer als kulturlos verschrien.

Cathy Charles räusperte sich und sofort wandte sich Frederick wieder der jungen Frau zu.

„Sagen Sie, Miss Charles, wem außer dem Councillor haben Sie noch Wein aus der Flasche eingegossen?"

„Dem Mann, der neben ihm saß. Die übrigen Gäste verlangten Weißwein. Hat ja auch viel besser gepasst, schließlich gab es Fisch."

„Und der Mann, dem Sie auch noch Rotwein eingeschenkt haben, saß der links oder rechts vom Councillor?"

„Rechts neben ihm", erinnerte sich Cathy Charles.

„Wissen Sie, wer er war?"

„Nein, leider nicht."

„Wie sah er aus?"

Cathy Charles überlegte. „Er war ein wenig älter als ich, gutaussehend. Hatte schwarze Haare, einen Mittelscheitel und trug einen schwarzen Frack."

In diesem Moment trat Sergeant Simmons an sie heran. Auf seiner Stirn standen Schweißperlen, seine Wangen waren gerötet und er sah aus, als ob er gerade einen Marathonlauf hinter sich hätte.

„Sie müssen mir helfen, die Gäste werden ungehalten!", rief er atemlos. „Sie verstehen nicht, weshalb wir sie seit einer Stunde hier festhalten und nichts passiert. Die haben alle schon gut einen im Tee und lassen nicht mit sich reden!"

„Haben Sie alle Personalien aufgenommen?", fragte Heidi ruhig.

„Alles erledigt, ich habe Ihnen die Liste bereits zuge-mailt."

Heidi zog das kleine Heftchen mit dem Sitzplan des Alumni-Dinners aus ihrer Hosentasche. „Gut, lassen Sie die Gäste gehen, Simmons. Bis auf Lisa O'Neill, Charlotte Jacobs, Zoe Hearne, Philipp Moore und Martin Loveless. Das sind die fünf, die beim Dinner um McCann herum saßen und damit die Möglichkeit hatten, ihm das Gift in den Wein zu mischen."

SERGEANT SIMMONS LIESS die Tische auf dem Podium vom Servicepersonal abdecken und so zurechtrücken, dass Heidi und Frederick der Person, die sie verhören würden, direkt gegenüber saßen. Als Erstes führte er eine kleine, kräftig gebaute Frau Ende dreißig mit mittellangen, dunkelblonden Haaren zu ihnen. Sie hatte eine außer-gewöhnlich helle Haut und trug ein graues, unförmiges Leinenkleid, das sie noch blasser wirken ließ.

„Sie oder ich?", fragte Frederick Heidi leise.

„Sie sind anscheinend der Frauenversteher …", antwor-tete sie mit einem Grinsen im Gesicht.

„Wenn Sie wüssten …", gab Frederick zurück.

„Wie lange wollen Sie mich hier noch festhalten? Sie fin-den das Ganze anscheinend äußerst amüsant!", unterbrach die Blasse ihn empört.

„Wir haben nur ein paar Fragen an Sie und danach kön-nen Sie gehen", erwiderte Frederick unbeeindruckt. „Sind Sie Zoe Hearne?"

„Ja."

„Setzen Sie sich bitte."

Zoe Hearne seufzte laut und machte keinen Hehl da-raus, dass dies der letzte Ort war, an dem sie in diesem Moment sein wollte. Sie ließ sich auf den Stuhl fallen, der auf der gegenüberliegenden Seite des Tisches stand.

„Was machen Sie beruflich?", fragte Frederick.

„Ich bin Anwältin."

„Sind Sie verheiratet?"

„So gut wie." Sie hob ihre linke Hand hoch, an der ein riesiger Verlobungsring funkelte.

Der muss um die dreißigtausend Pfund wert sein, dachte Frederick, als er den kunstvoll geschliffenen Brillanten sah. Er selbst hatte bis vor wenigen Wochen noch mit dem Gedanken gespielt, Susan einen Heiratsantrag zu machen, und hatte sich dafür sogar schon bei einem Juwelier nach einem passenden Ring umgeschaut.

„Ist Ihr Verlobter heute Abend auch hier?", fragte er.

„Nein, er hat dieses Wochenende andere Verpflichtungen. Ganz abgesehen davon ist das hier ein Alumni-Dinner und er hat nicht am Magdalen College studiert."

„Verstehe. Aber Sie haben hier Rechtswissenschaften studiert?"

„Korrekt."

„Und da haben Sie Mr McCann kennengelernt?"

„Ja, wir waren im selben Abschlussjahrgang."

„Aber Mr McCann hat doch Politikwissenschaften studiert und nicht Rechtswissenschaften."

„Das ist richtig, hier am Magdalen College kann man natürlich nicht nur Rechtswissenschaften studieren, wie Sie sich sicher vorstellen können – oder vielleicht auch nicht." Zoe Hearne musterte Frederick abfällig und zog die Augenbrauen hoch. „Außerdem waren damals nur achtzig Studierende in unserem Jahrgang. Wir haben alle auf dem College-Gelände gewohnt und dreimal täglich hier in der Dining Hall zusammen gegessen. Da lernt man sich natürlich schnell kennen."

„Waren Sie eng mit Mr McCann befreundet?"

„Ja, damals schon."

„Das heißt, jetzt nicht mehr?"

„Weniger."

„Kommen Sie nicht aus Oxford?"

„Doch."

„Sie waren also mit Mr McCann befreundet, hatten aber in den letzten Jahren nicht viel mit ihm zu tun?"

„Richtig."

„Gab es dafür einen Grund?"

„Wir waren beide beruflich sehr eingespannt."

Frederick betrachtete Zoe Hearne genauer. Ihr Gesicht war für das einer Enddreißigerin eingefallen, obwohl sie ansonsten rundlich war, und ihr Blick wirkte kalt und abweisend. Sie presste ihre schmalen Lippen verbissen aufeinander.

„Wann sind Sie heute Abend im College angekommen?", fragte er.

„Gegen 18.30 Uhr. Ich bin gleich hinunter in den Cloister …"

„Was ist das?"

„Das ist der Innenhof. Dort hat der Champagnerempfang stattgefunden."

„Vor dem Dinner gab es einen Champagnerempfang?"

„Ja, wie ich bereits sagte, im Cloister." Zoe Hearne wurde immer ungeduldiger.

„War Mr McCann auch bei diesem Empfang?"

„Natürlich, das gehört selbstverständlich zur Etikette."

„Haben Sie sich dort mit ihm unterhalten?"

„Ja, das habe ich."

„Was hat er gesagt?"

„Nicht viel, wir haben uns nur kurz begrüßt."

„Wann haben Sie zuletzt mit ihm gesprochen?"

„Beim Dinner."

Frederick blickte auf den Sitzplan, den Heidi ihm zugeschoben hatte. „Sie saßen Mr McCann schräg gegenüber?"

„Richtig."

„Worüber haben Sie gesprochen?"

Zoe Hearne zögerte einen Augenblick. „Über seine Wahl zum Lord Mayor."

„Geht das genauer?"

Die Blonde seufzte erneut, dann antwortete sie widerwillig: „Wir haben darüber gesprochen, dass seine Wahl zum Lord Mayor eine knappe Entscheidung werden könnte, weil Councillor Stevens in Oxford aufgewachsen ist und seine Familie hier viele Kontakte hat. Und wir haben darüber gesprochen, dass die beiden sehr unterschiedliche Vorstellungen davon haben, wie sie das Amt des Lord Mayor führen würden."

„Wer ist Councillor Stevens?", fragte Frederick.

Zoe Hearne verdrehte die Augen. „Ist diese Frage wirklich ernst gemeint? Sind Sie sicher, dass Sie für den Polizeidienst in Oxford geeignet sind? Das war Jules' Gegenkandidat für die Wahl zum Lord Mayor!"

Frederick ließ sich nicht aus der Ruhe bringen. „Wie verhielt sich Mr McCann während der Unterhaltung?"

„Er wirkte sehr nervös und hat wie ein Wasserfall geredet, so als ob er uns alle auf seine Seite ziehen und davon überzeugen müsste, dass er der bessere Kandidat für den Posten sei. So war er schon immer, ein Vollblutpolitiker eben."

„Hat er im Laufe des Abends irgendetwas gesagt, das Ihnen seltsam vorgekommen ist?"

„Seltsam?"

„War er anders als sonst?"

„Nein."

„Ist Ihnen aufgefallen, dass irgendetwas mit ihm nicht stimmte?"

„Ja. Kurz bevor er zusammengebrochen ist."

„Was war da?"

„Er hat einen Schluck Wein getrunken und danach hatte er Probleme zu atmen."

„Und davor?"

„Da hat er ganz normal geatmet."

Diesmal war es Frederick, der seufzte. „Haben Sie irgendjemanden gesehen, der sich an Mr McCanns Glas zu schaffen gemacht hat?"

Zoe Hearne presste die Lippen aufeinander.

„Miss Hearne, noch einmal: Haben Sie gesehen, wie sich jemand an Mr McCanns Glas zu schaffen gemacht hat?"

„Nein."

„Weshalb haben Sie mit Ihrer Antwort gezögert?"

Zoe Hearne schwieg.

„Na gut. Sie haben also nichts mit der Sache zu tun und wollen auch nichts gesehen haben. Können Sie sich denn wenigstens vorstellen, wer Mr McCann ermordet haben könnte?"

„Nein, kann ich nicht."

„Wenn es keiner Ihrer Sitznachbarn war, müssen wir davon ausgehen, dass Sie Mr McCann das Gift untergemischt haben, denn einer von Ihnen muss es ja getan haben", sagte Frederick etwas lauter, denn langsam verlor er die Geduld.

Endlich zeigte Zoe Hearne eine Regung. Sie setzte sich auf und rief: „Machen Sie sich nicht lächerlich! Ich habe Jules nicht umgebracht und ich habe auch niemanden beobachtet, der ihm irgendwelches Gift in seinen Wein getan hat!"

„Hatte Mr McCann denn Feinde?", mischte sich Heidi ein.

„Was soll die Frage? Ganz offensichtlich hatte er zumindest einen Feind." Zoe Hearne bedachte sie mit einem verständnislosen Blick.

Frederick schaute kurz zu Heidi, um sich zu versichern, dass sie keine weiteren Fragen hatte. Er hatte genug gehört. Dieses Biest würde ihnen keine hilfreichen Informationen liefern, da war er sich sicher. Eher würde sie sich die Zunge abschneiden.

„Das ist für heute erst einmal alles, Miss Hearne."

„Hat ja auch lange genug gedauert." Die Blonde stützte sich mit einer Hand auf dem Tisch auf und stemmte ihren schweren Körper in die Höhe. Dann verließ sie das Podium, ohne sich von Heidi und Frederick zu verabschieden.

ALS NÄCHSTES FÜHRTE Sergeant Simmons einen großen, schlaksigen Mann zu ihnen, der ganz offensichtlich nicht viel auf sein Äußeres gab. Sein ergrautes Haar war ungekämmt und stand wirr von seinem Kopf ab. Er trug ein zerknittertes, verwaschenes Hemd, das möglicherweise vor vielen Jahren einmal modisch gewesen war, jedoch seine besten Zeiten längst hinter sich hatte.

Heidi blickte auf den Sitzplan, der vor ihr lag, und war überrascht zu lesen, dass der Mann im selben Jahr seinen Abschluss gemacht hatte wie Zoe Hearne. Er musste also ungefähr so alt sein wie die Anwältin, doch er wirkte wesentlich älter.

„Wollen Sie diesmal?", flüsterte Frederick.

Heidi nickte. „Professor Martin Loveless?" Sie wies auf den freien Stuhl.

„Ja, das bin ich", antwortete der Mann mit kräftiger Stimme, während er sich setzte.

„Professor Loveless, arbeiten Sie hier am College?"

„Das ist richtig. Ich habe hier studiert und auch promoviert. Inzwischen habe ich den Lehrstuhl für Pflanzenkunde inne." Der Mann streckte seinen schmalen Kopf in die Höhe, als ob ihn das wichtiger machen würde.

„Pflanzenkunde", wiederholte Heidi nachdenklich.

„Ja, Pflanzenkunde, und ich stehe kurz vor dem großen Durchbruch mit einem meiner Forschungsprojekte." Martin Loveless' Lippen umspielte ein selbstgefälliges Lächeln.

„Sie saßen links neben Mr McCann, richtig?"

„Das ist richtig."

„Können Sie uns bitte sagen, wann Sie bemerkt haben, dass mit ihm etwas nicht stimmte?"

Sofort gingen Martin Loveless' Mundwinkel nach unten und er wirkte nachdenklich und ernst. „Ich habe gesehen, wie Jules angefangen hat zu würgen, kurz nachdem er einen Schluck Wein getrunken hat."

„Wie lange danach?"

„Vielleicht eine halbe Minute später, wenn überhaupt; es ging recht schnell. Ich habe sofort an Gift gedacht."

„Wieso?"

„Das liegt doch nahe: Jules trinkt einen Schluck Wein und bekommt die Symptome einer Vergiftung. Ich bin ausgebildeter Botaniker und habe täglich mit Giftpflanzen zu tun. Ich weiß um die Wirkung von Gift."

„Sie denken also, es könnte ein Pflanzengift gewesen sein?"

„Das ist durchaus möglich. Es könnte aber auch irgendein anderes Gift gewesen sein." Martin Loveless schien zu ahnen, was Heidi durch den Kopf ging, denn er fügte schnell hinzu: „Ich habe Jules nicht mit einer meiner Giftpflanzen getötet, wenn Sie darauf anspielen! Auch wenn ich allen Grund dazu gehabt hätte!" Seine Wangen röteten sich.

„Welchen Grund hätten Sie gehabt, Mr McCann zu töten?"

„Ich will nicht groß um die Sache herumreden, früher oder später werden Sie es sowieso erfahren: Ich habe mich heftig mit Jules gestritten, kurz bevor er gestorben ist. Ich war wahnsinnig sauer auf ihn und wir sind ziemlich laut geworden." Er ballte die Fäuste.

„Worum ging es bei dem Streit?"

„Jules hatte vor, als Lord Mayor die Forschungsgelder für die Universität zu kürzen. Das war mir einfach unverständlich. Wie ich bereits gesagt habe, stehe ich kurz vor dem ganz großen Durchbruch mit einem meiner Forschungsprojekte. Doch dazu brauche ich die Zuschüsse der Stadt, ich bin auf diese Gelder angewiesen, um das Material zu bezahlen und auch die Angestellten, die an dem Projekt beteiligt sind. Seit fünfzehn Jahren habe ich auf diesen Moment hingearbeitet und Jules hätte mir alles kaputt gemacht, wenn er die Kürzungen tatsächlich durchgedrückt hätte. Den Bahnhof wollte er stattdessen vergrößern und ein Luxushotel hochziehen, damit noch mehr Touristen nach Oxford kommen, in den Colleges herumspazieren und mich bei meiner Arbeit stören!"

„Das wäre natürlich unschön gewesen", versuchte Heidi ihn zu beschwichtigen. Schnell wechselte sie das Thema. „Sagen Sie, Professor Loveless, wenn Sie am College angestellt sind, wohnen Sie doch sicher hier auf dem Collegegelände, oder?"

„Ja, im New Building."

„Welches Gebäude ist das?", warf Frederick ein.

„Das große mit den Arkaden, das beim Hirschpark. Obwohl es New Building heißt, ist es fast zweihundert Jahre alt."

„Waren Sie heute den ganzen Tag über auf dem College-Gelände oder haben Sie es irgendwann verlassen?"

„Ich war den ganzen Tag über in meinem Labor im Botanischen Garten. Erst kurz vor Beginn des Dinners kam ich ins College zurück und habe mich umgezogen. Ich bin nur kurz in mein Zimmer und danach direkt hierher in die Dining Hall."

„Sie waren nicht beim Champagnerempfang?"

„Nein, ich mag keinen Champagner und mit oberflächlichem Smalltalk kann ich erst recht nichts anfangen."

„Haben Sie während des Dinners denn irgendjemanden gesehen, der Mr McCann etwas in seinen Wein mischte?"

„Nein."

„Haben Sie sonst irgendetwas Auffälliges beobachtet?"

„Nein, und ich bin mir auch nicht sicher, ob ich irgendetwas hätte sehen können. Die Dining Hall war ja nur durch Kerzenschein erhellt. Man hat fast nicht erkennen können, was man da eigentlich gegessen hat! Vor dem ersten Gang haben wir uns alle erhoben und mit Dean Shaw unser lateinisches Gebet gesprochen, wie es bei jedem Essen hier in der Dining Hall Tradition ist. Dann hat Dean Shaw seine Begrüßungsansprache gehalten. Zwischen dem ersten und dem zweiten Gang hat Sir William Burns gesprochen, das heißt, wir alle haben oft hoch zum Podium geschaut. Wenn ich es gewollt hätte, hätte ich sicherlich unzählige Gelegenheiten gehabt, Gift in Jules' Wein zu mischen, ohne dass er oder irgendjemand anderes es bemerkt hätte. Genauso wie jeder andere auch, der um ihn herum am Tisch saß."

„Interessant", sagte Heidi. „Wann genau ist Mr McCann zusammengebrochen?"

Martin Loveless überlegte nicht lange. „Der zweite Gang war gerade aufgetragen worden. Es gab irgendein Fischzeug. Ich mache mir nichts aus Fisch."

„Und McCann hat Rotwein zum Fisch getrunken?"

„Ja, Jules hat Weißwein noch nie gemocht."

„Sagen Sie, sind Pflanzengifte vorwiegend klare oder dunkle Substanzen, Professor Loveless?"

„Das hängt ganz von der Pflanze ab."

„Aber für den Mörder war es sicher ein günstiger Umstand, dass der Wein dunkelrot war, nicht wahr?"

„Das nehme ich an. Bei Rotwein konnte er sicher sein, dass man das Gift nicht sehen würde."

„Haben Sie denn einen Verdacht, wer Mr McCann das Gift in seinen Wein gemischt haben könnte?"

„Nein, es tut mir leid. Aber ich würde auch niemals einen Verdacht äußern, wenn ich keine stichhaltigen Beweise dafür hätte", sagte Martin Loveless resolut.

„Das heißt, Sie haben einen Verdacht?"

Martin Loveless wich Heidis Frage aus, indem er antwortete: „Ich kann Ihnen wirklich nicht weiterhelfen, so leid es mir tut. Ich war es jedenfalls nicht."

DIE FRAU, DIE sich ihnen nun zum Verhör gegenübersetzte, war bekannt in der Stadt, denn sie entstammte einer reichen Oxforder Familie. Charlotte Jacobs war groß, schlank und hatte blonde, wallende Locken, die ihr um das herzförmige Gesicht mit der klaren Haut fielen. Sie trug ein goldenes Kleid, das sich eng an ihren gebräunten Körper schmiegte.

„Mrs Jacobs! Es tut mir leid, dass wir Sie hier festhalten, aber wir müssen Ihnen einige Fragen stellen", ergriff Heidi das Wort. Ihr war nicht entgangen, welche Wirkung die attraktive Frau auf Frederick hatte, der die schöne Blonde nur stumm anstarrte.

Sie seufzte innerlich, obwohl sie nicht überrascht war, denn diese Wirkung hatte Charlotte Jacobs offenbar auf alle Männer. Heidi hatte sich deshalb schon einmal heftig mit Rich gestritten, da es anscheinend selbst verheirateten Männern schwer fiel, die Augen von der attraktiven Blondine zu lassen. Aber Heidi musste neidlos anerkennen, dass diese Frau außergewöhnlich schön war. Zudem war Charlotte Jacobs steinreich und dabei unheimlich großzügig. Sie hatte vor einigen Jahren zum Andenken an ihren toten Vater eine Stiftung gegründet, die kranke Kinder im Radcliff-Krankenhaus unterstützte. Und freundlich und charmant war sie auch noch. Die Frau schien in jeder Hinsicht perfekt zu sein, und gerade deshalb mochte Heidi sie nicht.

„Natürlich. Ich hoffe, dass ich Ihnen weiterhelfen kann", murmelte Charlotte Jacobs und ihre feinen Lippen zitterten. „Ich will immer noch nicht wahrhaben, dass Jules tot sein soll. Ich komme mir vor wie in einem schlechten Film." Dicke Tränen liefen ihr über die Wangen.

Ihre Stimme war hoch und klang wie die eines jungen Mädchens, doch Heidi wusste nur zu genau, dass Charlotte Jacobs sich ihrer Weiblichkeit bewusst war, viel mehr noch, dass sie diese für ihre Zwecke einsetzte. Und das offenbar mit großer Wirkung, denn Frederick saß immer noch bewegungslos da und starrte die schöne Blonde an, ohne ein Wort zu sagen.

Daher fragte Heidi: „Sie saßen beim Dinner gegenüber von Mr McCann, stimmt das, Mrs Jacobs?"

„Ja, das ist richtig."

„Wie ich hörte, gab es einen Streit zwischen Professor Loveless und Mr McCann, kurz bevor er tot zusammengebrochen ist?"

„Ach, das wissen Sie schon? Ja, der Streit war wirklich unschön. Wenn Martin geahnt hätte, dass Jules bald sterben würde, hätte er sich sicherlich zurückgehalten. Aber wer hätte das schon ahnen können? Es ist einfach schrecklich!", schluchzte Charlotte Jacobs.

„Was hielten Sie davon, dass Mr McCann als Lord Mayor die Forschungsgelder für die Universität kürzen wollte?", fragte Heidi weiter.

„Für Martin dreht sich doch alles nur noch um dieses eine Forschungsprojekt. Dass die Stadt ein neues Hotel braucht und der Bahnhof vor Fahrrädern überquillt und umgebaut werden müsste, das sieht er nicht. Er war schon immer so selbstzentriert und realitätsfremd. Wahrscheinlich wird man so, wenn man sich über zwanzig Jahre lang hinter den hohen Mauern eines College versteckt. Mir haben die drei Jahre damals jedenfalls mehr als genügt."

„Kennen Sie Professor Loveless gut?"

„Martin? Oh ja, ich habe ihn und Jules damals in der Freshers Week, also gleich in der ersten Woche am College, kennengelernt. Wir waren gemeinsam auf dem Cherwell punten. Lisa O'Neill, Zoe Hearne und Philipp Moore waren auch dabei. Von dem Tag an waren wir sechs unzertrennlich."

Charlotte Jacobs tupfte sich mit einem Stofftaschentuch die Tränen aus dem Gesicht und lächelte dabei leicht. Heidi konnte ihr ansehen, wie die Erinnerung an diesen Tag in ihrem Kopf lebendig wurde.

„Sie waren also gut mit Mr McCann befreundet, Mrs Jacobs?"

„Ja, all die Jahre. Wir haben uns oft gesehen – das ist der Vorteil einer kleinen Stadt wie Oxford, man läuft sich auch immer mal wieder zufällig über den Weg. Durch seinen Wahlkampf besuchte Jules viele Wohltätigkeitsveranstaltungen, die ich organisiert hatte. Und wir sind …" Charlotte Jacobs stockte. Ihr fiel es merklich schwer, weiterzusprechen. „Wir waren quasi Nachbarn."

„Wohnen Sie noch immer in Summertown?", hakte Heidi nach. Schon als Kind hatte sie sich gewünscht, auf dem herrschaftlichen Anwesen zu wohnen, auf dem Charlotte Jacobs aufgewachsen war. Jeder in Oxford kannte dieses außergewöhnlich schöne Stück Land, das bereits seit Jahrhunderten der Familie Jacobs gehörte. Das Grundstück, auf dem das Haus stand, lag an dem kleinen Kanal, der durch Oxford führte, und mit ihrem kleinen Kanu war Heidi zusammen mit ihrem Bruder Tom oft ganz nah an den Bootssteg herangerudert. Sie hatte sich vorgestellt, dass sie eine Prinzessin wäre und auf dem weitläufigen Anwesen leben würde.

„Ja, in meinem Elternhaus." Auf einmal legten sich tiefe Sorgenfalten auf Charlotte Jacobs' Gesicht, die ihrer Schönheit jedoch keinen Abbruch taten. „Haben Sie schon mit Helena McCann gesprochen?"

„Nein, noch nicht persönlich, aber zwei Kollegen müssten in diesem Moment bei ihr sein", antwortete Heidi mit beruhigender Stimme. Sie hatte Sergeant Simmons damit beauftragt, zwei Kollegen und einen Seelsorger zu Helena McCann zu schicken, um sie vom Tod ihres Mannes zu unterrichten.

„Helena ist hochschwanger. Hoffentlich nimmt der Schock sie und das Kind nicht zu sehr mit!"

„Es wird sicherlich nicht leicht für sie sein." Heidi spürte, wie ihr ebenfalls Tränen in die Augen stiegen. Seit ihrer eigenen Schwangerschaft war sie furchtbar nah am Wasser gebaut, dabei war das doch schon fast eineinhalb Jahre her. Sogar ein offener Schnürsenkel hatte sie kürzlich zum Weinen gebracht. Das sind die Hormone, hörte sie Rich sagen, das geht irgendwann wieder vorbei. Heidi wünschte sich, dass es schnell vorbeiginge, und hoffte, dass ihr neuer Kollege die Tränen in ihren Augen nicht bemerkt hatte. „Sagen Sie, Mrs Jacobs, wie lange dauert es, um von Ihrem Haus in Summertown hierher zu fahren?"

„Das hängt natürlich ganz vom Verkehr ab."

„Und heute?"

„Heute hat es nicht sehr lange gedauert. Da Semesterferien sind, war nicht so viel los auf den Straßen wie sonst immer." Charlotte Jacobs überlegte. „Ich würde sagen, es dauerte zwanzig bis fünfundzwanzig Minuten. Allerdings sind wir auf der Longwall Street gefahren, am Auditorium des College vorbei, nicht die High Street runter. Da ist ja immer viel los."

„Wer ist ‚wir'? Sind Sie heute in Begleitung Ihres Mannes hier?", fragte Heidi und bemerkte, wie sich Frederick interessiert aufsetzte.

„Oh nein, mit ‚wir' meine ich meinen Fahrer und mich. Jimmy hat mich direkt vor dem College abgesetzt."

Frederick lehnte sich auf seinem Stuhl zurück.

„Wann sind Sie im College eingetroffen?", wollte Heidi wissen.

„Gegen 18.15 Uhr, ich bin nicht gerne unpünktlich, wissen Sie. Der Champagnerempfang hat um 18.30 Uhr begonnen, und ich liebe Champagner."

„Haben Sie während des Empfangs mit Mr McCann gesprochen?"

„Nicht sehr lange, wir haben uns nur kurz begrüßt. Er sah furchtbar aus; ich habe ihm angesehen, dass er mit den Nerven am Ende war. Die Vorbereitungen zur Wahl des Lord Mayor liefen ja schon seit Monaten und er wollte nichts mehr, als gewählt zu werden. Er hätte wirklich alles dafür getan, war rund um die Uhr im Rathaus und hat gearbeitet. Das ging natürlich nicht ganz spurlos an ihm vorbei. Ich habe ihn immer wieder ermahnt, dass er sich etwas schonen müsse, doch er wollte einfach nicht auf mich hören!"

„Hat er Ihnen gegenüber denn zugegeben, dass es ihm zu viel war?"

„Nein, Jules hätte das niemals zugegeben. Er wusste, dass er sich das nicht erlauben konnte, vor allem nicht in der Öffentlichkeit und so kurz vor dem Wahltag. Aber jeder, der ihn näher kannte, konnte ihm ansehen, wie es um ihn stand. Ich habe ihn beim Dinner kurz gefragt, ob mit ihm alles in Ordnung wäre. Ihm war das furchtbar unangenehm und er hat übertrieben laut geantwortet, dass alles wunderbar sei."

„Wann genau hat das Dinner begonnen?"

„Das muss etwa gegen 19.15 Uhr gewesen sein. Einer der Keller hat um 19 Uhr zum ersten Mal die Glocke geläutet, da habe ich auf die Uhr geschaut."

„Die Glocke?", fragte Frederick.

„Ja, das ist Tradition hier, so ähnlich wie im Theater oder in der Oper. Ein Bediensteter läutet drei Mal eine kleine Glocke als Zeichen dafür, dass die Gäste sich auf den Weg in die Dining Hall machen können."

Heidi nickte und fragte: „Wurde den ganzen Abend über Wein ausgeschenkt?"

„Ja, ich hätte mich da besser etwas zurückhalten sollen, ich spüre den Alkohol ganz schön. Es ist mir etwas unangenehm, so vor Ihnen zu sitzen." Charlotte Jacobs kicherte verlegen.

„Machen Sie sich bitte keine Sorgen, Mrs Jacobs", antwortete Heidi höflich. „Das heißt also, dass den ganzen Abend über einige Gläser Wein ausgeschenkt wurden?"

„Ja. Die Bediensteten haben immer darauf geachtet, dass kein Glas leer war. Das ist bei dieser Art von Dinner üblich, und wenn ich ehrlich bin, ist das auch einer der Gründe, weshalb alle so gerne zu diesen Alumni-Dinner gehen – ganz abgesehen davon natürlich, dass man alte Freunde und Bekannte wiedertrifft."

„Mrs Jacobs, wir haben im Wein von Mr McCann Gift gefunden. Haben Sie irgendwen beobachtet, der ihm etwas ins Glas getan hat?"

„Ich? Nein."

„Können Sie sich vorstellen, wer Mr McCann etwas antun wollte? Sie kannten ihn doch sehr gut. Hatte er Feinde?"

„Feinde?", überlegte Charlotte Jacobs. „Feinde ist vielleicht zu viel gesagt, aber durch die Wohltätigkeitsveranstaltungen, die ich organisiere, komme ich mit vielen Leuten ins Gespräch, und das Thema der letzten Wochen war natürlich die Wahl des neuen Lord Mayor. Wissen Sie, viele Traditionalisten haben Jules seinen politischen Erfolg nicht gegönnt. Ein Schotte, der ins englische Oxford kommt, um Lord Mayor zu werden, und die Stadt auf den Kopf stellen will, das hat den alteingesessenen Familien nicht gefallen. Die Leute haben ihm das Leben ganz schön schwer gemacht, haben ihn wissen lassen, dass sie nicht viel von seinen Ideen halten und lieber Dr. Stevens als Lord Mayor sehen würden. Dr. Stevens stammt aus einer Familie, die schon seit Generationen in Oxford lebt; außerdem geben die Leute hier viel auf Titel. Und selbst Martin, Jules' bester Freund, hatte sich gegen ihn gestellt."

„Was wollen Sie damit sagen?"

„Jules wirkte heute Abend so, als sei er mit seinen Kräften am Ende. Vielleicht wurde ihm alles zu viel und er hat sich etwas angetan", sagte Charlotte Jacobs ernst.

Heidi konnte ihr ansehen, dass sie das tatsächlich für möglich hielt. „Sie meinen, Mr McCann soll sich hier vor all den Leuten selbst vergiftet haben?"

„Jules hat sich immer schon gerne selbst inszeniert. Er war Politiker durch und durch, eine Person des öffentlichen Lebens. Er hat für alles, was er gemacht hat, Publikum gebraucht. Ein stiller Tod in einem abgeschlossenen Zimmer, das wäre nichts für Councillor Jules McCann gewesen."

DER MANN, DER sich nun zu ihnen setzte, sah aus wie ein Lebemann, der nichts anbrennen ließ. Er trug einen maßgeschneiderten Frack aus feinster Baumwolle und hatte das beigefarbene Seidenhemd aufgeknöpft, so dass man sein dunkles Brusthaar und eine goldene Halskette mit einem großen Anhänger, eine Art Familienwappen, sehen konnte. Das schwarze Haar hatte er streng nach hinten gekämmt.

„Ich mach das!", flüsterte Frederick seiner Kollegin zu.

„Können Sie wieder sprechen, ja?", fragte Heidi und konnte ein Grinsen nicht unterdrücken.

„Wieso nicht?", entgegnete Frederick. „Sie sind Philipp Moore, richtig?", begann er die Befragung.

„Hundert Punkte, Inspector", rief der Dunkelhaarige und kratzte sich mit dem Zeigefinger unter der Nase.

Fredericks Blick fiel auf das angetrocknete Blut unter dem linken Nasenloch von Philipp Moore. Koks, der Mann hatte gekokst, da war sich Frederick sicher.

„Haben Sie etwas mit dem Schnapshersteller Moore aus Hertfordshire zu tun?"

„Zweihundert Punkte."

„Und Sie sind extra für das Alumni-Dinner nach Oxford gekommen?"

„Dreihundert Punkte."

„Sie waren im selben Abschlussjahrgang wie Mr McCann, richtig?"

„Vierhundert Punkte."

„Kriege ich fünfhundert Punkte, wenn ich behaupte, dass Sie nicht gesehen haben, wer Mr McCann Gift in seinen Wein gemischt hat?", fragte Frederick herausfordernd.

„Es stimmt also, was die Leute reden?" Der Ausdruck in Philipp Moores Gesicht zeigte echte Betroffenheit. „Jules wurde tatsächlich vergiftet?"

„Ja, sehr wahrscheinlich."

„Das ist doch Wahnsinn." Philipp Moores Blick wanderte zu der dunklen Holzdecke über ihnen und schien nicht ruhen zu können.

„Sie haben also nichts gesehen, niemanden beobachtet, der Mr McCann etwas in den Wein gemischt hat?"

Philipp Moore schüttelte schweigend den Kopf. Er wirkte abwesend.

„Dann bleiben ja nur noch Sie als Täter übrig!", rief Frederick und hoffte, dass diese Anschuldigung sein Gegenüber wieder zurück in die Realität holen würde.

Aber Philipp Moore blickte weiter gedankenverloren an die Decke und antwortete irgendwann langsam: „Ich habe Jules nichts untergemischt. Wie auch?"

„Wie auch?", wiederholte Frederick und war sich sicher, dass Philipp Moore auch zum Zeitpunkt des Mordes nicht nur besoffen, sondern zugedröhnt gewesen war. „Können Sie sich denn vorstellen, wer Mr McCann umgebracht haben könnte?"

„Nein. Wer hätte Jules denn etwas antun wollen? Sind Sie sicher, dass es nicht doch ein Herzinfarkt war?"

„Sie haben also nichts gesehen und wissen nicht, wer ein Motiv gehabt haben könnte, Mr McCann umzubringen?"

„Nein. Das ist doch Wahnsinn."

Wahnsinn wäre es, hier noch weiter Zeit zu verschwenden, dachte Frederick.

„LISA O'NEILL?" Heidi ergriff das Wort.

Die Rothaarige mit der dicken Hornbrille nickte.

„Was machen Sie beruflich?"

„Ich bin Galeristin."

Die zierliche Frau mit den markanten Gesichtszügen sah genau so aus, wie Heidi sich eine Galeristin vorstellte. Lisa O'Neill trug kein Abendkleid, sondern eine weit schwingende, feuerrote Seidenhose, die aus der Zeit von Marlene Dietrich hätte stammen können. Dazu hatte sie ein mit

Pailletten besetztes, tannengrünes Top gewählt, das ihre roten Haare noch mehr zum Leuchten brachte, und große silberne Ohrringe. Die Lippen hatte sie sich in einem kräftigen Pink geschminkt.

„Mir gehört die Galerie in der Little Clarendon Street neben dem Brautgeschäft. Vielleicht kennen Sie sie?"

„Ja, ich weiß, wo das ist." Heidis Gedanken schweiften für einige Augenblicke ab. In dem Brautgeschäft nebenan habe ich vor zehn Jahren mein cremefarbenes Brautkleid mit der Spitze gekauft, wollte sie sagen, doch das tat nun wirklich nichts zur Sache. Außerdem würden ihr nur wieder die Tränen in die Augen steigen, wenn sie an ihr wunderschönes Brautkleid dachte. „Sind Sie verheiratet?", fragte sie stattdessen.

„Verheiratet? Nein, ich halte nichts vom Konzept der Ehe. Aber ich bin mit Juan Enriquez zusammen."

„Wer ist das?", warf Frederick ein

„Der berühmte Künstler aus London."

„Noch nie gehört", sagte Frederick und zuckte die Schultern.

Diesmal war es Heidi, die Frederick mit einem unschönen Blick bedachte. „Ist Mr Enriquez heute Abend hier?", wollte sie wissen.

„Nein, er würde sich hier nicht wohlfühlen, das alles hier würde ihn zu sehr einengen. Und damit meine ich nicht räumlich."

„Sondern?" Frederick runzelte die Stirn.

„Sie sind also allein gekommen?", schob Heidi schnell hinterher und hoffte, das Lisa O'Neill nicht auf Fredericks Frage eingehen würde.

„Ja, das ist richtig."

„Wann genau sind Sie im College eingetroffen?"

„Ich war spät dran – ich bin immer spät dran, Unpünktlichkeit ist eine meiner großen Schwächen. Ich denke, ich bin so gegen 18.45 Uhr angekommen."

„Wie sind Sie hergekommen? Mit dem Auto?"

„Nein, ich habe kein Auto. Ein Freund hat mich gefahren."

„Aha", mischte Frederick sich wieder ein. „Und waren Sie noch auf dem Empfang oder sind Sie direkt zum Dinner gegangen?"

„Ich war noch kurz auf dem Empfang. Leider habe ich nur noch ein Glas Champagner abbekommen. Andere hatten zu dem Zeitpunkt schon einen gewissen Vorsprung. Was ist das eigentlich für ein Akzent, den Sie da haben?" Sie blickte Frederick mit glasigen Augen an.

„Ich bin ein Scouser, in Liverpool geboren."

„Oh, Liverpool, die Beatles. Ich liebe die Beatles. Sie mögen die Beatles doch sicher auch? Wer mag sie nicht? Vor allem, wenn man aus Liverpool stammt …"

Auch wenn die Frau beim Empfang nicht viel Champagner abbekommen haben sollte, hat sie das ganz offensichtlich mit dem Wein beim Dinner wieder wettgemacht, dachte Heidi und unterbrach die Rothaarige: „Miss O'Neill, ich möchte nicht unhöflich sein, aber kommen wir zu dem heutigen Abend zurück. Sie saßen Mr McCann schräg gegenüber, als er zusammengebrochen ist?"

„Das stimmt."

„Die Stimmung am Tisch war angespannt, ist das richtig?"

„Davon habe ich nichts bemerkt", antwortete Lisa O'Neill.

„Wir wissen von dem Streit zwischen Mr McCann und Professor Loveless, Miss O'Neill", erwiderte Heidi scharf.

„Sie wissen davon?" Lisa O'Neill atmete erleichtert aus; sie schien einige Sekunden lang die Luft angehalten zu haben. „Dann muss ich ja kein Blatt vor den Mund nehmen. Ich fand den Streit einfach furchtbar! Die verletzenden Kommentare von Martin waren völlig überflüssig! Er war von Anfang an schlecht gelaunt. Er hasst alles Förmliche und hatte es darauf angelegt, uns allen die Stimmung zu verderben. Jules war heute Abend ein einfaches Ziel, er wirkte ohnehin schon angeschlagen. So hatte ich ihn noch nie gesehen."

„Wie meinen Sie das?", hakte Heidi nach.

„Er sah schrecklich aus, hatte dunkle Ränder unter den Augen, so als ob er tagelang nicht geschlafen hätte. Martin hat einfach nicht aufgehört, ihn zu provozieren. Normalerweise war das nur Geplänkel zwischen den beiden, das haben sie schon damals als Studenten gemacht. Aber heute Abend sind beide ziemlich laut geworden und all unsere Versuche, sie zu beruhigen, waren vergebens. Jules hat irgendwann nach seinem Weinglas gegriffen, einen großen Schluck getrunken und dann ging alles ganz schnell. Es war ein furchtbarer Anblick, sag ich Ihnen, das werd ich mein Leben lang nicht vergessen – wie Jules erst keine Luft mehr bekommen hat und sich panisch die obersten Knöpfe seines Hemdes aufgerissen hat. Dann hat er sich die Brust gehalten; die Schmerzen, die er hatte, müssen unerträglich gewesen sein. Er hat furchtbar laut gestöhnt. Wir haben ihn gefragt, was los sei, ob wir irgendwie helfen können, doch er war nicht mehr in der Lage zu sprechen, so starke Schmerzen hatte er! Ich sag Ihnen, dieses Gesicht, dieses schmerzverzerrte Gesicht, das werde ich nie wieder vergessen können! Kurz darauf ist Jules einfach in sich zusammengesackt. Er ist von seinem Stuhl gerutscht und bum, lag er auf dem Boden. Das alles geschah innerhalb von Sekunden."

„Haben Sie gesehen, ob jemand ihm etwas ins Glas getan hat?"

„Sie meinen, jemand hat Jules vergiftet?" Lisa O'Neill starrte Heidi ungläubig an.

„Es sieht ganz danach aus."

„Nein, ich habe nichts gesehen."

„Haben Sie denn eine Idee, wer ihn umgebracht haben könnte? Martin Loveless vielleicht?"

Lisa O'Neill wirkte verunsichert. „Nein, das glaube ich nicht. Martin war seit dem Studium eng mit Jules befreundet, und auch wenn er unbeschreiblich wütend auf ihn war, wäre er niemals so weit gegangen, ihn umzubringen. Da bin ich mir ganz sicher."

„Und wie war Ihr Verhältnis zu Mr McCann?"

„Jules war ein guter Freund."

„War er das wirklich?"

Lisa O'Neills Stimme zitterte. „Sie meinen doch nicht etwa, ich hätte Jules umgebracht? Vor all den Leuten? Da hätte ich doch viel zu große Angst gehabt, erwischt zu werden!"

„Danke, Miss O'Neill, das war erst einmal alles. Sergeant Simmons wird Sie hinausbegleiten."

ALS HEIDI UND Frederick den St Swithuns Squad betraten, standen dort nur noch der Mini und Sergeant Simmons' Fahrrad.

„Sind alle weg?", fragte Heidi.

Sergeant Simmons nickte. „Dean Shaw und alle anderen, die hier auf dem Gelände leben, haben sich in ihre Wohnungen zurückgezogen. Die übrigen Gäste sind gegangen und die Absperrungen wurden entfernt."

„Lassen Sie uns fahren. Ich bring Inspector Collins heim und kann Sie auch mitnehmen, wenn Sie wollen."

„Nein, ich fahr lieber mit dem Fahrrad", antwortete Sergeant Simmons und blickte zu Boden.

„Na dann – gute Heimfahrt!", meinte Heidi.

„Ihnen auch eine sichere Fahrt!", erwiderte Sergeant Simmons, dann fügte er schnell hinzu: „Also, ich meine, ähm, nicht, dass Sie denken, dass ich denke, dass Sie nicht gut heimkommen würden, also, ich …"

„Ich hab Sie schon richtig verstanden, Simmons. Machen Sie, dass Sie nach Hause kommen!"

Frederick und Heidi schauten Sergeant Simmons hinterher, der sich eine neongelbe Schutzweste überzog und einen Fahrradhelm aufsetzte, an dem ein helles Licht blinkte. Dann fuhr er eilig auf seinem Fahrrad durch das offene Tor des Magdalen College – hinaus in das nächtliche Oxford.

„Sie haben den armen Kerl ganz schön in Verlegenheit gebracht", sagte Frederick lachend.

„Ach was!"

„Ob er weiß, dass er wie ein Glühwürmchen aussieht? Das ist alles Ihre Schuld! Wahrscheinlich will er sichergehen, dass er im Dunkeln nicht von Ihnen angefahren wird!"

„An Ihrer Stelle wäre ich vorsichtig, sonst lass ich Sie am Ende noch nach Hause laufen", drohte Heidi, setzte sich in den Mini und wartete, bis Frederick ebenfalls eingestiegen war. Als sie anfuhr, fragte sie: „Wo soll ich Sie absetzen?"

„Holywell Street 23, das ist gleich beim King's Arms."

„Ist das Ihr Stammlokal?"

„Ich hab mich noch nicht zwischen dem King's Arms und der Turf Tavern entschieden."

„Sie sind noch keine Woche in Oxford und haben die Turf schon entdeckt? Ich kenne niemanden, der sie gleich beim ersten Anlauf gefunden hat, so versteckt, wie sie liegt. Was wiederum den Vorteil hat, dass nicht ganz Oxford zusieht, wenn man mal etwas über die Stränge schlägt."

„Sie scheinen sich ja bestens auszukennen."

„Ich bin hier aufgewachsen, ich kenne so ziemlich jede Ecke. Es gibt in Oxford übrigens über hundertneunundreißig Pubs!"

„Kennen Sie die Colleges auch alle?"

„Viele davon, ja."

„Haben Sie an der Universität Oxford studiert?"

„Nein, aber ich hatte einige Jahre lang einen ziemlich verrückten Freund, der jeden Sommer die Studienabschlussbälle gecrasht hat, und da habe ich viele der Colleges von innen gesehen. Normalerweise sind die Eintrittskarten für diese Bälle wahnsinnig teuer und nur auserlesene Gäste dürfen nach persönlicher Einladung an den Bällen teilnehmen. Aber davon haben wir uns nicht abschrecken lassen. Die Leute vom Sicherheitspersonal haben zwar Adleraugen, aber wenn man sich ein bisschen auskennt, kann man ungesehen an ihnen vorbeikommen. Was wir uns da alles haben einfallen lassen!"

„Aha, was denn?", fragte Frederick neugierig.

„Mit einer Leiter sind wir über die hohen Collegemauern geklettert und haben uns mit Seilen auf der anderen Seite wieder hinuntergelassen. Dabei haben wir schwarze Jogginganzüge getragen, in denen wir uns am Sicherheitspersonal vorbeigeschlichen haben. Aber auf diesen Bällen waren alle fein angezogen, dort wurde schließlich der Studienabschluss der reichsten Kinder des Landes gefeiert. Um nicht aufzufallen, mussten wir auch so gekleidet sein. Also hatten wir Ballkleid und Smoking in einem Rucksack dabei und haben uns schnell umgezogen. Es war immer ein Riesenspaß! Sie können sich gar nicht vorstellen, was auf solchen Studienabschlussbällen an Alkohol und Essen ausgegeben wird: Es gibt Champagnerbrunnen, Schokoladenbrunnen, Eisskulpturen, die Wodkaflaschen kühlen, meterlange Buffets mit Privatköchen und, und, und! Diese Abende waren einfach unvergesslich. Leider wurden wir irgendwann mal erwischt und der Sicherheitsdienst hat die Polizei gerufen. Und ausgerechnet mein Vater hatte in der Nacht Dienst."

„Arbeitet Ihr Vater für die Universität?"

„Oh, nein, mein Vater war der Polizist, der uns damals aufs Präsidium gebracht hat, um uns die Leviten zu lesen."

„Ihr Vater ist Polizist?"

„Er war Polizist, Hauptkommissar, bis vor zwei Jahren. Er hat seinen Beruf geliebt und seinen Posten nur schweren Herzens an Chief Inspector Meyers abgegeben."

„Dann liegt es also bei Ihnen in der Familie, Verbrecher zu jagen. Was halten Sie von unseren Verdächtigen?"

„Das ist schwer zu sagen, die fünf standen ziemlich neben sich. Sehr unglaubwürdig finde ich aber, dass sie allesamt nichts gesehen haben wollen, nicht das Geringste, Kerzenschein hin oder her. Irgendeiner von ihnen muss doch was beobachtet haben. Sie waren alle mit McCann befreundet, das behaupten sie zumindest. Sollte ihnen dann nicht daran gelegen sein, seinen Mörder zu finden? Ich habe Simmons schon auf die fünf angesetzt, er wird uns morgen berichten, was er herausfinden konnte. Außerdem sollten wir mit McCanns Frau sprechen und uns in seinem Haus umsehen. Seine Frau hat wohl einen Schwächeanfall gehabt, als sie von seinem Tod erfahren hat, aber ich denke, morgen früh wird sie vernehmungsfähig sein. Nummer 23. Ist es hier?" Heidi stieg auf die Bremse.

„Ja, erster Stock."

Heidi blickte die alte Hausfassade hinauf. Auf der Höhe der ersten Etage befand sich ein kleiner Balkon mit eisernem Geländer, auf dem an einer Wäscheleine Boxershorts in allen erdenklichen Farben hingen. Sie wurden von einer Straßenlaterne direkt angeleuchtet.

„Ist Samstag Ihr Waschtag?", fragte Heidi amüsiert.

Frederick schaute aus dem Fenster hoch zu seinem Balkon und errötete. „Ach, die gute alte Miss Goosebeck. Sie hilft mir, meine Wohnung in Ordnung zu halten, und irgendwie scheine ich ihr leidzutun, denn sie kann es nicht lassen, auch meine Wäsche zu machen."

„Das ist nicht zu übersehen." Heidi grinste. „Ich hole Sie dann morgen um 9 Uhr ab."

„Danke", sagte Frederick gähnend. „Gute Nacht!"

„Gute Nacht!"

„Und sichere Weiterfahrt!", fügte Frederick mit einem Augenzwinkern hinzu, bevor er sich aus dem Beifahrersitz herausquälte und die Wagentür zuschlug.

NOCH EINE GANZE Weile blickte Frederick den Rücklichtern des Minis hinterher. Dann griff er in seine Hosentasche und holte eine Craven "A" und ein Feuerzeug hervor. Es hatte die Form des Royal Liver Building, des Wahrzeichens von Liverpool. Frederick zündete sich die Zigarette an, nahm einen Lungenzug und blies den Rauch langsam in die kalte Nachtluft. Das würde kein leichter Fall werden. Ein Mörder, der es wagte, sein Opfer in der Öffentlichkeit hinzurichten, litt entweder an Größenwahn oder war sich ziemlich sicher, keine Spuren zu hinterlassen.

LEISE SCHLOSS HEIDI die Tür zu ihrem neuen Wohnhaus auf, zog die Schuhe aus und schlich auf Zehenspitzen die Treppe hinauf. Oben im Wohnzimmer brannte auf einem runden Abstelltisch eine kleine Lampe, und ihre Mutter hatte einen Zettel hinterlassen, auf dem stand: „Rich ist heimgekommen, kurz nachdem du weg musstest. Wir haben ein wenig aufgeräumt. Love, Mum."

Was Heidi dann sah, ließ ihr wieder einmal Tränen in die Augen steigen, doch diesmal waren es dicke Tränen der Rührung und sie konnte und wollte sie nicht zurückhalten. Der Boden war freigeräumt, alle Umzugskisten standen ordentlich aufgereiht an der Wand und das rote Sofa war an seinen vorgesehenen Platz geschoben worden. Auf dem Sofa lag Rich, der in einem Arm die kleine Ann und im anderen den kleinen Max hielt. Alle drei schliefen. Was würde Heidi nur ohne ihre Familie tun?

Helena McCann musste ihr Kind nun allein zur Welt bringen und aufziehen. Etwas Schlimmeres konnte einer Frau wohl kaum passieren. Wer auch immer McCann umgebracht hatte, hatte in Kauf genommen, das Leben einer kleinen Familie zu zerstören.

Sonntag,
18. Mai

MIT SCHWUNG BOG Heidi mit ihrem Mini in die kies-bedeckte Einfahrt ein, die zum Anwesen der McCanns führte. Frederick hatte sich wieder auf den Beifahrersitz gezwängt und war damit beschäftigt, den Kopf so zu halten, dass er ihn sich nicht ständig an der niedrigen Decke des kleinen Wagens stieß. Auf der Rückbank des Minis, zwischen zwei Kindersitze gezwängt, saß Sergeant Simmons.

Er hatte Heidi am Morgen angerufen und sie kleinlaut darum gebeten, ihn vom Polizeipräsidium abzuholen. Erst hatte sie gedacht, dass sich einer ihrer Kollegen als Simmons ausgegeben und sich einen Scherz mit ihr erlaubt hatte, doch dann hatte sie aus dem Fenster gesehen: Es schüttete wie aus Kübeln und der Himmel war mit dunklen Wolken verhangen. Es würde noch über Stunden weiter heftig regnen, denn Oxford lag in einem Tal, und wenn es regnete, dann richtig.

„Das ist ja eine Riesenhütte!", rief Sergeant Simmons aufgeregt, als sie auf das Haus zufuhren.

Der große viktorianische Altbau schien erst kürzlich umfassend renoviert worden zu sein. Das saubere Weiß der Wände strahlte trotz des trüben Wetters und setzte sich von den frisch lackierten dunklen Holzbalken ab. Vor dem Haus standen zwei Fahrzeuge: ein silberner Audi TT und eine roter BMW. Heidi parkte den Mini daneben, und da keiner von ihnen einen Schirm dabeihatte, liefen sie durch den Regen hinüber zum Eingang des Hauses. Dort drängten sie sich zu dritt unter das kleine Vordach.

Heidi schob sich nach vorne und drückte auf den Klingelknopf. Wenig später wurde die Haustür geöffnet. Vor ihnen stand eine junge Frau in einem pinkfarbenen Samtjogginganzug, die Hosenbeine steckten in hellen Lammfellschuhen. Ihre schwarz gefärbten Haare hatte sie locker zu einem Knoten gebunden, einzelne Strähnen fielen ihr in das schmale Gesicht. Die Haut wirkte orange.

Die Bräune ist mit Sicherheit aufgesprüht, dachte Heidi, dann fragte sie: „Sind Sie Helena McCann?"

Die junge Frau nickte wortlos. Sie war wesentlich jünger, als Heidi es erwartet hatte, vielleicht achtundzwanzig Jahre alt. Ihre Augen waren rot unterlaufen, sie hatte ganz offensichtlich geweint.

„Mein Beileid, Mrs McCann. Ich bin Inspector Green und das sind Inspector Collins und Sergeant Simmons. Wir sind hier, weil wir mit Ihnen über den Tod Ihres Mannes sprechen müssen. Dürfen wir reinkommen?"

Helena McCann trat in den Flur zurück und antwortete: „Ja, bitte sehr." Sie führte sie in ein großzügiges Wohnzimmer, das mit teuren Designermöbeln eingerichtet war, und deutete auf ein breites Ledersofa und zwei Sessel. „Bitte setzen Sie sich doch."

„Wäre es in Ordnung für Sie, wenn sich Sergeant Simmons etwas im Haus umschaut, während wir uns mit Ihnen unterhalten?", erkundigte sich Heidi.

Das war es nicht, wie sie im Gesicht von Helena McCann lesen konnte, doch die junge Frau antwortete mit gespielter Freundlichkeit: „Selbstverständlich." Dann rief sie laut: „Vivienne!"

Sergeant Simmons, der gerade damit beschäftigt war, die Wassertropfen von seiner Regenjacke zu wischen, zuckte zusammen.

„Ja?" Ein blonder Lockenkopf lehnte sich wenige Augenblicke später zur Wohnzimmertür hinein.

„Bitte zeig diesem Gentleman kurz, wo es in den ersten Stock geht, damit er sich etwas umschauen kann. Und danach bring uns einen Tee!"

„Natürlich. Kommen Sie bitte mit mir, Sir, ich zeige Ihnen alles." Vivienne lächelte Sergeant Simmons freundlich an, woraufhin ihm die Röte ins Gesicht stieg.

Heidi bemerkte auch, wie seine Augen zu leuchten begannen. „Ist Vivienne eine Freundin von Ihnen,

Mrs McCann?", fragte sie, nachdem die beiden den Raum verlassen hatten.

„Oh nein, sie ist meine Angestellte. Sie hilft mir ein wenig im Haushalt", antwortete Helena McCann und ließ sich schwerfällig in einen der dunklen Ledersessel sinken.

Heidi und Frederick setzten sich auf das Sofa.

„Wie lange ist sie schon bei Ihnen?", fragte Heidi.

„Jules hat sie angestellt, als ich schwanger wurde, vor etwas weniger als neun Monaten. Sie gehört inzwischen fast zur Familie. Zum Glück war sie auch gestern bei mir, als ich erfahren habe, was mit meinem Mann passiert ist. Ohne sie hätte ich nicht gewusst, wie ich die Nachricht von seinem Tod hätte verkraften sollen. Ich kann immer noch nicht glauben, dass er ermordet worden sein soll! Wer tut denn sowas? Und warum? Ausgerechnet in einer Stadt wie Oxford! Ich kam mir immer so sicher vor hier. Vivienne meint, Sie werden den Mörder sicherlich bald finden. Oxford ist ja eine kleine Stadt, nicht so wie London, da könnte ein Mörder einfach untertauchen. Hier kann er ja nicht weit kommen." Sie legte ihre Hände beschützend auf ihren Bauch.

„Wann ist es denn so weit?", fragte Heidi.

„In zwei Wochen."

„Wird es ein Junge oder ein Mädchen?"

„Wir wollten uns überraschen lassen."

Bloß keine Tränen, ermahnte sich Heidi, doch diesmal war es Helena McCann, die ihre Tränen nicht zurückhalten konnte. Glücklicherweise trat in diesem Moment Vivienne ins Wohnzimmer. Sie trug ein Tablett, auf dem eine Kanne Tee, ein Kännchen Milch, eine Dose mit Zucker und vier Tassen aufgereiht waren. Während sie es auf dem kleinen Glastisch vor dem Sofa abstellte, hatte Helena McCann etwas Zeit, um sich wieder zu sammeln.

„Können Sie mir sagen, ob Ihnen in letzter Zeit irgendetwas an Ihrem Mann aufgefallen ist, Mrs McCann? War er anders als sonst?", fragte Heidi nach einer Weile.

„Nein", erwiderte Helena McCann, ohne zu zögern. „Er war so wie immer."

In diesem Moment rutschte Vivienne eine Tasse aus der Hand, die sie vor Frederick hatte auf den Tisch stellen wollen. Sie landete mit einem lauten Klirren auf der Glasplatte.

„Entschuldigung", sagte Vivienne leise.

Doch Helena McCann beachtete sie gar nicht und sprach einfach weiter: „Mein Mann war in den letzten Monaten viel unterwegs, um für sich zu werben. Er wollte doch unbedingt zum Lord Mayor gewählt werden. Deshalb kam er oft spät nach Hause, und dann war er sehr müde. Aber er hat das ja alles für uns getan." Sie streichelte über ihren Bauch. „Er wollte nur das Beste für mich und das Baby, und wenn er erst einmal Lord Mayor geworden wäre, hätte er uns jeden Wunsch erfüllen können."

„Und gestern?"

„Ob er müde war gestern?"

„Nein, was hat er gestern gemacht, Mrs McCann?"

„Soweit ich weiß, hat er den ganzen Tag über in der Town Hall gearbeitet, so wie jeden Tag. Er war sehr fleißig, wissen Sie. Wenn er sich etwas vorgenommen hatte, dann hat er es immer erreicht."

„Er hat an einem Samstag gearbeitet?"

„Oh ja, die Town Hall ist auch samstags geöffnet, zumindest bis zur Mittagszeit. Jules ist aber immer länger geblieben, er hatte einen Generalschlüssel. Er hat da ein großes Büro ganz für sich. Als Politiker hatte er es weit gebracht, wissen Sie, ich war sehr stolz auf ihn."

„Das verstehe ich", sagte Heidi. „Ist er denn gestern direkt von der Town Hall zum Alumni-Dinner gefahren?"

„Nein. Später ist er noch einmal hierhergekommen. Allerdings war er nur kurz zu Hause, hat sich gleich ein Taxi gerufen. Er hatte nur wenig Zeit, gerade genug, um zu duschen und sich für das Alumni-Dinner umzuziehen. Ich musste ihm mit den Manschettenknöpfen helfen. Er wollte unbedingt diese besonderen Manschettenknöpfe tragen, die mit dem Wappen vom Magdalen College drauf. Er war sehr stolz, dass er dort seinen Abschluss gemacht hatte", erklärte Helena McCann und dicke Tränen liefen ihr über die Wangen.

„Er ist also mit dem Taxi zum College gefahren?"

„Ja." Helena McCann schniefte.

„Warum nicht mit seinem eigenen Wagen?"

„Bei diesen Alumni-Dinnern wird es meist sehr spät und es wird viel getrunken. Jules wollte danach nicht mehr Auto fahren. Er hat es mit dem Gesetz immer sehr genau genommen. Stellen Sie sich doch nur mal vor, er wäre betrunken Auto gefahren und erwischt worden. Ein betrunkener Politiker, das sehen die Leute gerne, dann fühlen sie sich, als ob er einer von ihnen wäre. Aber einer, der betrunken Auto fährt, das geht natürlich nicht."

„Wann hat Ihr Mann das Haus verlassen?"

„Gegen 17.30 Uhr, würde ich sagen."

„Wissen Sie, mit welchem Taxiunternehmen er gefahren ist?", fragte Frederick.

„Das kann ich Ihnen leider nicht sagen. Ist das denn wichtig?"

„Alles könnte wichtig sein."

Helena McCann überlegte.

„Ich glaube, es war eines dieser schwarzen London Taxis mit der gelben Schrift", mischte sich Vivienne ein, bevor sie mit dem leeren Tablett den Raum verließ.

„Oxford Cab?", fragte Heidi und griff nach ihrer Tasse.

„Ja, ich denke, es könnte Oxford Cab gewesen sein." Helena McCann nickte zustimmend.

„Mrs McCann, Sie sagten, Ihr Mann war beruflich sehr eingespannt?"

„Ja, die Wahl zum Lord Mayor steht nächste Woche an. Seit ich Jules kennengelernt habe, hat er davon gesprochen, dass er eines Tages Lord Mayor von Oxford werden würde. Das war sein größter Traum. Er hat gesagt, wenn er das geschafft hat, fahren wir zusammen irgendwohin in ein Luxushotel, ganz weit weg, nur wir beide und das Baby."

„Wann haben Sie Ihren Mann eigentlich kennengelernt?", fragte Heidi.

„Das war vor sechs Jahren."

„Hier in Oxford?"

„Nein, ich komme ursprünglich aus Sussex. Wir haben uns über gemeinsame Freunde in London kennengelernt."

Aha, aus Sussex, deshalb also die Sprühbräune und die gefärbten Haare, dachte Heidi und musste kurz schmunzeln.

„Das heißt, Sie kennen die Freunde Ihres Mannes aus seiner Studienzeit hier in Oxford nicht?", mischte Frederick sich ein.

„Das ist richtig. Zu den meisten von ihnen hatte Jules seit Jahren keinen Kontakt mehr. Bis auf seine besten Freunde von damals, eine Clique von sechs Leuten."

„Ihr Mann, Zoe Hearne, Lisa O'Neill, Charlotte Jacobs, Philipp Moore und Martin Loveless?"

Helena McCann nickte. „Zu Charlotte hatte er den meisten Kontakt, sie wohnt ja nur ein paar Straßen weiter. Anfangs war ich sehr eifersüchtig auf sie, denn ich mochte ihre ach so feine Art nicht", gab sie zu. „Die Frau wirkt ja so, als ob sie geradewegs vom Himmel heruntergestiegen ist mit ihren blonden Locken und dem Unschuldsgesicht. Ich komme mir immer wie ein Bauerntrampel neben ihr vor, so sehr ich mich auch bemühe, es ihr irgendwie gleichzutun. Aber da ist alle Liebesmüh vergebens!"

Endlich mal eine, die ausspricht, was alle Frauen in Oxford denken, freute sich Heidi und fand Helena McCann auf einmal wesentlich sympathischer.

„Über die Jahre habe ich mich dann irgendwie mit ihr angefreundet. Mir blieb ja auch nichts anderes übrig, denn

Jules und sie waren so." Helena McCann legte ihre beiden Mittelfinger über ihre Zeigefinger und hielt die Hände in die Höhe.

„Weshalb waren Sie eigentlich nicht beim Dinner dabei, Mrs McCann?", hakte Frederick nach.

„Mir ging es nicht besonders gut, ich musste mich schonen." Wieder strich sich Helena McCann über den Bauch. „Die Ärzte sagen, das Kind liegt falsch und es gibt Komplikationen. Wenn das Kleine sich in der nächsten Woche nicht dreht, wird es mit einem Kaiserschnitt geholt werden müssen."

„Mrs McCann, ich weiß, dass das keine einfache Frage ist, aber hatte Ihr Mann irgendwelche Feinde?", wollte Heidi wissen.

„Feinde?" Wieder begann Helena McCann zu schluchzen. „Ich glaube nicht, dass Jules Feinde hatte. Er war sehr beliebt in Oxford, er sollte doch nächste Woche zum Lord Mayor gewählt werden!"

„ER IST GANZ sicher durch das Gift gestorben, erst setzte die Lungenlähmung ein und dann der Herzstillstand", erklärte Dr. Goldberg, während er die Plane wegnahm, die den toten Jules McCann verdeckt hatte.

Sergeant Simmons drehte sich angewidert von dem Tisch weg, auf dem die nackte Leiche lag.

„Genau so hat es auch die O'Neill beschrieben", bestätigte Frederick.

„Wie hieß das Gift noch mal?", fragte Heidi.

„Akonitin. Hier, siehst du die blauen Lippen? Das ist ganz typisch dafür." Dr. Goldberg zeigte auf die aufgeplatzten Lippen des Toten, die bläulich schimmerten. „Es muss eine hohe Dosis gewesen sein, weil es ziemlich schnell gewirkt hat."

„Steph sagte, es sei ein Pflanzengift."

„Ja, das ist richtig."

Heidi musste unwillkürlich an Martin Loveless denken. „Hast du eine Kapsel oder etwas Ähnliches in seinem Mund oder im Magen gefunden?"

„Eine Kapsel?", wunderte sich Frederick.

„Nein, da war keine Kapsel", antwortete Dr. Goldberg.

„Dann können wir wohl ausschließen, dass er sich umgebracht hat", erklärte Heidi.

„Ja, Selbstmord halte ich für unwahrscheinlich, zumal Steph das Akonitin auch in McCanns Weinglas gefunden hat", bestätigte Dr. Goldberg. „Ach, hier hab ich noch etwas, das euch weiterhelfen könnte." Er hielt Heidi ein Smartphone und eine Geldnadel mit einem dicken Stapel Pfundnoten entgegen. „Das steckte in McCanns Frackjacke."

Sergeant Simmons pfiff anerkennend durch die Zähne und rief aufgeregt: „Das ist ja das neue iPhone!" Noch bevor Heidi reagieren konnte, hatte er ihr das Smartphone aus der Hand gerissen, begutachtete es von allen Seiten und drückte auf dem Screen herum. „Ganz neu auf dem Markt, mit Touch-ID, 64 Bit, 2 x CPU und 2 x GPU!"

„Ich versteh kein Wort, Simmons!", schimpfte Heidi.

„Das geht meiner Mutter genauso", gab Sergeant Simmons zurück, während er wild auf dem Smartphone herumtippte.

„Wollen Sie mich etwa mit Ihrer Mutter vergleichen, Simmons? Die ist doch schon noch ein paar Jahre älter als ich!", protestierte Heidi.

„Und sie kann besser Auto fahren."

DIE ST. ALDATES Police Station lag etwas außerhalb des Stadtzentrums gegenüber dem Gericht, am Ende von St. Aldates, der langen Straße, die den Berg hinunter in Richtung Abingdon führte. Sie befand sich in einem großen Sandsteinhaus, auf dessen Rückseite man über eine Treppe zum Diensteingang gelangte. Auch Heidi und Frederick hatten dort ihr Büro.

„Shortbread?", fragte Sergeant Simmons in die Runde und stellte die offene Keksdose auf den Tisch im großen Konferenzraum.

Chief Inspector Meyers griff gierig hinein und nahm sich gleich mehrere Kekse. Kein Wunder, dass er etwas untersetzt war.

„Dafür, dass ich mich an einem Sonntag ins Büro schleppe, will ich jetzt aber auch Fakten hören. Haben Sie schon einen Verdächtigen?", fragte er nachdrücklich.

Heidi, Frederick und auch Sergeant Simmons schwiegen und senkten die Köpfe, woraufhin Chief Inspector Meyers das Gesicht verzog.

Er wollte gerade etwas sagen, als Heidi vorschlug: „Wir sollten noch mal alles durchgehen." Bevor Chief Inspector Meyers widersprechen konnte, sagte sie: „Also, wir wissen, dass Jules McCann im Sommer 1995 seinen Bachelorabschluss am Magdalen College gemacht hat. Er ist im Herbst 1992, da war er achtzehn Jahre alt, von Glasgow nach Oxford gezogen, um Politikwissenschaften zu studieren. Seine Eltern hätten sich das Studium allerdings niemals leisten können. McCann hatte ein Stipendium für Hochbegabte. Während des Studiums lebte er auf dem Gelände des College und auch danach ist er in Oxford geblieben. Erst hat er sich nur ein kleines Zimmer in Cowley leisten können, später ist er dann nach Jericho gezogen, danach hat er das Haus in Summertown gekauft. Er ist in die Politik gegangen und hat sich über die Jahre hochgearbeitet bis zum Councillor. Der Höhepunkt seiner Karriere wäre die Ernennung zum Lord Mayor nächste Woche gewesen."

„Familie?", fragte Chief Inspector Meyers kauend.

„McCanns Eltern sind 1995 bei einem Verkehrsunfall ums Leben gekommen, und weil er das einzige Kind war, hat er alles geerbt. Aber sehr viel war das wohl nicht – der Vater war Bauarbeiter, die Mutter Hausfrau. 2008 hat McCann seine Frau Helena kennengelernt und sie ein Jahr später geheiratet. Sie kommt ursprünglich aus Bexhill-On-Sea in Sussex, ihre Eltern führen dort ein kleines Fischrestaurant. Sie selbst hat dort gekellnert, bevor sie McCann kennengelernt hat."

„Großer Sprung, von einer Kellnerin in Bexhill zur Politikerfrau in Oxford", kommentierte Chief Inspector Meyers noch immer kauend.

„McCanns gesamtes Vermögen geht jetzt an Helena McCann – und natürlich an das Kind, sobald es geboren ist. Seine Frau sagt, dass er in den letzten Wochen nur noch gearbeitet hat und kaum zu Hause war, was mich wundert, wenn man bedenkt, dass sie hochschwanger ist und es Komplikationen gibt. Da hätte ich etwas mehr Fürsorge von ihm erwartet."

„Sie meinen, es gab zwischen den beiden Probleme und dass die McCann was mit seinem Tod zu tun hat?", wollte Chief Inspector Meyers wissen.

„Ich habe das Gefühl, dass sie uns etwas verschweigt", antwortete Heidi. „Deshalb haben wir ihre Hausangestellte, eine gewisse Vivienne Miller, zum Verhör herbestellt. Vor der McCann hätte sie uns doch niemals etwas erzählt."

„Gut", sagte Chief Inspector Meyers und steckte sich zwei weitere Kekse in den Mund.

„Der Nächste, den wir unter die Lupe nehmen sollten, ist Nikolas Stevens. Der ist Jurist, hat seinen Doktor an der Universität Leeds gemacht und dort oben für ein Pharmaunternehmen gearbeitet. Vor zwei Jahren hat ihn seine Familie zurück nach Oxford geholt und er hat sich zum Councillor wählen lassen. Er profitiert am meisten von McCanns Tod, weil er jetzt der einzige Kandidat für den Posten des Lord Mayor ist", fuhr Heidi fort.

„Aber Dr. Stevens war doch gar nicht bei dem Dinner", warf Sergeant Simmons ein. „Er hätte McCann also nicht vergiften können."

„Guter Gedanke, Simmons", meinte Chief Inspector Meyers väterlich, „aber trotzdem sollten Sie ihn unbedingt verhören. Die Familie hat ihr Geld schon immer mit nicht ganz legalen Mitteln verdient, ich denke da nur an die Straton-Sache."

Heidi räusperte sich. Frederick blickte sie fragend an, doch weder sie noch die anderen in der Runde gingen auf Chief Inspector Meyers' Bemerkung ein.

„Am besten schauen Sie sich gleich morgen in der Town Hall um", brach dieser schließlich das Schweigen.

„Machen wir", klang es von allen Seiten.

„Haben Sie denn schon einen Verdacht, wer der Täter sein könnte?", fragte Chief Inspector Meyers.

„Direkt tatverdächtig sind Zoe Hearne, Martin Loveless, Charlotte Jacobs, Lisa O'Neill und Philipp Moore", zählte Heidi auf. „Die fünf saßen beim Dinner um McCann herum."

„Details?" Chief Inspector Meyers fiel ein Stück Keks aus dem Mund. Es landete auf dem Tisch, von wo aus er es mit seinen dicken Fingern aufsammelte und sich wieder in den Mund steckte.

„Charlotte Jacobs dürfte bekannt sein, sie ist die Erbin des Immobilienmoguls Henry Jacobs. Sie ist inzwischen zum dritten Mal verheiratet, kam aber allein zum Dinner. Es gibt Gerüchte, dass sie sich von ihrem Mann getrennt hat", erklärte Sergeant Simmons. „Martin Loveless ist Professor für Pflanzenkunde am Magdalen College. Ganz großer Fisch, forscht auf hohem Niveau in Zusammenarbeit mit Instituten in Amerika – Yale, Harvard und so weiter. Er soll kurz vor dem Durchbruch für irgendein bahnbrechendes Medikament stehen", fuhr er fort. „Zoe Hearne ist Anwältin, frisch verlobt und arbeitet in der Kanzlei ihres Vaters hier in Oxford. Schon der Großvater war Anwalt und alle drei Generationen haben am Magdalen College Jura studiert – das ist Familientradition. Dann ist da noch Philipp

Moore. Er gehört zum Moore-Clan aus Hertfordshire. Die Moores stellen seit Generationen Kartoffelwodka her und haben damit ein Vermögen gemacht."

„Kenn ich", meinte Chief Inspector Meyers. „Also, den Wodka: mild und erdig, richtig gutes Zeug, aber wahnsinnig teuer."

„Nummer fünf ist Lisa O'Neill. Sie führt eine Galerie, unter Kunstkennern ist sie anscheinend sehr bekannt, sogar in der Londoner Kunstszene. Ihre Familie stammt ursprünglich aus Irland, aber sie ist in England aufgewachsen. Die Eltern leben auf einem riesigen Anwesen in Cornwall, ein Schloss oder so."

„Anscheinend ist es bei diesen Festtafeln üblich, dass auf der einen Seite die Männer und auf der anderen die Frauen sitzen", fügte Frederick hinzu. „Martin Loveless saß links neben McCann, Philipp Moore rechts von ihm, und gegenüber Charlotte Jacobs, diese Anwältin links neben ihr und Lisa O'Neill rechts. Da in den Weinflaschen kein Gift gefunden wurde, aber in McCanns Glas, kann das eigentlich nur bedeuten, dass einer von ihnen ihm das Akonitin ins Glas getan haben muss."

Es klopfte an der Tür.

„Herein!", rief Chief Inspector Meyers laut.

Ein kräftiger Constable öffnete die Tür und meldete: „Vivienne Miller ist da, ich hab sie in den Vernehmungsraum gebracht."

„Bis morgen will ich das alles schriftlich haben", verlangte Chief Inspector Meyers.

Heidi und Frederick nickten und blickten auffordernd zu Sergeant Simmons.

Der zog daraufhin eine Schnute. „War ja klar – es bleibt immer alles an mir hängen!"

IM VERNEHMUNGSRAUM ZAPPELTE Vivienne Miller unruhig auf ihrem Stuhl herum.

„Vielen Dank, dass Sie hergekommen sind, Miss Miller", begrüßte Frederick sie freundlich, während er hinter sich und Heidi die Tür schloss.

„Ich muss aber so schnell wie möglich wieder zurück nach Summertown. Mrs McCann weiß nicht, dass ich hier bin; ich wollte nicht, dass sie sich unnötig aufregt. Sie hat Angst, allein zu sein, wenn die Wehen einsetzen. Es kann jetzt jederzeit losgehen, und da sich das Kind noch immer nicht gedreht hat, ist das nicht ganz ungefährlich. Zum Glück ist ihre Mutter auf dem Weg nach Oxford, um ihr bei der Organisation der Beerdigung von Mr McCann zu helfen. Es ist noch so viel zu tun. Mrs McCann hat mich gerade eben angerufen, um mich zu fragen, wo ich bleibe, und ich habe ihr gesagt, dass ich noch in der Stadt bin, mich aber in den nächsten zwanzig Minuten auf den Rückweg mache", sprudelte es aus Vivienne Miller heraus, während ihr Blick immer wieder nervös auf das Smartphone fiel, das sie vor sich auf den Tisch gelegt hatte.

„Ist Mrs McCann denn eine gute Chefin?", fragte Frederick.

Vivienne Miller zögerte kurz mit ihrer Antwort; sie schien sich nicht sicher zu sein, wie die Frage zu verstehen war. „Die Bezahlung ist sehr gut, wenn Sie das meinen", sagte sie schließlich.

„Nein, das meine ich nicht. Gefällt Ihnen die Arbeit bei den McCanns?"

„Ich kann mich wirklich nicht beschweren. Bis auf die letzten Tage war es eigentlich sehr angenehm, für sie zu arbeiten. Das Haus ist zwar groß, aber es wohnt ja kaum jemand darin, der es dreckig macht. Zumindest noch nicht. Ich kann es kaum abwarten, bis der kleine Wurm endlich da ist! Ich war bei allen Untersuchungen beim Arzt mit dabei, denn Mr McCann hatte keine Zeit. Er war fast nie zu Hause, hat meist den ganzen Tag lang gearbeitet und oft auswärts gegessen. Vor allem in den letzten Monaten hat er eine Veranstaltung nach der anderen besucht, auch abends. Und seit die Ärzte zu Mrs McCann gesagt haben, dass sie sich schonen muss, ruht sie sich viel aus."

„Sie haben angedeutet, dass Mr McCann in den letzten Tagen verändert war. Was war anders?"

Vivienne Miller griff nach einer ihrer blonden Locken und wickelte sie nervös um den Zeigefinger. „Ich fand, er hat sich seltsam verhalten."

„Seltsam?"

„Ja, seltsam eben."

„Können Sie beschreiben, in welcher Verfassung er war?"

„In was für einer Verfassung? Ich verstehe nicht ganz." Vivienne Miller blickte Frederick fragend an.

„War er angespannt, übermüdet, gereizt?"

„Ach, so meinen Sie das. Er war irgendwie nervös. Vor allem kurz bevor er gestern Abend ins Taxi gestiegen ist. Er wirkte rastlos, irgendetwas schien ihn zu beschäftigen. In den Nächten davor habe ich oft früh Licht bei ihm im Zimmer gesehen. Ich musste morgens sehr früh raus, um das Frühstück für ihn vorzubereiten, da habe ich das gesehen."

„War Mrs McCann dann auch immer wach?"

„Oh nein, die McCanns haben getrennte Schlafzimmer."

„Wann ist Ihnen das erste Mal aufgefallen, dass Mr McCann verändert war?"

Vivienne Miller legte die Stirn in Falten. „Das muss Mittwoch gewesen sein, ja, Mittwochabend. Er hat sich in sein Arbeitszimmer eingeschlossen und lange telefoniert."

„Sie haben nicht zufällig gehört, worum es bei dem Telefonat ging?", wollte Frederick wissen.

„Ich habe ihn doch nicht belauscht!", erwiderte Vivienne Miller empört.

„Sagen Sie, Miss Miller, sind Sie aus der Gegend?", versuchte Heidi abzulenken.

„Ja, ich komme aus Kidlington."

„Wo ist das?", fragte Frederick.

„Das ist ein kleiner Vorort im Norden von Oxford",
erklärte Heidi, dann wandte sie sich wieder Vivienne Miller zu: „Kannten Sie die McCanns, bevor Sie anfingen, für
sie zu arbeiten?"

„Mrs McCann nicht, aber Mr McCann, den kannte ich
schon, als ich noch ein kleines Mädchen war und er gerade
angefangen hatte, in der Town Hall zu arbeiten. Mein Vater
war damals Chauffeur für Lord Mayor Hilton und er hat
mich oft in die Town Hall mitgenommen." Für den Bruchteil einer Sekunde sah Vivienne Miller nachdenklich und
traurig aus, doch dann wandelte sich ihr Gesichtsausdruck
schlagartig in Sorge, denn ihr Smartphone begann zu klingeln und auf dem Display blinkte: „Helena McCann ruft
an."

FREDERICK MACHTE SICH von der St. Aldates Police
Station zu Fuß auf den Heimweg. Heidi hatte ihm zwar
angeboten, ihn nach Hause zu fahren, doch abgesehen
davon, dass ihm bei der letzten Fahrt auf den regennassen
rutschigen Straßen mit ihr im Mini übel geworden war,
brauchte er frische Luft. So konnte er am besten nach-
denken.

Inzwischen war es nach 18 Uhr und es hatte endlich aufgehört zu regnen. Sogar ein paar Sonnenstrahlen drückten
sich durch die Wolken hindurch und färbten die nassen
Dächer in ein glänzendes Rot-Orange. Frederick entschied
sich, noch ein wenig spazieren zu gehen – am besten
durch die Memorial Gardens in den Christ Church Meadow. Wie ihm seine Vermieterin erzählt hatte, gehörte der
zum Gelände des berühmten Christ Church College, in
dem schon Winston Churchill und weitere zwölf britische
Premierminister studiert hatten.

Langsam schlenderte Frederick am Ufer der Themse entlang, die sich durch den weitläufigen Park schlängelte, und
beobachtete die kläglichen Versuche der Touristen, ihre

Punts – lange Holzboote, die mit einem Stock gelenkt wurden – über das Wasser zu manövrieren. Plötzlich fiel ihm eine ältere Frau mit langem, grauem Haar auf, die auf einer Bank unter einem der hohen Bäume saß und zeichnete.

„Jeder Baum hat seinen eigenen Charakter, wissen Sie", sagte sie zu ihm, als er näher kam. Sie hatte einen starken osteuropäischen Akzent. „Ich sitze oft hier, schon seit Jahren, und zeichne die Seele der Bäume. Niemand sonst scheint zu sehen, was ich sehe, doch wenn Sie genau hinschauen, können Sie die Seele jedes Baumes erkennen. Setzen Sie sich zu mir, ich zeige Ihnen, was ich meine!"

Wieso nicht, dachte Frederick, wischte mit der Hand die Regentropfen von der Bank und setzte sich neben die Frau.

„Sehen Sie, dort oben bei diesem Baum? Das muss ein Unwetter gewesen sein, da ist ein dicker Ast abgebrochen. Der Baum hat das nie verwunden. Die Wunde ist heute noch zu sehen, wenn man ganz genau hinschaut. Zwar ist der Baum weitergewachsen, hat versucht, es zu übergehen, doch diesen Tag wird er nie vergessen können. Er hat eine tiefe Narbe hinterlassen."

Noch eine ganze Weile saß Frederick neben der Grauhaarigen und schaute ihr zu, wie sie mit Engelsgeduld jede einzelne Faser des Baumes über ihnen erfasste. Dann verabschiedete er sich höflich und ging nachdenklich durch den Park zurück zur St. Aldates. Ob McCanns Mörder in der Vergangenheit auch eine Verletzung erlitten hatte, die eine tiefe Narbe hinterlassen hatte? Eine Verletzung, die McCann ihm vor Jahren zugefügt hatte? Eine, die zwar auf den ersten Blick nicht sichtbar war, die er aber nie verwunden hatte und die man noch immer sehen konnte, wenn man ganz genau in seine Seele schaute?

Hör auf damit, sagte Frederick zu sich selbst, du bist Polizist und kein Philosoph.

Der hohe Carfax Tower, auf den er nun zusteuerte, sah im roten Abendlicht aus wie eine übergroße steinerne Fackel.

Frederick hatte irgendwo gelesen, dass er ein Überbleibsel einer mittelalterlichen Kirche war, die der Straßenverbreiterung hatte weichen müssen. Als er hochschaute, entdeckte er, wie kleine bemalte Figuren in Uniformen an der Turmuhr zur Viertelstunde gegen ein paar Glocken schlugen.

Kurz darauf betrat er den Corner Shop neben dem Carfax Tower und kaufte alle Lokalzeitungen vom Samstag, die noch zu finden waren. Bislang hatte ihn Oxfords Lokalpolitik nicht interessiert. Nichts hatte ihn in den letzten Wochen wirklich interessiert seit dem Tag, an dem Susan ihn verlassen hatte, schon gar nicht Lokalpolitik. Doch nun war einer der führenden Politiker der Stadt ermordet worden und keiner wollte irgendetwas gesehen haben.

Frederick fragte sich, was McCann wohl seinem Mörder angetan haben musste, das diesen dazu getrieben hatte, ihn kurz vor dem Zenit seiner politischen Karriere in aller Öffentlichkeit hinzurichten. Es musste so bedeutend gewesen sein, dass der Mörder in McCanns Tod den einzigen Weg gesehen hatte, sich dafür zu rächen – und zwar vor den Augen einer ganzen Abendgesellschaft. Seine Erfahrung sagte Frederick, dass es dem Mörder nicht nur um einen persönlichen Rachefeldzug ging; hier sollte eine ganze Gesellschaftsschicht in Angst und Schrecken versetzt werden. Doch weshalb? McCann war während eines Alumni-Dinners im Magdalen College umgebracht worden. Der Grund für seinen Tod musste also in irgendeiner Weise mit dem College in Verbindung stehen.

Frederick klemmte sich die Zeitungen unter den Arm, verließ den Corner Shop, bog nach rechts in einen Hinterhof ab und ging durch ein altes schwarzes Holztor hindurch. Dann betrat er das Büro von Oxford Cab.

„Guten Abend!", sagte er freundlich und wartete, bis der Mann mit der Kappe von seinem Schreibtisch hochschaute. „Ich bin von der Thames Valley Police und würde Ihnen gerne ein paar Fragen stellen."

„Polizei? Was zum Teufel …?", rief der Mann mit rauer Stimme. Seine dunklen Augen weiteten sich ängstlich.

„Es geht um den Tod von Councillor McCann."

„Das is' also nich' nur Gerede?"

„Councillor McCann wurde gestern umgebracht, ja."

„Und was hat das mit mir zu tun?"

„Einer Ihrer Fahrer hat ihn gestern von seinem Haus zum Magdalen College gefahren, wo der Mord passiert ist. Können Sie mir sagen, wer das war?"

„Moment, ja?" Der Mann senkte den Kopf und schaute in einer Liste nach.

Von seiner Kappe blickte Frederick ein gelber Stier entgegen, neben dem „Oxford United" stand. Das war der Name des lokalen Fußballclubs. Der kam zwar nicht an Fredericks Heimatclub FC Liverpool heran, aber sobald dieser Fall abgeschlossen war, würde Frederick sich ein Spiel ansehen, beschloss er.

„Davon steht hier nichts. Keine Ahnung, wer das gewesen sein soll", sagte der Mann schließlich.

„Wir denken nicht, dass Ihr Fahrer etwas mit dem Mord zu tun hat. Aber er könnte ein wichtiger Zeuge sein. Ich will ihm nur ein paar Routinefragen stellen."

„Verstehe."

„Mr McCann wurde um 17.30 Uhr in seinem Haus in der Bainton Road in Summertown abgeholt", versuchte Frederick, dem Mann auf die Sprünge zu helfen.

„Bainton Road, sagen Sie? Die ist hinten am Kanal bei den Tennisplätzen des St John's College."

„Kann sein." Frederick zuckte entschuldigend mit den Schultern.

„Ich denke, das war Kevin", sagte der Mann mit der Kappe.

„Kevin also. Kann ich mit ihm sprechen?"

„Er ist unterwegs."

„Könnten Sie ihn herbestellen?"

„Der hat grad erst seine Schicht angefangen. Wird ganz schön sauer sein, wenn er hier nur zum Reden herkommen soll. Der braucht dringend das Geld, wissen Sie."

„Sagen Sie ihm bitte, er kann mich nach Hause fahren, ich zahl natürlich dafür."

Wenige Minuten später stieg Frederick in ein Black Cab ein.

„Guten Abend! Sind Sie Kevin?", fragte er.

„'n Abend, Sir! Ja, der bin ich."

„Ich bin Inspector Collins von der Thames Valley Police und würde Ihnen gerne ein paar Fragen stellen."

„Sicher, ich habe schon gehört, dass Sie unbedingt wollten, dass ich Sie fahre. Wo soll's denn hingehen, Inspector?"

„In die Holywell Street, bitte."

„Kein Problem!" Kevin lenkte den Wagen durch das schwarze Tor hinaus auf die St. Aldates und bog dann rechts in die High Street ab.

„Sagen Sie, Kevin, erinnern Sie sich daran, dass Sie gestern Councillor McCann gefahren haben?", fragte Frederick.

„Natürlich, das war schon was Besonderes", schwärmte Kevin. „Councillor McCann war ja Prominenz hier in Oxford, er sollte nächste Woche zum Lord Mayor gewählt werden. Daraus wird jetzt wohl nix mehr."

„Daraus wird jetzt wohl nix mehr", wiederholte Frederick. „Sie haben ihn um 17.30 Uhr in seinem Haus in Summertown abgeholt, richtig?"

„Ja, bin Punkt 17.30 Uhr vorgefahren, direkt ans Haus. Is' schon spannend, wenn man die Gelegenheit bekommt, bei den reichen Leuten aufs Grundstück zu fahren. Is' ja ein riesiges Anwesen mit einem privaten Bootssteg. Die haben sicher auch eine Luxusjacht in ihrer Garage stehen. Zumindest standen die beiden Wagen, die da eigentlich drin stehen sollten, vor der Garage. Wenn mir nur einer davon gehören würde, wäre ich ein reicher Mann. Na, da sieht man, wie's einem ergehen könnte, wenn man mehr Glück im Leben hätte."

Mit Glück hat das wahrlich nichts zu tun, dachte Frederick. Kevin schien ganz vergessen zu haben, dass McCann ermordet worden war.

„Wie lange haben Sie gebraucht, um zum Magdalen College zu fahren?"

„Ich bin nich' zum College gefahren, zumindest nich' gleich."

Das hatte Frederick längst geahnt. „Wo sind Sie stattdessen hingefahren?"

„Zum Randolph."

„Was ist das?"

„Das beste Hotel in Oxford. Richtig edler Schuppen! Val Kilmer is' dort abgestiegen, als er ,The Saint' gefilmt hat, und Tony Blair hat als Student seine Abende dort an der Bar verbracht. Sagen Sie jetzt nich', dass Sie noch nie von dem Hotel gehört haben!"

„Jetzt, wo Sie's sagen …"

„Wer da absteigt, der hat's geschafft."

„Könnten Sie mich bitte zum Randolph fahren?"

„Wie Sie woll'n." Kevin machte einen gewagten U-Turn, bei dem die Reifen des Black Cabs laut quietschten.

„Was ist danach passiert?", wollte Frederick wissen.

„Wann?"

„Nachdem Sie Mr McCann zum Hotel gefahren hatten."

„Er wollte, dass ich dort auf ihn warte. Aber ich hab ihm gesagt, dass ich in der Zeit richtig Geld machen könnte. Das war etwas geflunkert, es sind ja Semesterferien, und da ist Samstagabend nicht so viel los. Aber das wusste er ja nicht. Außerdem war er sehr nervös, ich hätte ihm wahrscheinlich noch viel mehr abnehmen können. Er hat mir jedenfalls fünfzig Pfund extra angeboten, wenn ich vor dem Randolph auf ihn warte."

„Haben Sie gewartet?"

„So ein großzügiges Angebot konnte ich ihm doch nicht abschlagen, ich bin ja ein höflicher Mensch." Kevin grinste.

„Natürlich. Was haben Sie in der Zeit gemacht, in der Sie gewartet haben?"

„Ich hab ein bisschen geschlafen, hatte ja schon einige Stunden Dienst hinter mir. War einfach verdientes Geld. Ich hätte wirklich noch mehr verlangen sollen, wenn ich jetzt so darüber nachdenke ..."

„Das heißt, Sie wissen nicht, was Mr McCann im Randolph gemacht hat?"

„Nein, ging mich auch nichts an."

„Wann haben Sie Mr McCann zum Magdalen College gefahren?"

„Ungefähr eine Dreiviertelstunde später."

„War er allein, als er wieder zu Ihnen ins Taxi stieg?"

„Nein, da war noch ein Mann bei ihm."

„Wissen Sie, wer der Mann war?"

„Nein."

„Können Sie ihn beschreiben?"

„Er hatte dunkle Haare, war groß, schlank, etwas älter als Sie, würd' ich sagen. Trug einen Frack – so wie Mr McCann. Aber sagen Sie, wenn Sie mir all diese Fragen stellen, heißt das, dass Sie den Mörder noch nicht gefasst haben?"

„Nein, noch nicht."

„Der läuft hier also noch irgendwo in Oxford herum?", freute sich der Taxifahrer, so als ob es sich nicht um einen Mörder, sondern um einen Hollywood-Star handelte. „Das ist ja spannend!"

„Spannend?", fragte Frederick, angewidert von Kevins Sensationsgier.

„So, hier wären wir. Der Prachtbau hier, das ist das Hotel Randolph. Macht neun Pfund, Sir."

Frederick drückte dem Taxifahrer eine Zehnpfundnote in die Hand. „Danke, Kevin. Stimmt so."

Kevin griff gierig nach dem Geld. „Vielen Dank, Sir, aber für all die Informationen, die ich Ihnen gegeben habe, hätten Sie wirklich noch einen Zehner drauflegen können."

DAS HOTEL RANDOLPH lag an der Ecke Magdalen Street und Beaumont Street. Frederick erkannte die alten Mauern des neugotischen Baus trotz der Dämmerung sofort, denn hier war nicht nur eine Episode der Fernsehserie „Inspector Morse" gedreht worden, sondern auch „Shadowlands" mit Anthony Hopkins. Durch die großen Fenster strahlte das helle Licht der ausladenden, antiken Kronleuchter, die an den hohen Stuckdecken des Randolph hingen. Der Eingang des Hotels war mit einem schwarzen Eisenstand überdacht, an dem drei große britische Fahnen wehten. Ein alter Portier nickte Frederick freundlich zu und hielt ihm die gläserne Eingangstür auf.

Wirklich sehr nobel, dachte Frederick und betrat eine Halle, die mit einem rot geblümten Teppich ausgelegt war. Eine weiße Marmortreppe führte hinauf in den ersten Stock. Die Fenster am Treppenaufgang erinnerten ihn an gotische Kirchenfenster. Frederick trat an die Rezeption und lächelte die rothaarige junge Frau dahinter freundlich an. Sie trug eine Uniform, die dieselbe Farbe wie der Teppich hatte.

„Wie kann ich Ihnen helfen, Sir?", fragte sie.

„Ich bräuchte bitte eine Auskunft", antwortete Frederick.

„Sie wohnen nicht bei uns im Hotel, Sir, oder irre ich mich da?"

„Nein, da haben Sie ganz recht. Sie haben ein gutes Gesichtsgedächtnis."

„Das gehört zu meinem Job." Die Rezeptionistin lächelte.

„Vielleicht können Sie mir weiterhelfen. Ich bin Inspector Collins von der Thames Valley Police und ermittle im Mordfall von Councillor McCann. Haben Sie gestern Abend gearbeitet?"

Die Frau nickte und Frederick beschrieb kurz, weshalb er gekommen war.

Die Rezeptionistin überlegte nicht lange und sagte: „Ja, Councillor McCann war hier. Er ist so gegen 17.45 Uhr gekommen, wenn ich mich recht erinnere. Er sah nicht gut aus, übernächtigt und unglaublich nervös – ganz anders als auf den Bildern in der Zeitung, da wirkte er immer so voller Energie und dynamisch. Er ging direkt zur Morse Bar und hat sich einen Malt bestellt. Einen doppelten, soweit ich mich erinnere. Dort unter dem zweiten Kronleuchter, in dem Sessel vorm Kamin, hat er gesessen und gewartet. Nur wenige Minuten später hat sich Mr Moore zu ihm gesetzt."

Frederick blickte hinüber zu dem großen weißen Kamin, in dem ein Feuer loderte, und wünschte sich, dort jetzt mit einem Malt in der Hand zu sitzen. „Haben die beiden das Hotel gegen 18.20 Uhr zusammen verlassen?", fragte er dann.

„Ja, woher wissen Sie das?"

Frederick lachte. „Das gehört zu meinem Job."

AM KÜCHENTISCH IN seiner Wohnung öffnete sich Frederick eine halbe Stunde später eine Flasche Bier und aß zwei Toasts mit Baked Beans aus der Dose. Dann schlug er die erste Zeitung auf. Dort wurde ausführlich über die beiden Spitzenkandidaten für das Amt des neuen Lord Mayor berichtet. McCann kam in dem Artikel ziemlich schlecht weg. Er wurde als gnadenloser Kapitalist dargestellt, der den Untergang der Universität Oxford als internationales Forschungszentrum einleiten würde. Dr. Stevens hingegen wurde als Held gefeiert, der sich für die Forschungsgelder und damit für die Universität einsetzte und den Universitätsstandort Oxford sicherte. Der Artikel hätte von Martin Loveless sein können.

Die zweite Zeitung war ein Käseblatt voller Fotografien. Da wurde McCann mit seiner schwangeren Frau gezeigt, wie er in der Cornmarket Street in einem der kleinen Shops im Covered Market einen Kinderwagen kaufte. Auf einem anderen Bild sah man Dr. Stevens joggend im Universitätspark. Er war für sein Alter noch ziemlich fit, das musste Frederick neidlos anerkennen. Ansonsten stand nicht viel in dem Blatt.

Ich könnte auch mal wieder eine Runde durch den Park drehen, dachte Frederick, stand auf und holte sich ein zweites Bier. Aber nicht heute Abend.

Die dritte Zeitung las er im Bett. Wieder wurde über die Wahl zum Lord Mayor geschrieben, diesmal allerdings neutraler formuliert. Und auch hier fand Frederick ein paar private Bilder von McCann und Dr. Stevens. Auf einem der Bilder war Dr. Stevens mit zwei attraktiven Dunkelhaarigen in engen Kleidern zu sehen, die ihm jeweils einen Kuss auf die Wange drückten.

Ich hätte Politiker werden sollen und nicht Polizist, dachte Frederick, bevor er zu schnarchen begann.

Montag,
19. Mai

HEIDI KONNTE NICHT schlafen. Ann und Max zahnten und hatten sie und Rich einmal mehr fast die ganze Nacht wach gehalten. Wenn einer der Zwillinge eingeschlafen war, hatte der andere zu schreien begonnen. Endlich waren sie beide eingeschlafen und Rich gleich mit ihnen.

Heidi konnte sich nicht daran erinnern, wann sie das letzte Mal mit Rich über irgendetwas gesprochen hatte, das nichts mit Zahnen, Windeln oder Babybrei zu tun hatte. Seit der Geburt drehte sich bei ihnen alles nur noch um die Zwillinge und sie fragte sich, ob sich das in den nächsten zwanzig Jahren wohl ändern würde.

Obwohl sie völlig übermüdet war, gelang es ihr nicht, zur Ruhe zu kommen. Denn jedes Mal, wenn sie kurz davor war einzunicken, sah sie Vivienne Millers Gesicht vor sich und war mit einem Schlag wieder hellwach. Die Traurigkeit und Verzweiflung, die sich, wenn auch nur für den Bruchteil einer Sekunde, in den Augen der jungen Frau gezeigt hatten, als sie über ihren Vater gesprochen hatte, ließen Heidi nicht mehr los.

Als die Sonne gerade über dem Port Meadow aufging und die ersten Vögel zu zwitschern begannen, hielt Heidi es im Bett nicht mehr aus. Sie rollte sich zu Rich, küsste ihn auf die Stirn und schlich sich leise aus dem Schlafzimmer. In der Küche holte sie ihr Tablet hervor und setzte sich an den Tisch. Mit nur wenigen Klicks hatte sie sich in die Datenbank der Thames Valley Police eingeloggt. Sie gab „Miller" und „Chauffeur" in die Suchmaschine ein, und tatsächlich wurde eine lange Akte über einen Jonathan Miller aus dem Jahr 2000 gefunden, der Chauffeur des damaligen Lord Mayor von Oxford gewesen war. Das musste Viviennes Vater sein.

Der Mann war als tot gemeldet. Das war also der Schmerz gewesen, den Heidi in Vivienne Millers Augen gesehen hatte. Schon als kleines Mädchen hatte sie ihren

Vater verloren. Heidi musste an ihren eigenen Vater denken, und die Vorstellung, dass er eines Tages nicht mehr da sein würde, versetzte ihr einen Stich ins Herz. Dass Vivienne Millers Vater so früh gestorben war, musste für das kleine Mädchen ein Schock gewesen sein.

Heidi öffnete die Akte und begann zu lesen. Jonathan Miller war überfahren worden, als er sich im Corner Shop gegenüber der Town Hall einen Kaffee holen wollte. Laut Polizeibericht war er nach einem langen Arbeitstag übermüdet und unaufmerksam gewesen und vor ein Auto gelaufen. Heidi kannte die Unfallstelle gut, sie lag hinter einer schlecht einsehbaren Kurve, die die St. Aldates und die High Street miteinander verband. An der Stelle waren schon einige tödliche Unfälle passiert. Alles hatte danach ausgesehen, als sei es auch in diesem Fall ein tragischer Unfall gewesen. Doch Heidis Herz begann schneller zu schlagen, als sie den Namen des Fahrers las: Jules McCann.

„WESHALB WÜRDE SIE sich das freiwillig antun?", fragte Frederick.

Heidi schwieg nachdenklich, während sie über den Zebrastreifen gingen, an der Lloyds Bank vorbei, einem alten Eckgebäude aus dem frühen 19. Jahrhundert, und in den Coffee Shop in der Cornmarket Street eintraten.

„Ich weiß es nicht", sagte sie schließlich, als sie sich in die Schlange vor der Theke einreihten.

„Bei dem Mann eine Arbeitsstelle annehmen, der den eigenen Vater überfahren hat? Unfall hin oder her, das ist doch Selbstquälerei", stellte Frederick fest.

Heidi gähnte lange und laut. „Oder aber sie hat ausgenutzt, dass McCann ein schlechtes Gewissen hatte und seine Tat zumindest finanziell wiedergutmachen wollte. Sie hat ja selbst gesagt, dass die Bezahlung bei den McCanns sehr gut ist. Außerdem muss McCann doch gewusst haben, wer sie ist, also dass er ihren Vater getötet hat. Vielleicht hat er sich deshalb für sie verantwortlich gefühlt und sie in sein Haus geholt."

„Sie hätte auf jeden Fall ein starkes Motiv, ihn umzubringen: Rache für den Tod ihres Vaters. Andererseits ...", überlegte Frederick. „Wenn McCann sich tatsächlich für sie verantwortlich gefühlt hat und sie finanziell entschädigen wollte, wäre es doch dumm von ihr gewesen, den Goldesel umzubringen."

Heidi griff nach dem Kaffeebecher, den ihr ein junger Mann mit unzähligen Sommersprossen im Gesicht entgegenhielt, und wollte gerade bezahlen, als Frederick sagte: „Der Kaffee geht auf mich! Kurze Nacht gehabt, was?"

„Sieht man mir das an?", fragte Heidi und unterdrückte ein weiteres Gähnen.

„Ach was, Sie sehen aus wie immer!" Frederick zwinkerte ihr zu.

„Wollen Sie damit etwa sagen, dass ich immer übernächtigt aussehe?"

Wenig später stiegen die beiden die Steintreppe der historischen Town Hall hinauf. Sie führte in einen Eingangsbereich, dessen weiße Decke mit ausladendem gelbem Stuck verziert war.

„Wo ist eigentlich Simmons heute Morgen?", wollte Frederick wissen.

„Ich hab ihn losgeschickt, das Smartphone von McCann auswerten zu lassen. Er hat sich gefreut wie ein Schneekönig."

„Das kann ich mir gut vorstellen."

„Heidi! Bist du das?", rief auf einmal eine helle Stimme, die zu einer schicken älteren Dame in einem karierten Kostüm gehörte. Sie saß hinter einem Holztresen links neben dem Eingang.

„Aunty Caroline, wie geht es dir?", begrüßte Heidi sie erfreut. „Ich hatte ehrlich gesagt gehofft, dass du heute arbeiten würdest. Darf ich dir meinen neuen Partner vorstellen:

Inspector Collins. Er ist aus Liverpool zu uns gewechselt. Collins, das ist Caroline Newport, meine Tante."

Frederick nickte der älteren Dame zu.

„Aus Liverpool also. Schnuckelig", schmeichelte Caroline Newport ihm. „Ich mag den Scouser Akzent."

Fredericks Wangen röteten sich.

„Und dann auch noch so groß und muskulös. Wenn ich dreißig Jahre jünger wäre ...", schwärmte Caroline Newport.

„Hör auf, Aunty Caroline!" Heidi lachte. „Du bringst unseren Inspector noch in Verlegenheit!"

„Ach, ich bin mir sicher, er hört das jeden Tag", erwiderte die ältere Dame.

„Jeden zweiten", meinte Frederick und zwinkerte ihr zu, woraufhin sie wie ein Schulmädchen zu kichern begann.

„Aunty Caroline, wir sind hier wegen des Mordes an Councillor McCann."

Caroline Newport hörte augenblicklich auf zu kichern. „Ja, schlimme Sache, Heidi, ich hab schon davon gehört. Wir hatten heute Morgen eine außerordentliche Sitzung, da wurde sein Tod bekannt gegeben. Ich kann das noch gar nicht glauben", sagte sie betroffen. „Councillor McCann war auch so ein attraktiver Mann wie der Inspector. Ich hab nie verstanden, was er an dieser Kleinen aus Sussex gefunden hat, er hätte doch was ganz anderes finden können."

„Hat er sich denn nach was anderem umgeschaut?", bohrte Heidi nach.

„Ach iwo, der Mann war treu wie ein Hund!"

„Sag mal, Aunty Caroline, hast du am Samstag gearbeitet?"

„Ja, aber nur bis 14 Uhr, da schließen wir."

„War Mr McCann noch hier, als du gegangen bist?"

„Ja. Er ist Punkt 8 Uhr gekommen, wie jeden Tag. Man konnte seine Uhr nach ihm stellen. Ich kenne niemanden, der so diszipliniert ist, wie Jules McCann es war; das hat mich immer schwer beeindruckt. Und als ich um 14 Uhr gegangen bin, war er immer noch in seinem Büro, soweit ich weiß. Er hatte einen Generalschlüssel und ist oft länger geblieben, manchmal bis tief in die Nacht, wie mir der Nachtwächter erzählt hat."

„Ist dir am Samstag irgendetwas an ihm aufgefallen? War er anders als sonst?"

„Wenn ich ehrlich bin, sah er in den letzten Tagen furchtbar übernächtigt aus. Ich habe das auf die anstehende Wahl geschoben und darauf, dass seine Frau hochschwanger ist. Wahrscheinlich schlief sie die Nächte kaum mehr durch und er daher auch nicht. Aber ansonsten war er so wie immer. Hat mich nett gegrüßt, egal wie schlecht er aussah. Furchtbar, dass er jetzt tot ist ..." Sie strich sich über die kurzen grauen Haare. „Ach, warte mal, Heidi, da ist noch eine Sache ..."

„Ja?"

„Das war aber schon am Donnerstag. Wahrscheinlich ist das nicht wichtig für euch, oder?"

„Jeder noch so kleine Hinweis könnte entscheidend sein, Aunty Caroline. Was war am Donnerstag?"

„Da war eine Frau hier, die ich noch nie gesehen habe. Sie hat ihren Namen nicht genannt, aber sie wollte unbedingt zu Councillor McCann. Ich hab bei ihm angerufen, um sie anzukündigen, hab aber nur seinen Assistenten erreicht. Councillor McCann war gerade in einer Besprechung. Ich bin dann in meine Mittagspause gegangen. Daher weiß ich nicht, was die Frau gemacht hat, ob sie auf ihn gewartet hat oder nicht."

„Wie sah sie aus?"

„Zierlich, rote Haare."

Heidi musste sofort an Lisa O'Neill denken. „Irische Wurzeln?"

„Schwer zu sagen, könnte aber durchaus sein."

„Würdest du sie wiedererkennen?"

„Ganz sicher."

„Trug sie eine Brille?"

„Nein."

Vielleicht war es doch nicht Lisa O'Neill, überlegte Heidi. „Was ganz anderes, Aunty Caroline: Du hast sicher mitbekommen, wie Dr. Stevens zu Mr McCann stand, oder? In den Zeitungen hat man ja so einiges lesen können. Dass sie nicht die besten Freunde waren, ist verständlich. Aber unter uns – waren sie sich tatsächlich nicht grün oder hat die Presse das nur aufgebauscht?"

„Ich glaube, dass die beiden sich wirklich nicht mochten. Dr. Stevens konnte Councillor McCann meiner Meinung nach nicht das Wasser reichen, obwohl er einen Doktortitel hat. Wer weiß, wie er überhaupt an den Titel gekommen ist." Caroline Newport lehnte sich zu Frederick und Heidi und flüsterte: „Man munkelt, dass er sich den irgendwo in Osteuropa gekauft hat."

Soweit Heidi wusste, hatte Dr. Stevens seinen Titel rechtmäßig an der Universität Leeds erworben, doch sie ging nicht auf die Unterstellung ein. Stattdessen fragte sie: „Kannst du uns sagen, wo sein Büro ist? Wir wollen ihm ein bisschen auf den Zahn fühlen."

„Ihr müsst die Treppe hoch. Dort ist es die erste Tür rechts. Ich rufe ihn an, um euch anzukündigen."

„Danke, Aunty Caroline!"

„HEREIN!", RIEF EINE dunkle Männerstimme.

Frederick öffnete die Tür und ließ Heidi den Vortritt.

„Die kleine Green …", rief Dr. Stevens und trat hinter seinem Schreibtisch hervor. Er schüttelte erst Heidi und danach Frederick die Hand. „Wie geht's dem Herrn Papa?", fragte er Heidi mit einem arroganten Grinsen im Gesicht.

„Sehr gut. Danke der Nachfrage", antwortete sie.

„Es muss ihn geärgert haben, dass er mich auf seine alten Tage nicht in der Straton-Affäre überführen konnte." Dr. Stevens lachte gehässig.

„Wollen Sie damit sagen, dass Sie schuldig waren?", fragte Heidi.

„Natürlich nicht, obwohl Ihr Vater das sicherlich gerne so gehabt hätte. Aber das sind ja ohnehin alte Kamellen."

„Richtig. Wir sind hier, weil wir mit Ihnen über den Tod von Mr McCann sprechen müssen."

„Ja, ja, der arme Councillor McCann. Hat es ihn also am Samstag erwischt", erwiderte Dr. Stevens mit einem vergnügten Singsang in der Stimme, der nicht darauf schließen ließ, dass er den Tod von Jules McCann bedauerte.

„Können Sie uns sagen, was Sie am Samstag zwischen 19 und 20 Uhr gemacht haben?", fragte Frederick kühl.

„Sie fackeln nicht lange, junger Mann, was? Gefällt mir. Ich war mit meiner Frau im Six Bells drüben in Headington bei einem Pub Quiz. Harry von der Oxford Mail war auch da und hat drüber berichtet. Sowas kommt bei den Leuten immer gut an, wissen Sie, und das ist ja das Wichtigste, wenn man Lord Mayor werden will – dass einen die Leute mögen." Dr. Stevens nahm eine Zeitung von seinem Schreibtisch und hielt sie Heidi und Frederick entgegen. Auf einem Bild war er gemeinsam mit seiner Frau zu sehen, wie sie an einem dunklen Holztisch im Six Bells saßen, zwei Pints und zwei große Teller mit Pies und Pommes Frites vor sich. „War's das?", fragte er ungeduldig.

„Nein, noch nicht. So schnell werden Sie uns nicht los", sagte Heidi. „Fakt ist, dass Sie von Mr McCanns Tod am meisten profitieren, Councillor Stevens, und das macht Sie zu einem unserer Hauptverdächtigen. Sehr wahrscheinlich werden Sie ja jetzt zum Lord Mayor gewählt."

„So sieht's aus", erwiderte Dr. Stevens mit großer Genugtuung.

„Und damit haben Sie ein Mordmotiv."

„Ach ja?" Dr. Stevens lachte laut. „Ich mag zwar ein Motiv haben, aber ich hatte nicht die Gelegenheit, McCann umzubringen. Wie hätte ich das denn vom Pub in

Headington aus anstellen sollen? In der Toilettenpause?", fragte er provokant.

„Wäre das denn möglich gewesen?", erwiderte Heidi ebenso provokant, obwohl sie genau wusste, dass es keinesfalls möglich gewesen wäre.

„Natürlich nicht, und das wissen Sie auch ganz genau! Man kann mir ja viel vorwerfen, aber Mord ist nicht mein Stil."

„Und was ist Ihr Stil?", warf Frederick ein.

„Ich muss zugeben, ich hab alle möglichen Register gezogen, um zu verhindern, dass McCann zum Lord Mayor gewählt wird. Ich hab mir gesagt: Wenn du jetzt nicht Lord Mayor wirst, wirst du es im Leben nicht mehr. Also hab ich McCann ganz schön durch den Dreck gezogen", antwortete Dr. Stevens und konnte seinen Stolz kaum verbergen. „Im Nachhinein tut mir das fast leid."

„Sie wollten also um jeden Preis Lord Mayor werden?"

„Wie gesagt, nicht um jeden Preis. Ich bedauere den Tod von Councillor McCann sehr."

„Wir sind nicht von der Presse, Councillor Stevens!"

„Na gut, also im Klartext: Jetzt, da McCann tot ist, werde ich mit ziemlicher Sicherheit zum Lord Mayor gewählt, weil es keinen anderen ernsthaften Kandidaten für den Posten gibt. Sein Tod spielt mir in die Hände, mir hätte nichts Besseres passieren können. Aber getötet habe ich ihn nicht, das war jemand anderes. Wenn Sie ihn finden, geben Sie mir Bescheid, damit ich mich bei ihm bedanken kann."

„WAS FÜR EIN Widerling!", sagte Heidi wütend, als sie wieder im Flur standen und sie sich sicher sein konnte, dass Dr. Stevens sie nicht mehr hörte. „Und so einer wird Oxford bald als Lord Mayor repräsentieren! Ich finde, es hat am Samstag wahrlich den falschen Kandidaten getroffen."

„Na, jetzt beruhigen Sie sich mal wieder."

„Ist doch wahr!"

„Sein Alibi scheint zumindest wasserdicht zu sein."

„Und wir stehen wieder bei null", resümierte Heidi enttäuscht.

„Entschuldigung, Sie sind doch von der Polizei, oder?", sagte auf einmal jemand hinter ihnen. Die Stimme klang aufgeregt.

„Ja", antwortete Heidi und drehte sich um. Vor ihr stand ein junger Mann mit dichten schwarzen Haaren und langen Wimpern.

„Ich glaube, ich hab da etwas gefunden, was Sie interessieren könnte. Kommen Sie bitte mit!"

Der junge Mann führte sie in ein Büro. Laut einem Schild an der Tür war es das von Jules McCann. Es sah ähnlich aus wie das von Dr. Stevens: In der Mitte stand ein dunkler Eichenschreibtisch, an einer Wand ein massiver antiker Schrank und daneben befanden sich einige Holzregale.

„Den hier habe ich auf dem Schreibtisch gefunden, versteckt unter anderen Papieren. Hier!" Der junge Mann hielt Heidi und Frederick einen Brief entgegen.

„Was hatten Sie in diesem Büro zu suchen?", fragte Frederick scharf.

„Ich bin … Ich war Councillor McCanns Assistent. Mein Name ist Louis Murdoch. Ich hab ein Dokument gesucht, das ich dringend brauchte", erklärte der junge Mann heiser.

„Was ist das?"

„Lesen Sie selbst!"

Das tat Frederick und reichte den Brief dann weiter an Heidi.

„Mr McCann wurde erpresst?", fragte sie überrascht, nachdem sie einen Blick darauf geworfen hatte.

„Ja, offenbar. Hier steht, dass der Erpresser Dean Shaw und der Collegegemeinde ein Geheimnis aus Mr McCanns

Vergangenheit preisgeben wird, wenn er ihm nicht fünfhunderttausend Pfund zahlt", fasste Frederick den Inhalt des Briefes zusammen.

„Jetzt verstehe ich auch, weshalb sich Councillor McCann am Samstag so seltsam verhalten hat", sagte Louis Murdoch leise. „Er war nervös wegen des Briefes. Und dann hat er sich auch noch während des Dinners heftig mit Professor Loveless gestritten. Erst hab ich gedacht, er hätte einen Herzinfarkt bekommen, weil er sich so fürchterlich über den Professor aufgeregt hat ..."

„Woher wissen Sie das alles?", unterbrach Frederick ihn.

„Wie meinen Sie das?"

„Woher wissen Sie, dass Mr McCann und Professor Loveless sich kurz vor Mr McCanns Tod gestritten haben?"

„Na, weil ich während des Dinners neben Councillor McCann saß."

„Nach unserem Wissen saßen dort Martin Loveless und Philipp Moore", mischte sich Heidi ein.

„Professor Loveless saß neben Councillor McCann, das ist richtig. Und eigentlich hätte auch Philipp Moore neben ihm sitzen sollen, aber der war doch an die Ehrentafel des Deans berufen worden, oben auf dem Podium. Councillor McCann hat mich am Samstagnachmittag angerufen und gefragt, ob ich ihn zu dem Dinner begleiten will, damit der Platz nicht leer bleibt. Er hat mich eingeladen und gesagt, dass ich mir das verdient hätte nach all der Arbeit, die ich in die Vorbereitung seiner Wahl zum Lord Mayor gesteckt habe. So eine Chance hab ich mir natürlich nicht entgehen lassen; da waren wichtige Leute bei dem Dinner."

„In Ordnung, wir werden das prüfen", sagte Heidi und überlegte kurz. Dann fragte sie: „Was für einen Wein haben Sie getrunken?"

„Wein? Ich verstehe nicht", stotterte Louis Murdoch.

„Bitte antworten Sie mir einfach: rot oder weiß?"

„Rot. Wieso?"

In dem Moment klingelte Heidis Smartphone.

„Was gibt's, Simmons?", fragte sie, dann hörte sie einige Sekunden lang zu. „Verstehe, wir kommen sofort."

„Was ist los?", fragte Frederick.

„Charlotte Jacobs wurde tot in ihrem Haus aufgefunden."

„DIE HAUSHALTSHILFE HAT die Tote heute Morgen kurz vor 9 Uhr im Eingangsbereich ihres Hauses in Summertown entdeckt", berichtete Heidi, als sie mit Blaulicht die breite Woodstock Road entlangfuhren, vorbei an den hohen Mauern des St Antony's College und des St Hugh's College. Kurz darauf bogen sie in die St. Margaret's Road ein und Heidi erklärte: „Da vorne ist es, in der Hayfield Road. Ich seh schon den Kanal."

„Das ist ganz in der Nähe von den McCanns", überlegte Frederick.

„Sie meinen ganz in der Nähe von Vivienne Miller?"

„Genau das habe ich gerade gedacht."

Heidi lenkte den Mini eine breite Auffahrt hinauf, direkt vor das große Fachwerkhaus, das dem der McCanns sehr ähnelte, jedoch noch großzügiger und herrschaftlicher war. Sie parkte den Wagen neben einem Mercedes und den beiden Polizeifahrzeugen, die dort bereits standen. An einem Baum lehnte Sergeant Simmons' Fahrrad.

„Das ist Mrs Winfried", erklärte Sergeant Simmons, nachdem er Heidi und Frederick in den großen Rosengarten hinter dem Haus geführt hatte.

Auf einer hölzernen Gartenbank inmitten der Blumen saß eine blonde Frau mittleren Alters, die eine blaue Schürze trug. Sie starrte auf ihre Hände, die sie wie zum Beten gefaltet hatte.

„Mrs Winfried, dürfen wir uns zu Ihnen setzen?", fragte Frederick.

Die Frau nickte stumm. Sie rang sichtlich um Fassung.

„Können Sie mit uns sprechen oder sollen wir später noch einmal wiederkommen?" Vorsichtig legte Frederick seine Hand auf den Arm der Frau. „Sie würden uns wirklich sehr helfen, wenn Sie uns ein paar Fragen beantworten könnten."

„Sicher", presste Mrs Winfried hervor. Tränen liefen ihr über die Wangen.

„Bitte erzählen Sie uns, was passiert ist."

„Als ich heute Morgen zum Haus kam, stand die Tür offen. Ich habe mir gleich gedacht, dass irgendetwas nicht stimmt. Charlie hat die Tür nie einfach so offen stehen lassen, dazu war sie viel zu ängstlich", berichtete Mrs Winfried. Ihre Worte waren kaum zu verstehen.

„Erinnern Sie sich, wann genau das war?"

„Ich nehme immer den Bus um zwanzig nach acht. Dann bin ich kurz vor neun hier, der Bus hält nur ein paar Hundert Meter vom Haus entfernt. Um neun beginnt mein Dienst."

„Arbeiten Sie schon lange für Mrs Jacobs?"

„Ich arbeite schon seit Jahren für die Familie. Ich mache den Haushalt und habe immer dafür gesorgt, dass es meiner Charlie an nichts fehlt. Sie war mein kleiner Engel. Gott hab sie selig! Ihr Vater Henry ist früh gestorben, wissen Sie, und das arme Ding ist nie wirklich darüber hinweggekommen. Ich habe immer versucht, es ihr ein wenig leichter zu machen."

„Verstehe", sagte Frederick mitfühlend. „Dennoch muss ich Sie bitten, uns alles zu erzählen, was Sie bei Ihrer Ankunft hier gesehen haben."

„Es war einfach schrecklich. Die Eingangstür stand wie gesagt einen Spaltbreit offen. Da habe ich das Blut gesehen, auf dem weißen Teppich." Mrs Winfried schluchzte. „Ich habe die Tür ein wenig mehr aufgemacht und zuerst nur eine Hand gesehen, aber ich habe den Siegelring sofort erkannt. Es war Henrys. Seit seinem Tod hat Charlie ihn getragen. Ich habe die Tür ganz aufgeschoben und habe meine Charlie dort liegen sehen. Sie hat sich nicht gerührt und überall war Blut. Mir war sofort klar, dass etwas Schreckliches passiert war." Sie legte die Hände vors Gesicht und weinte bitterlich.

Frederick wartete, bis sie sich etwas beruhigt hatte, dann fragte er: „Was taten Sie dann?"

„Ich habe ihren Namen gerufen, wieder und wieder habe ich sie beim Namen gerufen, aber sie hat mir nicht geantwortet. Dann bin ich rüber zu den Williams und die haben die Polizei gerufen. Es ist schrecklich, einfach schrecklich! Gut, dass Henry das nicht mehr miterleben muss."

„Was ist mit dem Ehemann von Mrs Jacobs? War der nicht da?", fragte Frederick.

„Tim? Der ist doch schon lange weg aus Oxford. Er ist in China oder Japan oder so, irgendwo im Osten. Die beiden haben sich vor ein paar Monaten getrennt. War nicht schön mit anzusehen, wie sie gelitten hat. Das Kind hat nie sein Glück gefunden mit den Männern. Ich habe es ihr so gewünscht, jedes Mal von Neuem, wenn sie einen geheiratet hat. Dabei standen ihr doch alle Möglichkeiten offen, und trotzdem hat sie sich immer für die falschen Männer entschieden."

„Gab es denn einen Rosenkrieg?"

„Zwischen meiner Charlie und Tim?"

Frederick nickte.

„Nein. Die beiden haben sich einfach irgendwann auseinandergelebt."

Was für ein Idiot, dachte Frederick, eine Frau wie Charlotte Jacobs zu verlassen.

„Ich habe nie mit ihr darüber gesprochen. Ich hatte das Gefühl, dass ihr das zu sehr wehtat", fuhr Mrs Winfried fort.

„Haben Sie Mrs Jacobs' Mutter schon verständigt?"

„Maria? Die Arme ist doch damals bei Charlies Geburt gestorben. Wenigstens sind sie jetzt alle drei wieder beisammen." Mrs Winfried seufzte laut.

„Vielen Dank, Mrs Winfield, das war erst einmal alles. Sie haben uns sehr geholfen. Sollen wir jemanden benachrichtigen, der Sie nach Hause bringt?"

„Nein, danke. Ich möchte einfach noch ein bisschen hier sitzen."

„HAST DU SCHON irgendwelche Spuren gefunden?", fragte Heidi.

Stephanie Bradshaw, die gerade den Kies vor dem Haus untersuchte, erwiderte: „Hier sind einige Fußabdrücke, aber die lassen sich nur schwer zuordnen. Es sieht so aus, als ob jemand wie panisch hin und her gerannt ist. Ich vermute, dass das Mrs Winfried war."

„Ja, sie steht immer noch unter Schock."

„Kein Wunder."

„Und sonst?"

„Sonst habe ich noch nichts gefunden. Die Abdrücke im Kies ziehen sich vom Haus bis zur Straße; sie könnten von unserem Mörder stammen oder ebenfalls von Mrs Winfried."

„Hast du etwas im Haus gefunden?"

„Ich bin mir ziemlich sicher, dass auf dem Teppich irgendwelche Spuren waren; ich kann mir nicht vorstellen, dass der Mörder nichts von dem Blut abbekommen hat. Aber die Jacobs hat so viel Blut verloren, dass inzwischen der ganze Teppich voll davon ist und deshalb nichts mehr zu sehen ist. Der Mörder ist ziemlich clever vorgegangen, das muss man ihm lassen; er muss das alles penibel geplant haben. Aber er hatte ja auch alle Zeit der Welt. So früh am Morgen musste er nicht damit rechnen, dass irgendwer herkommen würde. Abgesehen davon liegt das Haus ja so abgelegen, dass er in aller Ruhe seine Spuren beseitigen konnte."

„Er?"

„Dr. Goldberg meint, von der Tiefe der Einstiche ausgehend tippt er darauf, dass es ein Mann war. Oder aber eine Frau, die sehr wütend war. Irgendjemand hat sich hier definitiv abreagiert. Habt ihr die Leiche überhaupt schon gesehen?"

„Nein."

„Dann macht euch auf was gefasst."

Heidi und Frederick gingen zum Eingangsbereich des Hauses, wo Dr. Goldberg die Leiche von Charlotte Jacobs untersuchte.

„Passt auf, nicht auf den Teppich treten! Bleibt lieber auf der Treppe stehen", warnte er die beiden, als er sie bemerkte. „Sie hat wahnsinnig viel Blut verloren. Bis jetzt habe ich fast sechzig Messerstiche gezählt. Da war wohl jemand ziemlich aufgebracht."

Der Anblick von Charlotte Jacobs, auf die mit unglaublicher Brutalität mit einem Messer eingehackt worden war, ließ auch Frederick erschaudern, obwohl er schon viele übel zugerichtete Leichen gesehen hatte. Selbst ihr ebenmäßiges Gesicht hatte der Mörder nicht verschont.

„Wann genau ist es passiert?"

„Sie liegt schon ein paar Stunden hier. Muss heute Morgen recht früh passiert sein. Das Blut am Körper ist bereits angetrocknet, ich würde sagen, so zwischen 7 und 8 Uhr wird es passiert sein."

„Also haben wir es mit einem Frühaufsteher zu tun", resümierte Frederick. „Und Charlotte Jacobs muss den Mörder gekannt haben, wenn sie ihm so früh die Tür geöffnet hat. Sie hat ihn sogar noch hereingebeten. Es sieht jedenfalls nicht nach einem Einbruch aus."

„Ich hab hier was!", rief Sergeant Simmons plötzlich vom anderen Ende des Flurs und wedelte triumphierend mit einem Blatt Papier herum.

„Wie sind Sie ins Haus gekommen, Simmons? Doch nicht etwa über den Teppich?", fragte Frederick.

„Ich bin geschwebt, ich bin ein Magier!", rief Sergeant Simmons.

„Simmons!", tönte es von allen Seiten.

„Versteht hier denn niemand Spaß? Es gibt einen Hintereingang durch den Garten. Mrs Winfried hat mir aufgeschlossen, wenn Sie es genau wissen wollen. Was haben Sie denn gedacht? Dass ich durch einen Tatort laufe und wertvolle Spuren zerstöre?", sagte Sergeant Simmons beleidigt.

„Jetzt spannen Sie uns nicht länger auf die Folter, Simmons! Was haben Sie gefunden?", fragte Heidi ungeduldig.

„Sieht ganz nach einem Erpresserbrief aus", sagte Sergeant Simmons voller Stolz. „Hier steht, dass der Erpresser ein Geheimnis lüften wird, wenn die Jacobs nicht eine halbe Million Pfund zahlt. Der Erpresser droht damit, Dean Shaw und die Collegegemeinde in das Geheimnis einzuweihen. Ich hab den Brief im Schlafzimmer gefunden, in einer Schublade unter den roten ..."

„Ersparen Sie uns die Details!"

„WIR MÜSSEN SIE noch einmal sprechen", erklärte Heidi, nachdem Vivienne Miller sie und Frederick ins Haus gebeten hatte. Die junge Frau blickte ängstlich zu Helena McCann, die ebenfalls im Flur stand.

„Was ist passiert? Warum wollen Sie mit Vivienne sprechen?", fragte Helena McCann und stellte sich schützend vor Vivienne Miller.

„Charlotte Jacobs wurde umgebracht."

„Nein! Das kann nicht sein!", rief Helena McCann entsetzt. „Charlie ist tot?"

Heidi nickte. „Können wir uns hier irgendwo ungestört mit Miss Miller unterhalten?"

„Vivienne hat sicher nichts mit dem Mord zu tun."

„Das werden wir schon selbst herausfinden. Wo können wir mit ihr sprechen?"

„Im Arbeitszimmer meines Mannes."

Helena McCann führte Heidi und Frederick in einen großen Raum, in dem vor einem Wandregal ein gläserner

Schreibtisch, ein Designerstuhl und zwei Ledersessel standen. Vivienne Miller folgte ihnen mit ein wenig Abstand.

„Kann ich dich allein lassen, Vivienne? Wenn irgendetwas sein sollte, ruf mich einfach, hast du verstanden?"

„Es geht schon, Mrs McCann", antwortete Vivienne Miller und schloss die Tür.

Frederick zeigte auf die Sessel. „Setzen wir uns doch."

„Weshalb wollen Sie mich sprechen? Was habe ich mit Mrs Jacobs' Tod zu tun?", fragte Vivienne Miller verunsichert und setzte sich in den Designerstuhl hinter dem Glastisch. Sie strich sich eine blonde Locke aus dem Gesicht.

Heidi bemerkte, dass ihre Hand dabei zitterte. „Wie gut kannten Sie Mrs Jacobs?", fragte sie.

„Ganz gut. Sie wohnte nur ein paar Straßen weiter und ist oft bei den McCanns zu Gast gewesen."

„Gab es irgendwelche Unstimmigkeiten zwischen Ihnen und Mrs Jacobs?"

„Nein. So gut kannte ich sie nun auch wieder nicht. Wie gesagt, sie war eine sehr gute Freundin der McCanns und ich habe sie manchmal gesehen, wenn ich ihr die Tür geöffnet oder ihr Tee gebracht habe."

„Was haben Sie heute Morgen zwischen 7 und 8 Uhr gemacht?"

„Zwischen 7 und 8 Uhr? Ich ... Ich habe geschlafen. Seit Mr McCanns Tod ..." Vivienne Miller fiel es offenbar schwer zu sprechen. „Seit Mr McCanns Tod muss ich nicht mehr so früh raus, weil Mrs McCann länger schläft und immer erst um 9.30 Uhr nach ihrem Frühstück verlangt."

„Das heißt, Sie hätten sich davor unbemerkt aus dem Haus schleichen können", überlegte Frederick.

„Vielleicht hätte ich das tun können, vielleicht hätten mich Mrs McCann oder ihre Mutter ja auch gesehen. Ich weiß nicht, wann die beiden heute aufgestanden sind. Aber da ich in meinem Zimmer war und geschlafen habe, stellt sich die Frage für mich nicht!", rief Vivienne Miller.

„Für uns schon. Mrs Jacobs wurde vermutlich zwischen 7 und 8 Uhr ermordet, nur ein paar Straßen von hier entfernt. Sie haben kein Alibi für diesen Zeitraum", stellte Frederick fest.

„Wieso brauche ich überhaupt ein Alibi?", fragte Vivienne Miller.

„Wir haben den Verdacht, dass Sie mit den beiden Morden zu tun haben könnten."

Vivienne Miller blickte Frederick erstaunt an.

„Vielleicht hat es ja etwas damit zu tun, dass Mr McCann Ihren Vater überfahren hat", erklärte der.

Vivienne Miller kaute nervös auf ihrer Unterlippe. „Ich verstehe nicht. Was hat der Tod meines Vaters mit den Morden an Mrs Jacobs und Mr McCann zu tun?"

„Sie arbeiteten für den Mann, der Ihren Vater auf dem Gewissen hatte. Sie wussten doch ganz genau, dass Mr McCann für den Tod Ihres Vaters verantwortlich war, oder etwa nicht?"

„Er hat meinen Vater einfach umgefahren!", rief Vivienne Miller aufgebracht.

„Es war ein tragischer Unfall", widersprach Frederick.

„Trotzdem tut es heute noch genauso weh wie damals", schrie Vivienne Miller ihn an. „Können Sie sich überhaupt vorstellen, wie es ist, ohne Vater aufwachsen zu müssen?"

„Hat Ihnen das Geld wenigstens etwas über den Schmerz hinweggeholfen?", hakte Frederick nach.

„Welches Geld?"

„Ich bin mir sicher, dass Mr McCann besonders großzügig war, was Ihr Gehalt anging, oder etwa nicht?"

Vivienne Miller schüttelte verständnislos den Kopf.

„Hat Ihnen das Geld, das er Ihnen gezahlt hat, irgendwann nicht mehr gereicht? Es muss Sie doch wütend gemacht haben zu sehen, in welchem Luxus die McCanns hier leben und wie ihr Kind aufwachsen würde. Ganz im Gegensatz zu Ihnen. Ich kann mir vorstellen, dass Sie eine schwere Kindheit hatten, ohne Vater und mit einer allein erziehenden Mutter. Haben Sie Mr McCann deshalb erpresst? Haben Sie es danach bei Mrs Jacobs probiert? Da Sie ja quasi Nachbarn waren und Mrs Jacobs so oft hier im Haus war, kennen Sie doch sicherlich ein paar ihrer Geheimnisse", mutmaßte Frederick.

„Ich weiß nicht, wovon Sie sprechen! Ich weiß nichts von irgendwelchen Geheimnissen! Ich habe niemanden erpresst", rief Vivienne Miller verzweifelt.

„Und weil sie sich nicht erpressen ließen, haben Sie die beiden umgebracht", fuhr Frederick unbeirrt fort.

„Ich habe mit den Morden nichts zu tun!"

HELENA MCCANN SASS mit einer Frau mittleren Alters im Wohnzimmer und trank Tee.

„Alles in Ordnung, Kind?", fragte die Frau, als sie das blasse Gesicht von Vivienne Miller sah.

Die nickte nur stumm.

„Sind Sie Mrs McCanns Mutter?", wollte Heidi wissen.

„Ja, ich bin Mrs Fitzgerald."

„Angenehm. Ich bin Inspector Green und das ist mein Kollege Inspector Collins. Seit wann sind Sie hier in Oxford?"

„Seit gestern."

„Haben Sie hier übernachtet?"

„Ja."

„Kann eine von Ihnen bestätigen, dass Miss Miller heute Morgen zwischen 7 und 8 Uhr hier im Haus war?", fragte Heidi.

„Wo sollte sie denn sonst gewesen sein?", erwiderte Mrs Fitzgerald.

„Haben Sie sie gesehen? Können Sie es bestätigen, ja oder nein?"

„Ich nehme an, dass sie in ihrem Zimmer war und geschlafen hat."

„Also haben Sie sie nicht gesehen?"

„Ich werde sie wohl kaum gesehen haben, wenn sie geschlafen hat. Ich weiß aber ganz sicher, dass Vivienne hier war, als ich heute Morgen gegen 9.30 Uhr hinunter in die Küche kam. Sie hatte gerade das Frühstück zubereitet."

„Und davor?"

„Wie gesagt, ob sie davor im Haus war oder nicht, kann ich Ihnen nicht sagen, aber ich gehe davon aus."

„Und Sie, Mrs McCann, können Sie bestätigen, dass Miss Miller im Haus war?"

„Ich habe lange geschlafen. Meine Nächte sind derzeit die Hölle, oft gelingt es mir erst in den Morgenstunden, zur Ruhe zu kommen und ein wenig zu dösen. Es tut mir leid, ich weiß es nicht. Aber ich denke schon, dass sie hier war. Wo sollte sie denn sonst gewesen sein?"

ALS SIE WIEDER im Auto saßen, fragte Heidi: „Glauben Sie Vivienne Miller?"

„Sie wirkte ziemlich nervös", antwortete Frederick. „Sie könnte das Geld gut gebrauchen und kommt damit als Erpresserin in Frage. Aber ob sie auch eine Mörderin ist, da bin ich mir nicht sicher."

„Wir sollten sie im Auge behalten."

Frederick nickte.

„Ich war übrigens gestern Abend noch im Hotel Randolph. Moore ist dort abgestiegen, und er wurde gesehen, wie er sich am Samstag vor dem Dinner mit McCann getroffen hat. Ich frage mich, was die beiden zu besprechen hatten."

„Ich hatte von Anfang an das Gefühl, dass er uns irgendetwas verheimlicht. Wohnt er immer noch dort?"

„Ich glaube schon."

„Lassen Sie uns hinfahren und es herausfinden. Sind Sie angeschnallt?"

„Darauf können Sie wetten."

„INSPECTOR COLLINS, GUTEN Tag!", sagte die rothaarige Rezeptionistin des Randolph und lächelte.

„Guten Tag! Darf ich vorstellen, das ist meine Kollegin Inspector Green."

Heidi nickte der Rothaarigen zu.

„Wie kann ich Ihnen behilflich sein?", fragte diese.

„Wir sind auf der Suche nach Mr Moore. Der wohnt doch noch hier im Hotel, oder?"

„Mr Moore …" Die Augen der Rezeptionistin begannen zu strahlen. „Ja, der wohnt noch hier. Er war gerade im Restaurant und ist nun auf seinem Zimmer."

„Welche Zimmernummer hat er?"

„Nummer 23. Das ist im ersten Stock."

„Hier die Treppe hoch?"

„Genau. Die Treppe hoch und dann die erste Tür rechts. Soll ich ihn anrufen und Sie ankündigen?"

„Nein, vielen Dank, das ist nicht nötig."

Heidi und Frederick stiegen die breite Treppe hinauf in den ersten Stock.

„Zimmer 23, hier ist es", sagte Frederick und klopfte an die Tür.

Nichts regte sich.

„Vielleicht ist er ja doch nicht da", meinte Frederick.

„Lassen Sie mich mal", erwiderte Heidi und rief mit heller Stimme: „Mr Moore, Zimmerservice!"

Kurze Zeit später öffnete sich die Tür einen Spaltbreit.

Frederick nickte Heidi anerkennend zu.

„Ich habe nichts …" Sobald Philipp Moore Heidi und Frederick sah, drückte er die Tür zu.

„Mr Moore, öffnen Sie die Tür!"

„Lassen Sie mich in Ruhe!"

„Mr Moore, seien Sie vernünftig und öffnen Sie die Tür!"

„Was wollen Sie von mir?"

„Wollen wir das wirklich durch die geschlossene Tür besprechen?"

Einen Moment später wurde die Tür erneut geöffnet. Als Heidi und Frederick das Zimmer betraten, ging Philipp Moore ein paar Schritte zurück und stellte sich vor das Bett.

„Versuchen Sie etwa, Ihr Koks vor uns zu verstecken?", fragte Frederick.

Philipp Moore blickte starr auf den Boden.

„Nun holen Sie das Zeug schon unterm Bett hervor!"

Doch Philipp Moore rührte sich nicht.

„Oder soll ich das für Sie tun?", fragte Frederick scharf. „Schon gut." Philipp Moore bückte sich und zog ein Tütchen mit einem weißen Pulver darin hervor. „Zufrieden?", fragte er, aber er wirkte immer noch angespannt.

An dem Koks konnte es nicht liegen, denn es war nur eine geringe Menge, wie Frederick auf einen Blick erkannte. „Das ist doch noch nicht alles, Mr Moore, oder?", mutmaßte er.

Zögernd griff Philipp Moore noch einmal unter das Bett und hielt auf einmal ein langes Messer in der Hand. Erschrocken wichen Heidi und Frederick zurück.

„Legen Sie sofort das Messer weg!", rief Frederick.

„Sie wollten doch, dass ich alles unterm Bett hervorhole", antwortete Philipp Moore und ließ das Messer auf den Teppich fallen.

„Heben Sie die Hände und drehen Sie sich um!"

Das tat Philipp Moore. Frederick trat an ihn heran und tastete ihn ab.

„Ist das das Messer, mit dem Sie Charlotte Jacobs umgebracht haben?"

„Was?"

„Sie wurde heute Morgen tot in ihrem Hausflur gefunden, erstochen. Und jetzt finden wir hier bei Ihnen ein Messer …"

„Ich weiß nicht, wie es in mein Zimmer gekommen ist. Zuerst dachte ich, es sei eins meiner Jagdmesser."

„Das klingt nicht sehr glaubwürdig, Mr Moore."

Heidi griff nach ihrem Smartphone, wählte eine Nummer und sagte: „Simmons! Schicken Sie bitte sofort Stephanie

Bradshaw ins Hotel Randolph. Wir haben hier vielleicht die Waffe, mit der die Jacobs ermordet wurde. Außerdem haben wir Drogen gefunden. Gehen Sie zu Meyers, wir brauchen einen Durchsuchungsbefehl. Am besten bringen Sie den gleich mit. Beeilen Sie sich!"

„WIE KOMMT ES, dass wir ein Messer, mit dem möglicherweise Charlotte Jacobs ermordet wurde, in Ihrem Hotelzimmer gefunden haben – können Sie uns das erklären?", fragte Frederick und stemmte die Arme auf den Tisch im Vernehmungsraum des Polizeipräsidiums.

„Nein, kann ich nicht", antwortete Philipp Moore.

„In Ordnung, dann zu etwas anderem. Vielleicht fällt Ihnen dazu etwas ein."

Frederick nahm einen Zettel aus einem schwarzen Ordner, der vor ihm auf dem Tisch lag. Es war die Auswertung von Jules McCanns Smartphone.

„Mr McCann hat Sie am Mittwoch um 19.32 Uhr angerufen. Was wollte er von Ihnen?"

„Ganz einfach, er wollte wissen, ob ich zum Alumni-Dinner kommen würde."

„Das Gespräch dauerte über zwanzig Minuten!", widersprach Frederick. „Wir hatten uns lange nicht gesprochen, es gab viel zu erzählen", antwortete Philipp Moore.

„Am Samstag vor dem Dinner haben Sie sich noch einmal mit Mr McCann getroffen. Weshalb? Sie hätten ihn doch kurz darauf ohnehin im Magdalen College gesehen."

„Jules hatte vorgeschlagen, mich vom Hotel abzuholen, um gemeinsam zum College zu fahren."

„Sie sind aber nicht gleich dorthin gefahren. Wir wissen, dass Sie mit ihm eine ganze Weile in der Bar des Randolph gesessen haben."

„Richtig."

„Wieso haben Sie uns das nicht gesagt?"

„Ich hätte nicht gedacht, dass das wichtig ist."

„Sie machen sich nur noch verdächtiger, wenn Sie die Hälfte der Informationen aussparen, Mr Moore!", schimpfte Frederick.

„Worüber haben Sie mit Mr McCann in der Bar des Hotel Randolph gesprochen?", mischte sich Heidi ein.

„Über alte Zeiten."

„Konnte das nicht bis zum Dinner warten?"

„Nein."

„Stimmt, denn beim Dinner saßen Sie ja gar nicht neben Mr McCann. Wieso haben Sie uns auch das verheimlicht?", fragte Frederick.

„Ich weiß nicht, was Sie von mir wollen! Ich habe Ihnen überhaupt nichts verheimlicht! Ich habe nie behauptet, dass ich bei Jules am Tisch saß. Sie haben doch nie danach gefragt, wo ich während des Dinners gesessen habe!"

„Und wieso saßen Sie beim Dinner nicht dort, wo Sie laut Sitzplan hätten sitzen sollen? Wieso saßen Sie auf dem Podium?" Fredericks Stimme wurde noch lauter.

„Dean Shaw hatte mich an die Ehrentafel berufen."

„Die Ehrentafel? Was soll das sein?"

„Bei jedem Alumni-Dinner lädt Dean Shaw die Gast-redner und einige wenige Auserlesene, die sich besonders um das Magdalen College verdient gemacht haben, ein, an seiner Tafel auf dem Podium mit ihm zu speisen. Ich war einer der Auserwählten, so einfach ist das."

„Weshalb war das im Sitzplan so nicht vorgesehen?"

„Das kann ich Ihnen nicht sagen. Der Dean hat eben am Samstag kurz vor dem Dinner seine Meinung geändert."

„Wir werden das überprüfen."

„Tun Sie das!"

„Was haben Sie heute Morgen zwischen 7 und 8 Uhr gemacht, Mr Moore?"

„Ich war jagen."

„Ist das Ihre Jagdtrophäe?" Frederick zeigte Philipp Moore ein Foto der entstellten Charlotte Jacobs.

Philipp Moore blickte nur wenige Sekunden lang darauf, dann schob er es angewidert zurück.„Das ist ja Wahnsinn! Wer tut denn sowas? Das ist doch krank!"

„Krank ist es auch, sich ständig mit Koks zuzudröhnen."

„Ich dröhne mich nicht ständig zu!"

„Man braucht sich doch nur Ihre wunde Nase anzuschauen, um zu wissen, dass das nicht stimmt, was Sie sagen!"

„Und weil ich kokse, soll ich zwei meiner besten Freunde umgebracht haben?"

„Vielleicht erinnern Sie sich nicht mehr, was Sie getan haben, weil Sie auf einem Trip waren."

„Das sind haltlose Unterstellungen!"

„Noch mal: Wo waren Sie heute Morgen zwischen 7 und 8 Uhr?"

„Wie oft denn noch, ich war jagen!"

„Wann genau?"

„Ich habe das Randolph gegen 6.30 Uhr verlassen."

„Und wo wollen Sie jagen gewesen sein?"

„In einem Naturpark bei Bicester."

Frederick schaute Heidi fragend an.

„Das liegt nördlich von hier, etwa eine Autostunde von Oxford entfernt", erklärte sie.

„Wie sind Sie dort hingekommen?", wandte sich Frederick wieder Philipp Moore zu.

„Mit meinem Wagen."

„Wo ist der jetzt?"

„Der steht auf dem Parkplatz des Randolph."

„Was ist das für ein Wagen?"

„Ein weißer Porsche."

„Gibt es für Ihre Spazierfahrt Zeugen?"

„Nein, ich war allein. Aber der Jäger in Bicester kann bestätigen, dass ich dort war."

„Wann waren Sie zurück?"

„Gegen 10 Uhr."

„Das heißt, Sie hätten um 7 Uhr bei Mrs Jacobs vorbeifahren, sie umbringen und Ihre Fahrt dann einfach fortsetzen können."

„Ich weiß nicht, ob ich das gekonnt hätte. Fakt ist, ich habe es nicht getan!"

„Wie kommt dann das Messer, mit dem Mrs Jacobs wahrscheinlich getötet wurde, in Ihr Zimmer?"

„Ich habe Ihnen doch schon mehrfach gesagt, dass ich es nicht weiß! Irgendjemand muss es dort hineingelegt haben, während ich jagen war. Ich weiß wirklich nicht, wie es sonst dort hingekommen sein soll."

„Genauso wenig, wie Sie wissen, ob Sie bei Mrs Jacobs vorbeigefahren sind?"

„Verdammt noch mal, ich war nicht bei Charlie und ich habe dieses Messer noch nie zuvor gesehen!"

In diesem Moment klopfte es an der Tür.

„Herein!", rief Heidi.

Sergeant Simmons betrat den Raum und legte einen kleinen braunen Lederkoffer auf den Tisch. „Raten Sie mal, was wir bei der Durchsuchung des Hotelzimmers gefunden haben!"

„Simmons! Das ist jetzt nicht der richtige Moment für Ihre Ratespielchen. Also, was ist das?"

„Schon gut", erwiderte Sergeant Simmons beleidigt und öffnete den Koffer. „Wir haben hier genau eine halbe Million Pfund. Ich habe es selbst gezählt."

Ungläubig starrten Heidi und Frederick auf das Geld.

Dann wandte sich Heidi wieder Philipp Moore zu. „Uns liegen zwei Briefe vor, in denen jeweils eine halbe Million Pfund erpresst wird, und zufällig wird in Ihrem Hotelzimmer genau diese Summe gefunden. Hat Ihnen das auch jemand untergeschoben?", fragte sie scharf.

„Das ist mein Geld", erwiderte Philipp Moore und strich sich durch das gegelte Haar.

„Erzählen Sie uns doch nichts!"

„Es ist mein Geld!"

„Sie haben einfach mal so einen Koffer mit einer halben Million in Ihrem Zimmer? Sie denken doch nicht im Ernst, dass wir Ihnen das glauben?"

„Sie können glauben, was Sie wollen, es ist mein Geld."

„Oder ist es vielleicht das Geld, das Sie von Mr McCann erpresst haben?" Frederick hielt Philipp Moore den eingetüteten Erpresserbrief vor die Nase, den Louis Murdoch im Rathaus gefunden hatte.

„Sicher nicht."

„Sie behaupten also, dass Sie weder Jules McCann noch Charlotte Jacobs erpresst haben?"

„Ich habe niemanden erpresst."

Frederick beobachtet Philipp Moore genau. „Aber Sie wussten von den Erpressungen?"

Philipp Moores Mundwinkel zuckten, doch er schwieg.

„Ich will jetzt endlich die Wahrheit hören!", schrie Frederick und baute sich vor Philipp Moore auf, so als ob er sich gleich auf ihn stürzen würde.

Doch Philipp Moore ließ sich nicht aus der Ruhe bringen. „Ich sage jetzt nichts mehr ohne meinen Anwalt."

„Gut, wie Sie wollen!", rief Frederick verärgert. „Sie können gerne in einer Gefängniszelle auf ihn warten."

Eine Meute Journalisten lauerte auf dem Gehweg, als Frederick die St. Aldates Police Station in Richtung Magdalen College verließ. Es waren mindestens ein Dutzend, auch die überregionale Presse war dabei. Offenbar hatte sich inzwischen herumgesprochen, dass es bereits zwei tote Prominente gab. Zum Glück kannten die Journalisten Fredericks Gesicht noch nicht und ließen ihn in Ruhe.

Die Gedanken in seinem Kopf überschlugen sich. War Moore tatsächlich so unvorsichtig gewesen, die Waffe, mit der er Charlotte Jacobs getötet hatte, einfach so in seinem Hotelzimmer herumliegen zu lassen? Oder versuchte irgendjemand, den Verdacht auf Moore zu lenken? Vielleicht Vivienne Miller? Wenn ja, musste sie in Moores Zimmer gewesen sein. Doch das Hotelpersonal hatte nichts gesehen, das hatten Simmons' Befragungen im Randolph ergeben. Außerdem – wie hätte sie in der kurzen Zeit von Summertown in die Innenstadt und wieder zurück gelangen sollen? Aber Moore wusste mehr. Zumindest hatte er von den Erpressungen gewusst, da war sich Frederick sicher.

Wenige Minuten später stand er vor der dicken, hölzernen Eingangstür des Magdalen College, über der das Wappen mit den drei Lilien in Stein gemeißelt war. Wie viele Colleges wirkte auch dieses wie ein großes Stadtschloss, fand Frederick, und er fragte sich, wie es wohl sein müsste, hier als Student in einem der geschichtsträchtigen Zimmer wohnen zu dürfen. Er drückte die schwere Eingangstür auf und stieg die steinernen Stufen zur Pforte hinunter. Dort saß ein älterer Herr, der eine warme Fellweste trug, was in den alten feuchten Mauern sicherlich nötig war.

„Wie kann ich Ihnen helfen, Sir?", fragte er.

„Ich möchte gerne mit Dean Shaw sprechen."

„Sind Sie angemeldet?"

„Nein, aber ich muss ihn dringend sprechen. Ich bin Inspector Collins von der Thames Valley Police." Frederick holte seinen Polizeiausweis hervor.

Die Gesichtszüge des Mannes verhärteten sich. „Geht es um den Tod von Jules McCann?"

„Ja, und inzwischen gibt es noch eine weitere Tote, Charlotte Jacobs."

„Was?" Im Gesicht des Pförtners war Entsetzen zu lesen. „Charlotte Jacobs jetzt auch noch? Das ist ja furchtbar. Ich kannte sie und Jules McCann. Sie waren immer außerordentlich freundlich, damals wie heute. Ich hab über die Jahre sehr genau verfolgt, wie sich die Kinder entwickelt haben. Macht einen ja schon stolz, wenn man das so sieht. Und jetzt sind sie beide tot! Haben Sie den Mörder denn bereits gefunden?"

„Noch nicht, deshalb bin ich ja hier. Ich muss dringend mit Dean Shaw sprechen."

„Wollen Sie damit etwa sagen, dass er die beiden umgebracht hat?"

„Wir stecken noch mitten in den Ermittlungen. Können Sie mir jetzt bitte sagen, wo ich ihn finden kann?"

„Er besucht gerade die Andacht, wie jeden Abend. Wenn Sie vor der Kapelle auf ihn warten, können Sie ihn eigentlich nicht verpassen."

„Wo ist die bitte?"

„Moment, ich bringe Sie hin." Der Pförtner erhob sich schwerfällig aus seinem Stuhl und ging dann mit Frederick über den St Swithuns Squad zu einem großen steinernen Rundbogen, der zum Kreuzgang führte. „Hier geradeaus und dann rechts, da ist der Eingang zur Kapelle", sagte er und zeigte auf ein hohes schwarzes Eisentor. „Am besten warten Sie vor dem Tor, die Abendandacht müsste in wenigen Minuten vorbei sein."

„Danke, Sir."

Der Pförtner ging langsam über den Hof zurück. Als er nicht mehr in Sichtweite war, öffnete Frederick vorsichtig eine Seite des schwarzen Eisentores, gerade so weit, dass er sich durch den Spalt drücken konnte. Der Raum, den er nun betrat, war nur durch eine kleine Lampe erleuchtet. Über seinem Kopf zog sich ein Kirchenfenster aus schwarzem und weißem Glas empor. Zu seiner Linken entdeckte er einen kunstvoll verzierten marmornen Bogen, über dem die Orgel angebracht war und durch den man in das Kirchenschiff gelangen konnte.

Frederick blieb seitlich hinter einer der Marmorsäulen des Torbogens stehen, so dass er ins Kirchenschiff blicken konnte, jedoch von dort aus nicht zu sehen war. Links und rechts standen reich verzierte hölzerne Bänke, die sich wie Stufen in die Höhe zogen. In eine Wand waren Dutzende Heiligenfiguren eingelassen, die in dem nur durch Kerzenschein erhellten Raum unheimlich lebendig wirkten. Vor dieser Wand stand der Altar. Ein Priester las mit lauter, klarer Stimme die Andacht. Frederick blickte von einem Kirchgänger zum nächsten. Auf der rechten Seite saßen vorwiegend Jungen in langen roten Gewändern; sie mussten zum berühmten Kirchenchor der Magdalen College School gehören. Auf der linken Seite saßen dagegen Herrschaften älterer Semester. Frederick vermutete, dass es sich bei ihnen um die Professoren und Tutoren des College handelte, denn er entdeckte Martin Loveless unter ihnen. Ein wenig erhöht auf einem hölzernen Stuhl, der in die oberste Kirchenbank eingearbeitet worden war und Frederick an einen Thron erinnerte, saß Dean Shaw.

Plötzlich begannen die Glocken des Magdalen Tower zu läuten und die Anwesenden erhoben sich und sprachen mit dem Priester das Vaterunser. Danach traten alle in den mit rotem Teppich ausgelegten Mittelgang, um die Kapelle zu verlassen. Frederick fing den Dekan im Vorraum der Kapelle ab, wo über ihren Köpfen eine Kopie des „Abendmahls" von Leonardo da Vinci hing. Dean Shaw war sichtlich überrascht, als er Frederick erkannte.

„Entschuldigen Sie bitte die Störung, Dean Shaw, aber ich muss dringend mit Ihnen sprechen."

„Ich nehme an, es geht um den Tod von Jules McCann?", fragte Dean Shaw.

Frederick bemerkte, wie sich einige Köpfe neugierig zu ihnen herumdrehten, unter ihnen auch der von Martin Loveless.

„Ich würde gerne unter vier Augen mit Ihnen sprechen, Dean Shaw."

„Natürlich."

Der Dekan führte Frederick schweigend über den St. Swithuns Squad. Dann betraten sie ein großes Sandsteinhaus, das ein Schild an der dunklen Holztür als „President's Lodge" auswies. Dean Shaw bat Frederick eine breite alte Wendeltreppe hinauf in den ersten Stock, wo sie sich in zwei dunkelbraune Ledersessel setzten. Frederick fragte sich, welche großen Denker wohl in der Vergangenheit schon in diesen Sesseln gesessen hatten.

„Möchten Sie einen Tee, Inspector?", fragte der Dekan mit gezwungener Höflichkeit.

„Nein, danke, ich werde gleich zur Sache kommen, Dean Shaw. Wir haben heute Morgen Charlotte Jacobs tot in ihrem Haus gefunden."

„Charlotte? Nein, das darf nicht wahr sein!"

„Leider doch. Unsere Untersuchungen haben ergeben, dass auch sie ermordet wurde."

„Haben Sie den Mörder fassen können?", fragte Dean Shaw aufgeregt.

„Wir haben einen Verdächtigen festgenommen."

„Wer ist es?"

„Bitte entschuldigen Sie, Dean Shaw, aber ich darf Ihnen zu unserem Ermittlungsstand momentan leider nichts sagen."

„Verstehe, aber denken Sie, dass es ein und dieselbe Person ist, die Jules McCann und Charlotte Jacobs umgebracht hat?"

„Auch das steht noch nicht fest."

„Sie sind also noch nicht besonders weit mit Ihren Ermittlungen!", rief Dean Shaw aufgebracht. „Die Semesterferien sind bald vorbei und ich kriege jeden Tag Dutzende Anrufe, ob der Mord hier am College schon aufgeklärt wurde. Die Eltern wollen ihre Kinder so lange nicht zurück an mein College schicken, bis der Mörder gefasst wurde, und ich kann ihnen das noch nicht einmal verdenken! Können Sie sich vorstellen, was das für mich bedeutet? Welchen

Imageschaden mein College deswegen davonträgt? Ganz abgesehen vom finanziellen Schaden."

„Deshalb bin ich hier, Dean Shaw", versuchte Frederick den Mann zu beschwichtigen. „Wir tun alles, um die Morde so schnell wie möglich aufzuklären. Wir haben herausgefunden, dass Mr McCann und Mrs Jacobs erpresst wurden. In den Briefen, die wir gefunden haben, wird damit gedroht, dass man Sie und die Collegegemeinde in ein Geheimnis einweihen wird, wenn das geforderte Geld nicht gezahlt wird. Können Sie sich vorstellen, womit die beiden erpressbar waren?"

Dean Shaw überlegte. Zu lange, fand Frederick.

„Nein, es tut mir leid, da fällt mir nichts ein", antwortete Dean Shaw schließlich.

„Hat es denn damals, als Mr McCann und Mrs Jacobs hier am College studiert haben, irgendwelche Vorfälle gegeben? Irgendetwas, was mit beiden in Verbindung stehen könnte?"

„Nein, ich kann mich an keinen Vorfall erinnern."

„Schade. Können Sie mir dann vielleicht sagen, weshalb Philipp Moore während des Alumni-Dinners nicht dort saß, wo er laut Sitzplan platziert worden war? Weshalb saß er bei Ihnen an der Ehrentafel?"

„Ich habe ihn selbst dorthin berufen."

„Das war aber nicht von vornherein so geplant, oder?"

„Nein, ganz sicher nicht."

„Weshalb haben Sie Ihre Meinung geändert?"

„Jules McCann hat mich darum gebeten."

„Er hat Sie darum gebeten, Philipp Moore an die Ehrentafel zu berufen?"

„Ja. Ich wollte ihm damit einen Gefallen tun."

„Ich verstehe nicht ganz, Dean Shaw."

„Jules McCann hat mich am Samstagnachmittag angerufen und mir gesagt, dass er von Philipp Moore unter Druck gesetzt wird. Moore wollte, dass er mich dazu bringt, ihn an die Ehrentafel zu berufen."

„Hätte Mr Moore Sie nicht selbst darum bitten können?"

Dean Shaw lachte laut, doch das Lachen klang falsch. „Ich hätte ihn niemals aus freien Stücken an die Ehrentafel berufen. Er ist nicht besonders intelligent, faul ist er auch, und er hat sich in keiner Weise um das Magdalen College verdient gemacht. Abgesehen davon weiß jeder, dass der Junge nur so gut gelaunt ist, weil er Drogen nimmt. Das war damals schon so und hat sich bis heute nicht geändert. Kein Wunder, dass sein Vater ihn aus der Firmenleitung geschmissen hat! Glauben Sie mir, niemals hätte ich Philipp Moore aus freien Stücken an die Ehrentafel berufen. Ich habe das nur für Jules McCann getan."

„Weshalb?"

„Ich hätte dem zukünftigen Lord Mayor von Oxford wohl kaum einen Gefallen abschlagen können."

„Natürlich nicht", sagte Frederick und dachte: Die Macht der Macht. „Können Sie sich denn vorstellen, womit Philipp Moore Mr McCann unter Druck gesetzt hat, Dean Shaw?"

„Beim besten Willen nicht. Geld wird es jedenfalls nicht gewesen sein, davon hat Philipp Moore selbst mehr als genug."

Dienstag, 20. Mai

„SIE GLAUBEN IHM nicht?", fragte Heidi und lehnte sich auf ihrem Stuhl zurück. Frederick und sie saßen in ihrem Büro im Polizeipräsidium und besprachen die neuen Erkenntnisse.

„Dean Shaw hat steif und fest behauptet, er könne sich nicht vorstellen, womit McCann und die Jacobs erpresst wurden. Aber er weiß irgendetwas, da bin ich mir sicher."

„Falls es etwas mit dem College zu tun hat, wird er es uns sicher nicht verraten", überlegte Heidi. „Übrigens, die Ergebnisse der Untersuchung von Moores Wagen sind eben per E-Mail bei mir angekommen. Der Porsche ist sauber, das heißt keine Blutspuren, nur Schlamm, der tatsächlich mit den Bodenproben aus dem Wald bei Bicester überein-stimmt. Das und die Aussage des Jägermeisters, der ihm die Waffe geliehen hat, belegen eindeutig, dass er wirklich dort war. Die Kollegen haben gute Arbeit geleistet."

„Also kann er nicht bei der Jacobs gewesen sein, das hätte er zeitlich nicht geschafft."

„Außerdem wurde ihr Anwesen nach Reifenspuren untersucht, doch da sind keine von Moores Porsche, nur welche von ihrem Mercedes. Die Rezeptionistin des Ran-dolph – Sie wissen schon, die Rothaarige – hat Simmons versichert, dass Moore um 6.30 Uhr das Hotel verließ und erst gegen 10 Uhr wieder zurückkam – genau so, wie er es gesagt hat."

„Ach, da hat sie so genau drauf geachtet?"

„Ja, sie scheint ganz vernarrt in Moore zu sein."

„Oder es steckt etwas anderes dahinter. Ich frage mich die ganze Zeit, wie das Messer in sein Zimmer gekommen ist, ohne dass irgendjemand etwas gesehen hat. Ob die Rezeptionistin womöglich etwas damit zu tun hat? Und war sie es vielleicht, die McCann am Donnerstag im Rat-haus einen Besuch abgestattet hat?"

Ich werde Simmons Bescheid geben, dass er sie über-prüfen soll. Ach, und noch was: Dr. Goldberg hat mich gestern Abend angerufen. Das Messer, das wir bei Moore im Hotelzimmer gefunden haben, ist tatsächlich die Tatwaffe."

PHILIPP MOORE SASS bewegungslos in seiner Zelle und blickte nicht auf, als Frederick und Heidi den kleinen Raum betraten.

„Mr Moore?"

Philipp Moore regte sich nicht.

„Mr Moore!", rief Frederick, lief zu dem Mann hinüber und schüttelte ihn. „Mr Moore, verdammt!"

„Lassen Sie mich in Ruhe!"

Der Mann ist auf Entzug, dachte Frederick. „Was soll das?"

„Lassen Sie mich einfach in Ruhe."

„Wir müssen mit Ihnen sprechen, Mr Moore."

„Ich aber nicht mit Ihnen."

„Zwei Ihrer Freunde wurden umgebracht, und ich sehe doch, dass Sie Angst haben, das nächste Opfer zu sein. Werden Sie auch bedroht, Mr Moore?"

„Nein."

„Vor wem haben Sie Angst?" Frederick ließ nicht locker.

Philipp Moore antwortete nicht.

„Das Messer, das wir bei Ihnen im Hotelzimmer gefunden haben, ist die Tatwaffe, mit der Charlotte Jacobs umgebracht wurde. Auf dem Messer sind Ihre Fingerabdrücke."

„Überrascht Sie das?", meinte Philipp Moore unbeeindruckt. „Ich habe das Messer schließlich angefasst, als ich es gefunden habe. Aber ich habe Charlie nicht umgebracht."

„Den Richter wird das nicht überzeugen. Außerdem kommt noch erschwerend hinzu, dass wir Drogen bei Ihnen gefunden haben. Sie werden lebenslänglich ins Gefängnis wandern. Außer …"

„Außer was?"

116

„Außer Sie erzählen uns endlich, was damals vorgefallen ist. Wenn Sie mit uns kooperieren, legen wir ein gutes Wort für Sie ein."

„Das ist Erpressung."

„So würde ich das nicht nennen. Wir versuchen nur, Ihnen zu helfen."

Philipp Moore rang sichtlich mit sich. Dann presste er hervor: „Wir haben als Studenten einen großen Fehler begangen. Aber ich kann Ihnen nicht alles erzählen, es geht einfach nicht."

„Was für einen Fehler?", hakte Frederick nach.

„Das kann ich Ihnen nicht sagen, wir haben auf unser Leben geschworen, dass wir niemals darüber sprechen werden. Deswegen habe ich mich mit Jules vor dem Dinner getroffen. Er hat mir am Mittwoch, als er mich angerufen hat, erzählt, dass er erpresst wird. Irgendjemand hat damit gedroht, unser Geheimnis zu verraten. Er hat mich um Hilfe gebeten, weil der Erpresser viel Geld wollte. Jules hatte all sein Geld in das Haus in Summertown gesteckt und hätte die fünfhunderttausend Pfund, die der Erpresser verlangte, niemals selbst aufbringen können."

„Haben Sie als Gegenleistung für das Geld verlangt, dass Mr McCann Dean Shaw davon überzeugt, Sie an die Ehrentafel zu berufen?"

„Woher wissen Sie ...?"

„Stimmt es oder nicht?"

„Ja."

„Das war alles, was Sie für die fünfhunderttausend Pfund wollten?", fragte Heidi ungläubig.

„Es ging mir nicht ums Geld."

Frederick erinnerte sich an das gehässige Lachen von Dean Shaw und daran, wie dieser gesagt hatte, dass einer wie Philipp Moore es unter normalen Umständen niemals an die Ehrentafel geschafft hätte. Wahrscheinlich hatte Philipp Moore der Collegegemeinde und seinem Vater um jeden Preis beweisen wollen, dass er es doch konnte.

„Wieso haben wir das Geld dann in Ihrem Hotelzimmer gefunden?", fragte Heidi.

„Jules hatte seine Meinung geändert."

„Weshalb?"

„Er sagte, ein Jules McCann würde sich nicht erpressen lassen."

„Er hat also lieber in Kauf genommen, dass Ihr Geheimnis preisgegeben wird?"

„Nicht wirklich. Das dachten wir zumindest, denn wir waren uns sicher, den Erpresser zu kennen."

„Sie wissen, wer der Erpresser ist?", rief Heidi aufgeregt.

„Ja und nein."

„Ich verstehe nicht."

„Es kamen eigentlich nur vier Personen als Erpresser in Frage: Charlotte Jacobs, Lisa O'Neill, Zoe Hearne und Martin Loveless. Nur sie kennen unser Geheimnis von damals. Wir sind davon ausgegangen, dass einer von ihnen in finanziellen Schwierigkeiten steckt und es auf das Geld abgesehen hat. Aber derjenige konnte nur bluffen, was unser Geheimnis angeht, denn wenn es publik würde, wären wir alle ruiniert, auch derjenige, der Jules erpresste. Jules hat den Fehler gemacht und den vieren damit gedroht, es selbst zu verraten. Er wollte dem Erpresser eigentlich nur den Wind aus den Segeln nehmen. Das hat ihn letztendlich das Leben gekostet, denn der Erpresser wollte es ganz offensichtlich verhindern."

„Aber weshalb musste Charlotte Jacobs sterben?"

„Ich weiß es nicht. Vielleicht ist sie dem Erpresser auf die Schliche gekommen."

In dem Moment wurde die schwere Zellentür geöffnet und Sergeant Simmons trat ein.

„Und?", fragte Heidi.

„Das Geld, das wir im Hotel Randolph gefunden haben, wurde am Freitag um 14.37 Uhr von Mr Moore in einer

Bank in Welwyn in Hertfordshire abgeholt, das hat der Bankdirektor gerade bestätigt. Er selbst hat es Mr Moore übergeben", sagte Sergeant Simmons.

Heidi seufzte. „Gut, Sie können gehen, Mr Moore. Aber um eine Anklage wegen Drogenbesitzes kommen wir trotzdem nicht herum."

„DIE ERGEBNISSE DER Untersuchung der Erpresserbriefe sind da", verkündete Sergeant Simmons, während er hinter Heidi und Frederick den Gang entlangging, der ins Pressezimmer des Polizeipräsidiums führte. „Das Seltsame ist, dass es sich um zwei verschiedene Papierarten und Druckertinten handelt und wir damit kaum nachvollziehen können, woher die Briefe stammen. In beiden Fällen handelt es sich um Papier, das es in jedem Schreibwarenladen Oxfords zu kaufen gibt, und auch die Druckertinten können keinem bestimmten Hersteller zugeordnet werden. Da hat jemand wirklich an alles gedacht. Außerdem hat der Erpresser offenbar Handschuhe getragen. Auf den Briefen sind nur die Fingerabdrücke der Opfer drauf, unsere und auf McCanns Brief auch noch die von Louis Murdoch. Der war übrigens eben hier, als Sie bei Moore in der Zelle waren."

„Was wollte er?"

„Sich dafür entschuldigen, dass er einfach so McCanns Büro betreten hat."

„Immerhin sind wir einen ganzen Schritt weiter dadurch, dass er den Erpresserbrief bei McCann gefunden hat. Das haben Sie ihm hoffentlich gesagt."

„Genau so", antwortete Sergeant Simmons.

DIE JOURNALISTEN DRÄNGTEN sich in dem Dienstzimmer, in dem Heidi und Frederick wie auf einem Servierteller an einem Tisch saßen und schon seit einer gefühlten Ewigkeit Fragen zum Mord an Charlotte Jacobs und Jules McCann beantworten mussten.

„Charlotte Jacobs wurde also erstochen. Ist sie verblutet? Hat sie lange leiden müssen? Gibt es Bilder?", fragte ein unrasierter junger Mann in einem weißen T-Shirt und einer zerrissenen Jeans.

„Die Details tun hier nichts zur Sache und wir werden Ihnen sicherlich keine Bilder von der Toten zur Verfügung stellen", antwortete Heidi.

„Weshalb haben Sie Ihren einzigen Verdächtigen laufen lassen?", rief eine blonde Frau.

„Die Frage lässt sich einfach beantworten: Er war es nicht", gab Heidi zurück.

„Wer war es dann?"

„Der Mörder", meinte Heidi kühl.

Ein empörtes Raunen ging durch die Menge.

Frederick fügte schnell hinzu: „Wir haben einige vielversprechende Spuren, die wir verfolgen, aber Sie müssen verstehen, dass wir Ihnen zum jetzigen Zeitpunkt noch keine Auskunft darüber geben können, da es sich bisher nur um Verdachtsmomente handelt."

„Das hört sich so an, als ob Sie überhaupt keine Ahnung haben, wer der Mörder der beiden sein könnte!"

Am liebsten hätte Heidi in die Runde gerufen, dass es genau so war. Doch stattdessen sagte sie: „Zu diesem Zeitpunkt würde es die Ermittlungen behindern, wenn wir Ihnen weitere Auskünfte geben würden. Aber ich versichere Ihnen, dass wir alles dafür tun, den Mörder schnellstmöglich zu finden."

„Das hat Charlotte Jacobs sicher auch gedacht", rief ein großer, breitschultriger Mann aus der hinteren Reihe. „Dieser Mord wäre nicht passiert, wenn Sie den Verbrecher gleich nach dem Mord an Jules McCann dingfest gemacht hätten! Oder haben die Morde etwa nichts miteinander zu tun?"

Darüber hatte Heidi letzte Nacht auch nachgedacht. Ein Giftmord und ein Gewaltmord, das passte einfach nicht zusammen. Oder der Mörder wollte sie gezielt in die Irre führen. Dazu würde auch passen, dass die Erpresserbriefe nicht identisch waren. Dieser Mörder, wenn es denn ein und dieselbe Person war, musste extrem gerissen sein und die beiden Verbrechen penibel geplant haben. Oder aber er war ein Chaot, der gar nichts plante und einfach tat, was ihm in den Sinn kam, ohne weiter darüber nachzudenken. Es schien jedenfalls so, als sei er unsichtbar, denn er hatte bei beiden Morden keinerlei Spuren hinterlassen, jedenfalls keine, die sich ihm eindeutig zuordnen ließen. Außerdem schien er die Art Mörder zu sein, die davon angestachelt wurde, dass die Polizei mit ihren Ermittlungen im Dunkel tappte, und womöglich bald wieder zuschlug.

Wenn sie doch nur hinter sein Mordmotiv kommen würden! Beide Morde mussten etwas mit diesem Geheimnis zu tun haben, das der Erpresser Dean Shaw und der Collegegemeinde zu offenbaren gedroht hatte, denn bei beiden Toten hatte davon etwas im Erpresserbrief gestanden. Aber was war das bloß für ein Geheimnis, von dem Dean Shaw vorgab, nichts zu wissen? Auch Philipp Moore weigerte sich standhaft, es preiszugeben. Und weshalb war das Geheimnis nicht publik gemacht worden, wie es in den Erpresserbriefen angekündigt worden war, nachdem McCann das Geld nicht bezahlt hatte? Wieso waren er und Charlotte Jacobs stattdessen umgebracht worden?

„Ich bitte um Ihr Verständnis dafür, dass wir uns dazu noch nicht äußern können", sagte Frederick ruhig.

„Und wann werden Sie sich dazu äußern?"

Das Geld, schoss es Heidi plötzlich durch den Kopf, das Geld könnte der Schlüssel sein! McCann hatte das Geld, das von ihm erpresst worden war, nicht bezahlt und sie hatten es bei Philipp Moore, der es ihm hatte leihen wollen, im Randolph gefunden. Aber was war mit dem Geld, das man von Charlotte Jacobs erpresst hatte? Sergeant Simmons hatte ihr riesiges Haus von oben bis unten durchkämmt und in einem Safe zwar unzählige Wertpapiere,

Diamantschmuck und Kreditkarten gefunden, aber kein Bargeld – und schon gar keine halbe Million Pfund. Heidi fragte sich, an wen all die Wertgegenstände, das Haus und das restliche Vermögen von Charlotte Jacobs nun gehen würden, denn sie war ein Einzelkind gewesen und auch ihre Eltern waren ja bereits tot.

„Wir werden uns dazu äußern, sobald wir den oder die Mörder überführt haben. Je länger wir hier herumsitzen und nur darüber reden, desto länger wird es dauern", antwortete Heidi, stand auf und verließ unter Blitzlichtgewitter den Raum.

„AN IHREM MEDIENAUFTRITT sollten Sie noch etwas feilen, Inspector Green!", meinte Sergeant Simmons, der die Pressekonferenz durch die offene Tür verfolgt hatte, vorwurfsvoll. „Sie haben da eben wirklich keine besonders gute Figur gemacht."

„Was wollen Sie damit sagen, Simmons?" Heidi war genervt, und Kritik von einem Untergebenen konnte sie jetzt nicht auch noch gebrauchen.

„Ähm, also ich meine nicht, dass Sie dick aussahen oder so. Sie haben noch eine ganz gute Figur, trotz der Geburt Ihrer Zwillinge, das muss ich wirklich sagen, aber eben vor der Presse, da …"

„Die Journalisten kamen doch alle nur von irgendwelchen Skandalblättern und wollten blutige Details hören", mischte sich Frederick ein.

„Außerdem haben wir jetzt wirklich Wichtigeres zu tun: Ich will, dass Sie so schnell wie möglich herausfinden, wo sich Jacobs' letzter Ehemann aufhält, wer ihr Vermögen verwaltet und ob es ein Testament gibt", sagte Heidi zu Sergeant Simmons.

Der nickte und verließ das Zimmer.

„Und wir müssen jetzt verdammt noch mal dahinterkommen, was damals passiert ist", sagte sie energisch und setzte sich an ihren Schreibtisch. „Was kann so schlimm sein, dass jemand deswegen schon zwei Menschen ermordet hat? Was auch immer es ist, von diesem Geheimnis wussten sechs Menschen. Zwei von ihnen sind tot und einer hat Todesangst, ist aber nicht der Mörder. Damit bleiben nur noch Zoe Hearne, Martin Loveless und Lisa O'Neill übrig. Es muss doch irgendetwas geben, mit dem wir sie unter Druck setzen können, damit sie uns dieses Geheimnis verraten!"

„Mit wem fangen wir an?" Frederick schob seinen Stuhl neben den von Heidi und setzte sich.

„Lisa O'Neill", antwortete Heidi, während sie mit flinken Fingern den Namen in die Tastatur des Dienstcomputers tippte. „Mal sehen, was Google so hergibt."

Wenige Sekunden später zeigten sich auf dem Bildschirm einige Links, die auf Websites führten, auf denen der Name Lisa O'Neill genannt wurde.

„Da ist nichts Aufregendes dabei, das sind alles nur Ankündigungen von Vernissagen, die in ihrer Galerie stattgefunden haben, und ein Link auf ihre Website."

„Außergewöhnliche Website, das muss man ihr lassen", kommentierte Frederick.

„Die Kunstwerke, die sie in ihrer Galerie verkauft, muss man sich auch erst einmal leisten können. Wenn die O'Neill die Werke für diese Preise verkauft, braucht sie sich um ihre Finanzen keine Sorgen zu machen", sagte Heidi.

„Aber das ist nicht das, wonach wir suchen. Gehen Sie noch mal zurück zu den Suchergebnissen. Sehen Sie, das da unten, was ist das?", fragte Frederick.

Heidi klickte den Link an, auf den er zeigte.

„Aufstrebende Galeristin verkauft Fälschung", las Frederick laut vor. „Das könnte was sein!"

In dem Artikel stand, dass Lisa O'Neill ein halbes Jahr zuvor ein teures Bild verkauft hatte, das als Fälschung entlarvt worden war.

„Ob sie wusste, dass es sich um eine Fälschung handelt, steht hier allerdings nicht."

„Lassen Sie es uns herausfinden!"

In diesem Moment steckte Sergeant Simmons den Kopf zur Tür herein und sagte: „Kanzlei Hearne."

„Was ist damit?", fragte Heidi.

„Das ist die Kanzlei, die schon Henry Jacobs in Finanzangelegenheiten beraten und nach seinem Tod alles für Charlotte Jacobs geregelt hat. In der Kanzlei ist auch das Testament der Jacobs hinterlegt", antwortete Sergeant Simmons.

„Die Kanzlei Hearne, zu der auch Zoe Hearne gehört?", fragte Heidi.

„Genau die. Ein Jim Hearne hat die Kanzlei 1964 gegründet, inzwischen leitet sein Sohn Michael die Geschäfte, also Zoe Hearnes Vater."

„Sehr gut, Simmons!"

„Ach, und Charlotte Jacobs' Mann, also ihr Noch-Ehemann, wobei, wohl eher ihr Ex-Mann – oder sagt man ihr verwitweter Mann ..."

„Kommen Sie zur Sache, Simmons!"

„Also, dieser Tim Brown, ein Investmentbanker, lebt seit ein paar Monaten in Singapur. Er war ganz sicher nicht hier in Oxford, als die beiden Morde passiert sind. Somit wird er es wohl eher nicht gewesen sein."

Heidi parkte ihren Mini auf einem Seitenstreifen in St Giles, nur wenige Meter von dem neu renovierten Ashmoleum-Museum entfernt. Das Gebäude erinnerte mit seinen vier hohen weißen Säulen an einen gigantischen römischen Tempel.

„Da vorne, die erste links, das ist die Straße, in der sich die Galerie von Lisa O'Neill befindet. Ich glaube, es ist das Haus mit der Nummer 12."

„Little Clarendon Street?", las Frederick von einem schwarzen Straßenschild mit weißer Schrift ab, das vor einem Delikatessladen im Eckgebäude stand.

„Genau."

„Nettes kleines Gässchen!", meinte Frederick, als sie die enge, gepflasterte Straße entlanggingen. „Man könnte fast meinen, man sei in Paris."

„Hier gibt es viele gemütliche Restaurants und Cafés, die sich ein wenig abseits von den Touristenströmen befinden", erklärte Heidi. „Wenn Sie dort vorne links hineingehen, kommen Sie zum Wellington Square, einem kleinen Park – ein Geheimtipp im Sommer. Und hier rechts, das ist meine Lieblingsbar, The Duke of Cambridge. Sie heißt aber schon immer so, nicht erst seit Prinz William nach seiner Hochzeit diesen Titel angenommen hat. Ach, und den Lemon Merengue im Duke of Cambridge müssen Sie mal probieren, der ist einfach nicht von dieser Welt!" Durch das Fenster der Bar winkte sie einem kleinen, dunkelhaarigen Mann zu, offenbar ein Südamerikaner, der daraufhin über das ganze Gesicht strahlte. „Zumindest war das so vor einigen Jahren", fügte sie wehmütig hinzu.

Einige Meter gingen sie schweigend nebeneinander her.

„Hier ist es", sagte Frederick, als sie das alte Haus mit dem dunkelblauen Anstrich erreicht hatten. Über dem großen Schaufenster hing ein eisernes Schild mit der Aufschrift „O'Neill's Gallery".

Heidi blickte durch die Glasscheibe auf eine unförmige Holzskulptur, die aussah, als hätten ihre Zwillinge sie zusammengesetzt und bemalt.

„Sowas nennt sich Kunst?! Das könnte ich auch", prahlte Frederick, der sich die angeleuchtete Figur ebenfalls anschaute. „Es gehört ja nicht so wahnsinnig viel dazu, aus ein paar Holzstöcken eine Figur zusammenzuschustern und diese dann mit Farbe zu bekleckern."

„Sie Kunstbanause!", mischte sich ein älterer Herr mit langem weißen Bart ein, der zu dem kleinen Second-Hand-Laden rechts neben der Galerie zu gehören schien. „Die Kunst in der Kunst besteht darin, dass man es macht und nicht nur darüber redet, dass man etwas machen könnte, junger Mann."

„Da haben Sie natürlich recht, Sir", gab Frederick kleinlaut zurück.

„Aber Kunst hin oder her, die Sachen scheinen sich nicht gut zu verkaufen momentan", brummte der Alte.

„Nein?"

„Bis vor ein paar Monaten war hier viel mehr los. Die Bude haben sie der O'Neill eingerannt an manchen Tagen und sich um ihr Zeugs gerissen, aus ganz England sind sie dafür angereist. Das war für meinen Laden gut; ich hab die Leute abgefangen und auch immer etwas verkaufen können. Aber seit dieser Sache mit der Fälschung ist das anders."

„Sie meinen, das Geschäft läuft nicht mehr?"

„Es sieht ganz so aus. Man mischt sich ja ungern in die Dinge anderer ein, wissen Sie, jeder soll sein Geschäft führen, wie er will. Aber wenn mein Geschäft nicht laufen würde, würde ich nicht erst morgens um 11 Uhr aufmachen und nachmittags schon um 16 Uhr schließen. Die jungen Leute wissen einfach nicht mehr, was harte Arbeit ist. Nichts tut sich von allein, wissen Sie! Als ich so jung war ..."

„Inspector Green, Inspector Collins, wollen Sie zu mir?"

Heidi erkannte die singende Stimme von Lisa O'Neill sofort. Sie musste sie durch die Glasscheibe entdeckt haben und stand nun in der halb geöffneten Tür ihrer Galerie.

„Ja, Miss O'Neill, wir hätten noch ein paar Fragen an Sie."

„Kommen Sie doch herein, hier draußen gibt es für meinen Geschmack zu viele Zuhörer." Lisa O'Neill blickte abschätzig auf den alten Mann in der abgewetzten Kordhose und dem verwaschenen Holzfällerhemd.

„Frechheit! Und ich verteidige auch noch den Krimskrams, den die verkauft!", murmelte der Alte in seinen weißen Bart, schüttelte den Kopf und verschwand wieder in seinem Laden.

„Noch einen schönen Tag, Sir!", rief Heidi ihm hinterher, doch er hatte schon die Tür hinter sich zugezogen.

Dann folgte sie Frederick und Lisa O'Neill in die kleine Galerie, an deren hellgrünen Wänden in goldenen Bilderrahmen unzählige Gemälde unterschiedlichster Stilrichtungen hingen. In dieser Umgebung wirkte Lisa O'Neill selbst wie ein Kunstwerk, wie eine der lebensgroßen bunten Skulpturen, die im Raum verteilt standen. Sie trug eine Brille mit einem orangefarbenen Rahmen, ein hautenges weißes Jerseykleid, das ihre zierliche Figur und die olivfarbene Haut noch mehr betonte, und dazu grellgelbe Plateauschuhe. In ihren feuerroten Haaren steckten unzählige glitzernde Vogelfiguren, die auf und ab wippten, wenn sie sprach.

„Es geht um Charlie, nicht wahr? Sie ist auch ermordet worden, deswegen sind Sie doch hier, oder?", sprudelte es aus Lisa O'Neill heraus.

Heidi bemerkte, dass die Nasenflügel der Rothaarigen vor Aufregung bebten. „Wer hat Ihnen von Mrs Jacobs' Tod erzählt?", fragte sie.

„Der Professor."

„Sie meinen Martin Loveless?"

„Ja, wir haben ihn schon immer nur ‚Professor' genannt. Er war bereits zu Studienzeiten ein Streber, wusste immer alles besser, hatte stets die besten Noten. Mich hat es nicht überrascht, dass er dann tatsächlich Professor geworden ist. So ehrgeizig, wie er ist, würde es mich nicht wundern, wenn ihm eines Tages ein Nobelpreis verliehen wird."

„Da wäre es natürlich schlecht, wenn herauskäme, was damals während Ihres Studiums am Magdalen College passiert ist", stellte Frederick fest.

„Sie wissen davon? Sie wissen, was damals passiert ist?", fragte Lisa O'Neill mit zittriger Stimme. „Woher ...?"

„Philipp Moore."

„Oh nein, Sie lügen! Das kann nicht sein. Ich weiß ganz genau, dass er es Ihnen niemals erzählt hätte", sagte Lisa O'Neill überzeugt.

„Was macht Sie da so sicher?"

„Ich weiß es eben."

„Gut, Sie haben recht. Dann sagen Sie uns doch bitte, was damals passiert ist. Was ist das für ein Geheimnis, das Sie mit Ihren Studienfreunden teilen? Was ist so schlimm, dass jemand für sein Schweigen Geld erpressen kann, und auch noch so viel?"

„Es geht nicht, ich kann Ihnen nichts sagen." Lisa O'Neill presste die Lippen aufeinander.

„Werden Sie auch erpresst?"

Lisa O'Neill lachte und rief mit schriller Stimme: „Nein, bei mir ist wirklich nichts zu holen."

„Wegen der Fälschung, die Sie verkauft haben?"

„Ich habe nicht gewusst, dass es sich um eine Fälschung handelt. Das ist dumm gelaufen, aber das kann den besten Galeristen passieren", antwortete Lisa O'Neill patzig. „Wenn ich es gewusst hätte, hätte ich das Bild niemals verkauft! Ich habe jahrelang sehr hart dafür gearbeitet, diese Galerie zu etablieren, das hätte ich mir nicht wissentlich kaputt gemacht. Die Galerie lief bis dahin richtig gut, sonst hätte ich mir wohl kaum ein Geschäft in dieser Größenordnung leisten können."

„Wann ist bemerkt worden, dass es sich um eine Fälschung handelt?"

„Erst einige Wochen nach dem Verkauf."

„War das Bild sehr wertvoll?"

„Oh ja, es war eines der teuersten Bilder, die ich je verkauft habe. Die ganze Sache hat sich innerhalb kürzester Zeit in der Kunstszene herumgesprochen und die Presse hat sich darauf gestürzt. Ich verstehe ehrlich gesagt bis heute nicht, wie das passieren konnte. Ich war mir sicher, dass das Bild echt war."

„Mussten Sie das Geld zurückzahlen?"

„Zoe Hearne meinte, in diesem Fall gilt ‚gekauft wie gesehen'. Ich habe das Geld aber dennoch zurückgezahlt. Der Ruf meiner Galerie hat unter der ganzen Sache trotzdem unglaublich gelitten; ich hätte mir im Leben nicht vorgestellt, dass das so weite Kreise zieht."

„Sie haben seitdem fast keine Kundschaft mehr, das hat uns zumindest Ihr Nachbar erzählt. Stimmt das?"

„Hat der alte Steward nichts Besseres zu tun, als mich auszuspionieren?", fluchte Lisa O'Neill.

„Wie finanzieren Sie Ihre Galerie momentan, wenn Sie keine Kundschaft haben? Trägt sich das Ganze denn überhaupt noch? Haben Sie vielleicht Geldsorgen, die Sie dazu getrieben haben, Mr McCann und Mrs Jacobs zu erpressen?"

„Meine Geschäfte sind momentan etwas eingeschlafen, aber deswegen laufe ich doch nicht herum und erpresse meine besten Freunde! Ich habe damit nichts zu tun! Ich wäre niemals auf die Idee gekommen, damit zu drohen, unser Geheimnis zu verraten. Wir sechs haben damals auf unser Leben geschworen, dass wir nie wieder ein Wort über das, was geschehen ist, verlieren würden. Sie haben ja gesehen, was passiert ist, als Jules damit gedroht hat, das Geheimnis öffentlich zu machen: Jetzt ist er tot! Ich verstehe nicht, dass Charlie sein Tod keine Lehre war. Sie hat wohl gedacht, sie ist über alles erhaben. So war sie schon immer, sie hat sich für etwas Besseres gehalten mit ihrem ganzen Geld. Das hat sie nun davon! Ich habe all die Jahre aus gutem Grund geschwiegen, und ich werde einen Teufel tun, meinen Schwur jetzt zu brechen. Ich bin doch nicht lebensmüde!" Lisa O'Neill trat nervös von einem Bein auf das andere.

„Können Sie uns wenigstens sagen, was es mit diesem Schwur auf sich hat, Miss O'Neill?"

„Nein, das kann ich nicht! Wie oft denn noch?"

„Bitte vergessen Sie nicht, dass wir hier sind, um einen Mörder zu finden. Jemand, der schon zwei Ihrer Freunde auf dem Gewissen hat, ist noch immer auf freiem Fuß. Wer zweimal mordet, tut das auch ein drittes Mal!"

„Hören Sie auf!", rief Lisa O'Neill panisch. „Ich will das nicht hören!" Sie presste sich die Hände auf die Ohren wie ein kleines Kind.

„Miss O'Neill, Sie könnten das nächste Opfer sein!", sagte Heidi eindringlich und zog am Arm der Rothaarigen. „Bitte erzählen Sie uns, was damals passiert ist, nur so können wir Sie vor dem Mörder schützen!"

„Keiner von uns wird Ihnen das Geheimnis jemals verraten", meinte Lisa O'Neill und nahm die Hände von den Ohren, „weil wir geschworen haben, über das, was wir getan haben, zu schweigen."

„Wann haben Sie diesen Schwur abgelegt?"

„Damals in unserem letzten Studienjahr."

„1995?", fragte Heidi.

Lisa O'Neill nickte heftig.

„Wie ist es zu dem Schwur gekommen?"

„Wir haben gefeiert, dass Jules seine Prüfungen bestanden hat. Wir wollten ihn aufmuntern. Wenige Wochen zuvor waren seine Eltern bei einem Verkehrsunfall ums Leben gekommen. Sein Vater ist damals mit dem Wagen gegen einen Baum gerast. Einfach so gegen einen Baum. Bum! Seine Mutter war sofort tot, doch sein Vater hätte überleben können, wenn er gleich versorgt worden wäre. Da die Unfallstelle aber an einer abgelegenen Landstraße außerhalb von Glasgow lag, hat man ihn erst am nächsten Tag entdeckt. Er ist in der Nacht verblutet. Das Ganze hat Jules wie ein Schlag getroffen und er war mit den Nerven völlig am Ende. Es muss schlimm genug sein, ein Elternteil zu verlieren, aber gleich beide! Und er war ja ein Einzelkind; seine Eltern hatten ihn erst spät bekommen und seine Großeltern waren auch schon tot. Er hat alles allein organisieren müssen, die Beerdigung, die Auflösung des Haushalts seiner Eltern, einfach alles. Und das mit Anfang zwanzig! Es war wahnsinnig schwer für ihn. Dann stellte sich auch noch heraus, dass er nichts erben würde, sondern dass seine Eltern ihm Schulden hinterlassen hatten. Er war also auf sein Stipendium angewiesen, doch an die Auszahlung des Geldes war die Bedingung geknüpft, dass er seine Prüfungen bestehen würde. Als er das tatsächlich schaffte, haben wir im Port Meadow gefeiert. Es war ein milder Abend und wir saßen stundenlang in der Nähe des Bootsstegs um ein Feuer herum. Es wurde ziemlich feucht-fröhlich und Phil hatte auch was dabei. Irgendwann haben wir dann diesen Schwur abgelegt."

„Worum ging es dabei?"

„So gerne ich wollte, ich kann es Ihnen einfach nicht sagen."

„Na gut, dann sagen Sie uns bitte, ob Sie am Donnerstagmorgen im Rathaus waren."

„Am Donnerstagmorgen? Nein, was hätte ich denn auch im Rathaus machen sollen?"

„Mr McCann besuchen?"

„Jules? Nein, den habe ich nicht besucht. Ich war den ganzen Morgen über hier in meiner Galerie."

„Und wo waren Sie gestern Morgen zwischen 7 und 8 Uhr?"

Lisa O'Neill dachte eine Weile nach und sagte dann: „Ich weiß es nicht."

„Wie bitte?", mischte Frederick sich ein.

„Ja, ich habe manchmal diese Aussetzer. Mein Therapeut meint, das sei eine Art Realitätsverdrängung."

„Ihr Therapeut?"

„Haben Sie etwa keinen Therapeuten?"

„Lenken Sie nicht ab!", sagte Frederick ungehalten. „Erinnern Sie sich nun, was Sie gestern Morgen gemacht haben, oder nicht?"

Lisa O'Neill dachte wieder angestrengt nach und Heidi war sich nicht sicher, ob sie ein wenig verrückt oder einfach nur eine wahnsinnig gute Schauspielerin war.

„Ich war auch hier in der Galerie."

„Sind Sie sich diesmal sicher?"

„Nein. Aber ich glaube schon."

„Wenn Sie hier waren, dann war das ungewöhnlich früh. Ihr Nachbar meinte, Sie öffnen die Galerie nie vor 11 Uhr", stellte Heidi fest.

„Der alte Steward schon wieder? Der Mann ist doch nicht mehr ganz klar im Kopf! Glauben Sie dem kein Wort! Der hat mich schon seit Monaten auf dem Kieker!", rief Lisa O'Neill.

„Sie waren also hier in Ihrer Galerie, sagen Sie. Was haben Sie denn hier gemacht? Kundschaft wird ja wohl kaum welche da gewesen sein."

„Ich habe alles umgeräumt. Sehen Sie, das Bild hier hing dort, das da, das hing dort drüben, und die Skulptur hier, die stand dort, und die hier stand da." Lisa O'Neill zeigte wild gestikulierend auf verschiedene Bilder und Skulpturen. „Der Tod von Jules hat mich völlig durcheinandergebracht, wissen Sie. Mein Therapeut meint, wenn ich mich hilflos fühle, weil ich die Vergangenheit nicht mehr ändern kann, soll ich aktiv werden und die Gegenwart verändern."

„Verstehe. Wann sind Sie hergekommen?"

„Ich denke, es war kurz vor 7 Uhr. Ich hab die ganze Nacht kein Auge zugetan. Ich habe immer wieder diese Bilder vor mir gesehen, wie Jules keine Luft bekommen und sich sein Herz gehalten hat. Die kriege ich nicht mehr aus meinem Kopf!"

„Hat Sie vielleicht jemand auf dem Weg hierher gesehen?", fragte Frederick.

„Ich wohne über den Ausstellungsräumen hier, also konnte mich niemand sehen. Die Treppe dort hinten führt hinauf in meine Wohnung."

„Gibt es Zeugen dafür, dass Sie hier unten in der Galerie waren?"

„Ich weiß es nicht."

„Was ist mit Ihrem Freund, diesem Künstler?"

„Wen meinen Sie? Ich habe keinen Freund."

„Bei Ihrer ersten Befragung haben Sie uns erzählt, dass Sie mit einem Künstler liiert sind", widersprach Heidi.

„Ich liiert? Sicher nicht."

„WAS FÜR EINE Frau!", meinte Frederick zu Heidi und schüttelte den Kopf, nachdem sie die Galerie wieder verlassen hatten und die Little Clarendon Street hinuntergingen. „Mit ihrem Auftritt eben hat sie sich nicht gerade weniger verdächtig gemacht."

„Den Mord an der Jacobs würde ich ihr auf jeden Fall zutrauen; ich kann sie bildlich vor mir sehen, wie sie wie besessen auf die Frau einsticht", stimmte Heidi zu. „Aber hätte sie auch die Nerven, einen penibel vorbereiteten Mord wie den an McCann zu planen und diesen dann auch noch vor all den Leuten durchzuführen?" Sie blieb kurz vor einem in die Jahre gekommenen Eckhaus stehen, das bunt bemalt und an dem ein Holzbrett angebracht war, auf dem „Jericho" stand. „Wenn ich mich richtig erinnere, liegt die Kanzlei Hearne hier in der Walton Street, gegenüber der Oxford University Press. Lassen Sie uns nach rechts gehen."

Als Frederick wenige Meter weiter auf der gegenüberliegenden Straßenseite ein kleines Café entdeckte, das in einer Buchhandlung untergebracht war, fragte er: „Kaffee?"

„In einer Buchhandlung?"

„Wieso nicht? Ich mag Bücher."

„Jetzt sagen Sie nicht, Sie sind auch noch ein Bücherwurm! Dann wäre mein Weltbild völlig auf den Kopf gestellt: Ein Scouser, der abends mit einem Buch in der Hand vorm Kamin sitzt und Rotwein trinkt, das wäre zu viel für mich", meinte Heidi scherzend.

„Keine Angst, ich bin Legastheniker." Frederick lachte und zwinkerte Heidi zu.

Sie setzten sich in zwei der Korbsessel, die zwischen den alten Bücherregalen standen, und bestellten Kaffee.

„Ich werde aus der O'Neill einfach nicht schlau. Spielt die oder ist die wahnsinnig?", überlegte Frederick.

„Auf jeden Fall ist sie unberechenbar."

„Um McCann scheint sie zu trauern, aber der Jacobs heult sie ganz offensichtlich keine Träne nach."

„Wenn ich ehrlich bin, glaube ich nicht, dass es viele Frauen hier in Oxford gibt, die das tun. Charlotte Jacobs hatte sich seit jeher ein Spiel daraus gemacht, Männern den Kopf zu verdrehen", erklärte Heidi und fügte grinsend hinzu: „Auch so mancher Inspector soll darunter gewesen sein."

„Ach was", erwiderte Frederick. „O'Neills Alibi für gestern ist jedenfalls alles andere als glaubhaft. Und was sollte das mit dem Freund? Hat sie jetzt einen oder nicht?"

„Vielleicht hat er ja was mit der Sache zu tun. Wieso sonst verkündet sie während des Verhörs im Magdalen College lautstark, dass sie die Freundin eines berühmten Künstlers ist, und jetzt plötzlich will sie noch nicht einmal liiert sein? Das passt doch vorne und hinten nicht. Ich werde Simmons gleich eine E-Mail schreiben und ihn bitten, das zu überprüfen." Heidi zog ihr Smartphone hervor und schrieb eine kurze Nachricht. Dann stöhnte sie: „Ich habe zwölf Anrufe in Abwesenheit."

„Von wem?", fragte Frederick.

Heidi seufzte laut.

„Ich kann's mir schon denken", sagte Frederick.

Heidi rief den Anrufer zurück. Wenig später tönte lautes Geschrei aus ihrem Smartphone. Es war so laut, dass sie sich das Gerät vom Ohr weghalten musste.

Sie wartete einige Sekunden, bevor sie sagte: „Hören Sie, Chief Inspector Meyers, wir haben eine Spur, ja, eine Spur. Wir sind gerade in der Kanzlei Hearne. Morgen liegt Ihnen der Bericht vor, ganz bestimmt."

Wieder hörte Frederick lautes Geschrei, dann war endlich Ruhe. „Wir haben eine Spur und sind in der Kanzlei Hearne?", fragte er mit einem breiten Grinsen. „Jetzt bringen Sie aber mein Weltbild durcheinander: Ich habe Sie bislang für eine gewissenhafte Polizistin gehalten, und nun flunkern Sie so frech den Chief Inspector an?"

„Sie mussten sich ja nicht von ihm anschreien lassen", gab Heidi zurück. „Außerdem waren Sie es, der einen Kaffee trinken gehen wollte."

DAS HAUS, VOR dem Heidi und Frederick nun standen, war ein mehrstöckiger repräsentativer Steinbau, in den man über eine ausladende Treppe gelangte, die zu einer gläsernen Automatiktür führte. Von der Treppe aus sah man auf das kolossale Steintor des alten Gebäudes der Oxford University Press mit seinen vier gigantischen römischen Säulen und der großen Uhr.

Heidi und Frederick traten ein und liefen durch einen mit hellen Marmorplatten ausgelegten breiten Flur. Schließlich erreichten sie eine massive Holztür mit einem stählernen Schild, auf dem in dicken Lettern „Kanzlei Dr. Hearne" stand.

„Die Kanzlei läuft anscheinend nicht schlecht", meinte Heidi, während sie auf den Klingelknopf neben der Tür drückte.

Wenig später surrte der Türöffner und sie betraten den Eingangsbereich der Kanzlei.

„Wie kann ich Ihnen helfen?", fragte ein junger Mann im dunkelblauen Anzug, der hinter der Empfangstheke saß.

„Wir möchten zu Miss Hearne."

„Miss Hearne ist gerade ..."

„Wer sind Sie und was wollen Sie von Zoe?", unterbrach ihn eine unangenehme Stimme herrisch.

Der junge Mann duckte sich, so dass er hinter der Empfangstheke kaum noch zu sehen war. Die Stimme gehörte zu einem kleinen, massigen Mann in einem dunkelgrauen Maßanzug, der fast exakt denselben Farbton hatte wie seine Haare. Der Mann trug einen Schnauzer und man konnte sein strenges After Shave bis zur Empfangstheke riechen.

„Wir kommen von der Thames Valley Police. Und wer sind Sie, Sir?", fragte Heidi unbeeindruckt.

„Ich bin Dr. Michael Hearne, ich führe diese Kanzlei."

Er trat auf Heidi und Frederick zu und streckte ihnen seine fleischige rechte Hand entgegen. Sein Händedruck war so fest, dass Heidi die Finger danach schmerzten.

„Was wollen Sie von meiner Tochter?"

„Es geht um den Tod von Charlotte Jacobs."

„Folgen Sie mir bitte in mein Büro!", sagte Michael Hearne und zu dem jungen Mann hinter der Empfangstheke meinte er: „Ich bin für die nächsten zwanzig Minuten nicht zu sprechen."

„Auch nicht für Ihre Frau?"

„Für niemanden."

Sie betraten ein großes Büro, in dem an allen Seiten wandhohe Regale mit unzähligen Gesetzesbüchern standen.

„Setzen Sie sich!", ordnete Michael Hearne an und zeigte auf zwei Stühle. Er selbst ließ seinen massigen Körper auf einen Stuhl fallen, genau so, wie Zoe Hearne es bei ihrem Verhör in der Dining Hall des Magdalen College getan hatte.

Das sind eindeutig Vater und Tochter, dachte Heidi.

„Sie haben Zoe knapp verpasst, befürchte ich. Sie hat gerade einen Auswärtstermin mit einem wichtigen Klienten."

„Wann kommt sie zurück?"

„Schwer zu sagen, aber ihr Gespräch sollte eigentlich nicht länger als zwei Stunden dauern." Michael Hearne blickte auf seine protzige Rolex. „Es ist jetzt allerdings schon fast 17 Uhr. Ich denke nicht, dass meine Tochter nach dem Gespräch noch einmal in die Kanzlei kommen wird. Kann ich Ihnen vielleicht weiterhelfen? Sie sagten, es gehe um den Tod von Charlotte Jacobs? Ich war sehr gut mit ihrem Vater befreundet und nach seinem Tod war ich immer für sie da."

„Wann genau ist Mr Jacobs verstorben?"

„Das war vor etwa fünfzehn Jahren. Henry wurde in einem der Häuser, die ihm zum Verkauf anvertraut worden waren, tot aufgefunden. Er hatte einen Herzinfarkt."

Philipp Moore hat beim Tod von McCann auch an einen Herzinfarkt gedacht, schoss es Heidi durch den Kopf.

„Er hat viel gearbeitet, wissen Sie. Vielleicht zu viel", fuhr Michael Hearne fort. „Henry liebte seinen Beruf, er war ein sehr erfolgreicher Immobilienmakler. Er hat nicht nur Häuser hier in Oxford verkauft, sondern auch im Süden Englands, unten an der Küste, aber auch in London, vor allem in den teuren Ecken, in Richmond, Nottingham und entlang der Themse. Der Mann war einfach gut, dem hätten Sie im Hochsommer sogar einen kaputten Kühlschrank abgekauft, wenn er Ihnen einen hätte verkaufen wollen!"

Frederick verzog angewidert das Gesicht.

„Henry hatte Geld wie Heu und daraus hat er auch keinen Hehl gemacht", erklärte Michael Hearne weiter. „Er fuhr nur die schnellsten Autos, trug die besten Anzüge und hatte die schönsten Frauen. Und Charlie hat er von vorne bis hinten verwöhnt; sie war sein Ein und Alles."

„Sagen Sie, Dr. Hearne, ist es richtig, dass Sie Mrs Jacobs' Finanz- und Rechtsberater waren?", fragte Heidi.

„Ja, das stimmt. Ich habe bereits ihren Vater beraten, nach seinem Tod die Erbangelegenheiten für Charlie geklärt und danach ihre Finanzen verwaltet. Henry hatte ihr ein beträchtliches Erbe hinterlassen."

„Über welche Summe sprechen wir?"

„Es ist nicht nur Geld. Dazu kommen Wertpapiere und Immobilien."

„In welchem Wert?"

„Entschuldigen Sie, aber darüber darf ich Ihnen wirklich keine Auskunft erteilen."

„Aber alle Finanzgeschäfte liefen über Sie?"

„Das ist richtig."

„Dann können Sie uns sicher sagen, ob Mrs Jacobs in der letzten Woche eine größere Summe Geld von ihren Konten abgehoben hat."

Michael Hearne schwieg.

„Es geht hier um zweifachen Mord, Dr. Hearne! Bitte beantworten Sie meine Frage!", sagte Heidi nachdrücklich.

„Ja, sie hat Geld abgehoben."

„Eine halbe Million?"

Michael Hearne nickte.

„Hat Mrs Jacobs Ihnen gesagt, wofür sie das Geld brauchte?", wollte Heidi wissen.

„Nein, das hat sie nicht."

„Sie haben ihr einfach so eine halbe Million gegeben, ohne nachzufragen, was sie mit dem Geld vorhat?"

„Natürlich habe ich nachgefragt, aber sie wollte mir partout nicht sagen, wofür das Geld ist."

„Kam Ihnen das nicht komisch vor?"

„Doch, und ich habe ihr auch davon abgeraten, das Geld zum jetzigen Zeitpunkt aus der Bank zu nehmen. Doch sie ließ sich einfach nicht davon abbringen. Also habe ich alles Nötige für sie in die Wege geleitet."

„Hätte Mrs Jacobs das nicht persönlich tun müssen?"

„Ich hatte eine Vollmacht."

„Sie haben das Geld also von der Bank geholt. Wann genau haben Sie ihr das Geld gegeben?"

„Das war am Samstagvormittag, ich habe sie beim Carfax Tower getroffen."

„Und dann ist Mrs Jacobs mit einer halben Million in der Handtasche durch die Stadt spaziert?", fragte Frederick.

„Nein, das Geld war in einem braunen Lederkoffer verstaut, und Jimmy, ihr Fahrer, hat sie abgeholt. Wo sie dann hin sind, kann ich Ihnen nicht sagen."

„Wie heißt dieser Jimmy mit vollem Namen?"

„Jimmy Marshall."

„Kennen Sie ihn gut?"

„Nein."

„Wissen Sie, wo er wohnt?"

„Irgendwo in Cowley, glaub ich, aber da würde ich eh nie einen Fuß hinsetzen." Michael Hearne räusperte sich und fragte: „Aber sagen Sie, was ist denn mit der halben Million passiert? Charlie wird wohl kaum übers Wochenende ein Geschäft in dieser Größenordnung abgeschlossen haben, oder? Das Geld sollte schnellstmöglich zurück auf die Bank. Ich könnte das in die Wege leiten, wenn Sie erlauben."

„Wir haben das Geld bei Mrs Jacobs nicht gefunden."

„Was?" Michael Hearne war sichtlich schockiert. „Das Geld ist weg? Wissen Sie, was damit geschehen ist?"

„Mrs Jacobs ist erpresst worden und wir vermuten, dass der Erpresser inzwischen im Besitz des Geldes ist."

„Charlie ist erpresst worden?", wiederholte Michael Hearne ungläubig.

„Ja. Sagen Sie, gab es damals, als Ihre Tochter mit Mrs Jacobs am Magdalen College studiert hat, irgendwelche Vorkommnisse? Hat Ihre Tochter Ihnen jemals etwas erzählt? Irgendetwas, womit Mrs Jacobs erpressbar gewesen wäre?"

„Vorkommnisse? Nein. Das hätten sich die Mädchen aber auch mal wagen sollen! Vor allem meine Zoe! Ich habe so viel Geld in ihre Ausbildung gesteckt, das hätte ernsthafte Konsequenzen gehabt, wenn sie in irgendetwas verwickelt gewesen wäre. Das hätte ich ihr schon ausgetrieben."

Michael Hearnes Stimme klang bedrohlich und Heidi glaubte ihm jedes Wort. Dann fragte er verdächtig leise: „Gibt es denn irgendetwas, von dem ich wissen sollte? Wissen Sie, die Kanzlei Hearne ist ein Traditionshaus. Bereits mein Vater hat am Magdalen College studiert und er war es, der die Kanzlei Hearne aufgebaut hat. Viele Mitglieder des College und deren Familien und Bekannte sind seit Jahrzehnten unsere Klienten und der Ruf unserer Kanzlei ist tadellos. Ich arbeite seit Jahren Tag und Nacht dafür, dass dieser Ruf bestehen bleibt, und meine Tochter wird die Kanzlei eines Tages übernehmen. Es wäre unverzeihlich, wenn Zoe sich etwas hätte zuschulden kommen lassen, das den Ruf der Kanzlei Hearne in irgendeiner Weise beschädigen könnte."

Es klopfte an der Tür.

„Herein!", rief Michael Hearne ungehalten.

Der junge Sekretär betrat das Büro.

„Ich habe doch gesagt, dass ich nicht gestört werden will!" Michael Hearne blickte auf seine Rolex und schien zu sehen, dass die zwanzig Minuten längst vorbei waren. Dennoch warf er dem jungen Mann einen weiteren strafenden Blick zu.

„Es tut mir wirklich leid, ich wollte ganz sicher nicht stören, aber ich habe einen Tim Brown aus Singapore in der Leitung. Er sagt, es sei dringend", erklärte der Sekretär schüchtern.

„Sagen Sie, ich rufe zurück. Und jetzt raus hier!"

„Ja, Sir."

„Tim Brown? In welcher Verbindung stehen Sie zu Mrs Jacobs' Ehemann?", fragte Frederick.

„In keiner. Ich weiß nicht, was er von mir will."

„Sie hätten es ganz leicht herausfinden können, wenn Sie das Gespräch angenommen hätten. Uns hätte das auch interessiert."

„Das kann ich mir vorstellen."

„Dann also anders, Dr. Hearne: Wir wissen, dass bei Ihnen das Testament von Mrs Jacobs hinterlegt wurde. Könnten wir es uns bitte ansehen? Ist Mr Brown der Begünstigte?"

Michael Hearne zögerte und sagte dann: „Ich muss Ihnen das Dokument nicht zeigen."

„Natürlich nicht, aber wenn Sie es nicht tun, behindern Sie unsere Ermittlungen und wir müssten einen Durchsuchungsbeschluss erwirken. Immerhin ist eine Ihrer Klientinnen ermordet worden und das Testament könnte Aufschlüsse darüber liefern, weshalb. Außerdem: Wenn wir den Beschluss erst einmal haben, können wir Ihre ganze Kanzlei auf den Kopf stellen, und das kommt bei Ihren Klienten sicherlich nicht besonders gut an."

„Schon gut." Michael Hearne stand auf und öffnete einen Wandschrank, in dem sich ein großer Safe befand. Er gab einen Code ein, woraufhin die Safetür aufsprang, und nahm einen versiegelten Umschlag heraus. „Auf Ihre Verantwortung", sagte er, während er den Umschlag öffnete. Dann hielt er Frederick ein Dokument entgegen.

Der blätterte die ersten Seiten durch, gab Michael Hearne die Papiere aber schon bald wieder zurück. „Wenn Sie so freundlich wären, uns das Wichtigste zusammenzufassen! Ich gehe davon aus, dass Sie das Dokument aufgesetzt haben. Wer ist der Begünstigte?"

„Charlie hatte keine Geschwister und auch keine Kinder; abzüglich einiger ausstehender Kosten, ihrer Beerdigung und meines Honorars ist das die Jacobs-Stiftung."

„Mrs Jacobs' gesamtes Vermögen geht an ihre Stiftung?", fragte Heidi überrascht.

„Ja."

„Was ist mit ihrem Mann?"

„Der geht leer aus."

„Steht ihm nicht ein Pflichtteil zu?"

„Nein, Charlie hatte auf mein Anraten hin einen Ehevertrag abgeschlossen, der Ansprüche des Ehemanns ausschließt. Abgesehen davon ist Mr Brown selbst vermögend."

„Was will er dann von Ihnen?"

„Wie gesagt, ich weiß es nicht, Inspector. Kann ich Ihnen sonst noch irgendwie helfen?", fragte Michael Hearne und blickte erneut auf seine Rolex.

„Könnten Sie uns bitte die Adresse Ihrer Tochter geben?"

Michael Hearne schrieb etwas auf ein Stück Papier und reichte es Heidi. „Hier, bitte. Es ist nicht weit von hier."

„DA IST ES", sagte Heidi, als sie in die Warnborough Road einbogen. „Nummer 27."

Das Schild mit der Hausnummer 27 war deutlich zu sehen, denn es wurde durch farbige Lichtstrahler angeleuchtet. Das dazugehörige Haus war ein hoher, dreistöckiger Altbau, der von einem großzügigen Garten umgeben war. Eine Steinmauer grenzte ihn von der Straße ab.

„Hier ganz in der Nähe wohnen meine Eltern", erklärte Heidi. „In diesem Teil Oxfords bin ich aufgewachsen."

„Das ist eine schöne Wohngegend, es sieht alles sehr grün und gepflegt aus. Ist sicher sehr ruhig hier", meinte Frederick.

„Da sagen Sie was. Meinem Vater ist es viel zu ruhig. Er beschwert sich immer, dass hier nichts Aufregendes passiert, kein einziger Einbruch in den letzten zwei Jahren."

Frederick lachte.

„Dann mal los!" Heidi drückte auf den Klingelknopf. „Ich hoffe, die Hearne stellt sich nicht wieder so an wie bei der Befragung im Magdalen College!"

„Ja, bitte?", tönte es durch die Sprechanlage.

„Thames Valley Police, lassen Sie uns bitte herein!"

Der Türöffner surrte laut und Frederick drückte das kleine eiserne Tor auf. Er ließ Heidi den Vortritt. Über einen beleuchteten Kiesweg gelangten sie zum Haus. Im Vorgarten gab es einen Springbrunnen mit einer großen

Fontäne, die ebenfalls angeleuchtet wurde. „Guten Abend! Wie kann ich Ihnen helfen?", fragte ein kleiner Mann freundlich, als sie die überdachte Eingangstür des Hauses erreicht hatten. Er hätte ein Double von Michael Hearne sein können. Das Einzige, das ihn von diesem unterschied, war sein Alter; er musste um die zwanzig Jahre jünger sein. „Ich bin Julian Hinley, Zoe Hearnes Verlobter."

Ich hätte schwören können, dass er ihr Bruder ist, dachte Heidi. Ihr fiel ein, dass sie irgendwo gelesen hatte, dass Frauen sich bevorzugt Männer als Partner auswählten, die wie ihre Brüder oder Väter aussahen. Sie rief sich kurz das Bild ihres Bruders und das ihres Vaters vor Augen und musste zugeben, dass beide tatsächlich eine gewisse Ähnlichkeit mit Rich hatten. Das fand sie äußerst befremdlich.

„Guten Abend, Mr Hinley!", sagte Frederick, als Heidi nicht antwortete. „Ich bin Inspector Collins und das ist meine Kollegin Inspector Green. Wir möchten gerne mit Ihrer Verlobten sprechen."

„Sie müsste jede Minute zurück sein; sie ist gerade mit dem Hund raus. Kommen Sie doch bitte herein."

„Danke", antworteten Heidi und Frederick gleichzeitig und betraten das Haus.

Durch den Eingangsbereich gelangten sie in ein großzügiges Wohnzimmer mit hohen Fenstern. Draußen sah man einen Garten, der ebenso wie der Vorgarten durch Strahler kunstvoll angeleuchtet wurde. Die Inneneinrichtung des Hauses wirkte wie aus einem Katalog für schöner wohnen; alles war bis ins kleinste Detail farblich aufeinander abgestimmt.

„Sind Sie Innenarchitekt?", fragte Heidi bewundernd.

„Ich? Nein! Das Haus hat meine Verlobte eingerichtet."

Heidi erinnerte sich an das unförmige graue Kleid, das Zoe Hearne zu dem Alumni-Dinner im Magdalen College getragen hatte. Sie war sich ziemlich sicher, dass die Frau dieses Haus niemals ohne fremde Hilfe eingerichtet haben konnte.

„Wirklich sehr schön", meinte sie anerkennend und wünschte sich, dass derjenige, der hier Hand angelegt hatte, auch ihr bei der Einrichtung ihres neuen Hauses beiseite stehen würde. „Sagen Sie, leben Sie schon lange hier, Mr Hinley?"

„Es dürfte jetzt das dritte Jahr sein. Das Haus gehörte meiner Tante. Sie ist leider vor einigen Jahren verstorben und hat es mir vererbt."

„Sind Sie etwa Paula Hinleys Neffe, der Arzt?", fragte Heidi.

„Ja, der bin ich! Kannten Sie meine Tante?"

„Mein Elternhaus liegt nicht weit von hier und ich weiß, dass meine Mutter Ihre Tante recht gut kannte. Ich glaube sogar, dass ich als junges Mädchen schon einmal in diesem Haus war. Es kommt mir irgendwie bekannt vor. Wenn ich mich richtig erinnere, hatte Ihre Tante uns damals zum Tee eingeladen. Sie erzählte ganz stolz von ihrem Lieblingsneffen, der mit einem Stipendium für Hochbegabte in Amerika Medizin studierte. Waren Sie das?"

„Ja, ich habe tatsächlich in Amerika studiert."

Julian Hinley errötete. „Allerdings war ich ihr einziger Neffe."

„Was ist hier los?", fragte auf einmal eine unfreundliche Stimme hinter ihnen.

„Darling, da bist du ja! Das sind …"

Lautes Bellen ertönte.

„Shhh, Bernie!", versuchte Julian Hinley den kleinen Cocker Spaniel zu beruhigen.

„Ich weiß, wer die beiden sind. Ich hatte schon einmal das Vergnügen. Was wollen Sie hier? Ich mag es genauso wenig wie der Hund, Fremde im Haus zu haben", schimpfte Zoe Hearne.

„Aber Darling!", mischte sich Julian Hinley ein.

144

„So leid es uns tut, Sie zu stören, wir müssen noch einmal mit Ihnen sprechen, Miss Hearne", erwiderte Heidi unbeeindruckt. „Inzwischen gibt es noch eine Tote."

„Ich weiß, mein Vater hat mich gerade angerufen. Aber genauso wenig, wie ich etwas mit dem Tod von Jules zu tun habe, habe ich Charlie etwas angetan." Zoe Hearne zog sich die Jacke aus und hängte sie auf einen Kleiderbügel in der Garderobe.

„Wir müssen Ihnen trotzdem einige Fragen stellen: Was haben Sie gestern früh zwischen 7 und 8 Uhr gemacht?"

„Ich bin erst mit dem Hund raus und danach ins Büro."

„Stimmt das, Mr Hinley?"

Der Mann nickte.

„Hat Sie vielleicht irgendjemand gesehen? Haben Sie jemanden auf der Straße getroffen, der das bezeugen kann?"

„Nein, das habe ich nicht. Das ist ja der Grund, weshalb ich so früh aufstehe – damit mir nicht irgendwelche Leute über den Weg laufen und sich womöglich noch mit mir unterhalten wollen."

„Es wirkt auf mich so, als ob der Tod von Mrs Jacobs Sie völlig kalt lässt", sagte Frederick.

„Ich bin Anwältin und denke nun mal rational. Was kann ich denn jetzt noch an ihrem Tod ändern? Wenn ich in Tränen ausbreche, wird sie auch nicht wieder lebendig."

„Aber um Mr McCann trauern Sie schon ein bisschen?"

Zoe Hearne zuckte mit den Schultern.

„Was hatten Sie letzten Mittwoch mit ihm zu besprechen?", hakte Frederick nach.

„Ich habe ihn an dem Tag gar nicht gesehen."

„Das mag sein, doch Sie haben ihn sehr wohl gesprochen. Wir haben sein Smartphone ausgewertet und es steht fest, dass Sie am Mittwochabend mit ihm telefoniert haben."

„Jetzt, da Sie es sagen, fällt es mir wieder ein."

„So ein Glück!", meinte Frederick spöttisch.

„Es war ein sehr kurzes Gespräch."

„Was wollte er von Ihnen?"

„Er wollte wissen, ob ich zum Alumni-Dinner kommen würde."

„Das war alles?"

„Nein. Ich habe mich noch nach Helena erkundigt, seiner Frau. Sie wissen sicher, dass sie schwanger ist und es Komplikationen gibt."

„Was hat Mr McCann gesagt?"

„Er hatte andere Sorgen."

„Welche?"

„Er hatte Angst, nicht die Mehrheit im Rathaus hinter sich zu haben und womöglich nicht zum Lord Mayor gewählt zu werden."

„Haben Sie zufällig auch darüber gesprochen, dass er erpresst wurde?"

Zoe Hearne blickte Frederick überrascht an, sagte jedoch nichts.

„Wussten Sie, dass Mrs Jacobs ebenfalls erpresst wurde?"

Zoe Hearne schwieg weiterhin.

„Können Sie sich vorstellen, womit man die beiden unter Druck gesetzt haben könnte?"

„Nein."

„Das glaube ich Ihnen nicht, Miss Hearne. Ich bin mir ziemlich sicher, dass Mr McCann Ihnen während des Telefonats erzählt hat, dass er erpresst wurde und der Erpresser damit drohte, dem Dean und der Collegegemeinde ein Geheimnis zu offenbaren, das Ihnen allen sehr schaden würde. Wir wissen bereits, dass Mr McCann damit gedroht hat, das Geheimnis selbst zu lüften. Was ist das für ein Geheimnis, für das er und wahrscheinlich auch Mrs Jacobs sterben mussten?"

„Ich weiß es nicht."

„Miss Hearne, wir wissen von Ihrem Schwur am Lagerfeuer im Port Meadow damals. Haben Sie Angst, dass Ihr

Vater von Ihnen enttäuscht wäre, wenn er wüsste, worum es dabei ging?"

„Lassen Sie meinen Vater aus dem Spiel!", zischte Zoe Hearne.

„Dann sagen Sie uns, was das für ein Geheimnis ist!"

„Ich habe sicherlich nicht all die Jahre geschwiegen, um das Geheimnis jetzt fröhlich auszuplaudern und womöglich die Nächste auf der Liste des Mörders zu sein."

„Sie denken, dass Sie in Gefahr sind?"

„Solange ich das Geheimnis nicht verrate, nein, und deshalb werde ich auch weiterhin schweigen."

„Miss Hearne, so kommen wir nicht weiter. Bitte seien Sie vernünftig und sagen Sie uns, was es mit diesem Geheimnis auf sich hat!"

„Das werde ich sicherlich nicht tun", erwiderte Zoe Hearne und öffnete die Eingangstür. „Charlie hatte furchtbare Angst, dass sie das nächste Opfer sein könnte. In ihrer Panik über den Mord an Jules hat sie zu uns gesagt, dass sie zu Ihnen gehen würde, um Sie in alles einzuweihen. Jetzt ist sie auch tot!"

„DIE HABEN ALLE furchtbare Angst", resümierte Heidi nachdenklich, als sie die Walton Street entlang zurück in Richtung Innenstadt gingen. „Es scheint fast so, als ob sie genauso viel Angst davor haben, dass ihr Geheimnis gelüftet werden könnte, wie davor, das nächste Opfer des Mörders zu werden. Die O'Neill hat am Ende unseres Gesprächs am ganzen Körper gezittert, und so abgebrüht, wie die Hearne tut, ist sie auch nicht. Dass aus den beiden aber auch nichts herauszubekommen war!"

Frederick blickte auf seine Uhr. „Wir haben ja noch Martin Loveless auf unserer Liste. Allerdings schaffen wir es heute wohl nicht mehr, ihn zu befragen, es ist schon nach 19 Uhr."

„Sie haben recht. Ich glaube, ich lass den Mini über Nacht in St Giles stehen. Ich wohne hier in der Nähe, gleich am Ende der Straße dort. Dann sehen wir uns morgen früh im Präsidium?"

„Moment, und was ist mit dem Bericht, den Sie dem Chief Inspector versprochen haben?", fragte Frederick.

„Den ich ihm versprochen habe?"

„Haben Sie doch, oder habe ich mich da etwa vorhin verhört?"

„Lassen Sie uns eine Münze werfen!"

„Das glaub ich jetzt nicht!"

„Oder wollen Sie das Berichtschreiben gleich selbst übernehmen?"

„Na gut, lassen Sie uns eine Münze werfen."

Heidi nahm eine Fünfzig-Pence-Münze aus ihrem Geldbeutel. „Wappen oder Zahl?"

„Sie meinen es also tatsächlich ernst?"

„Ich habe noch nie etwas ernster gemeint."

„Zahl."

Heidi warf die Münze in die Luft, fing sie mit der rechten Hand auf und legte sie verdeckt auf den Rücken ihrer linken Hand. „Sind Sie bereit?"

„Sicher."

Heidi hob die rechte Hand. „Wappen! Schönen Abend noch und viel Spaß beim Berichtschreiben!", rief sie triumphierend.

„Und dabei heißt es doch immer: Glück im Spiel, Pech in der Liebe!", knurrte Frederick.

COLLINS WIRD EINE lange Nacht vor sich haben, dachte Heidi bedauernd und blickte hinauf in den Abendhimmel. Obwohl es noch nicht dunkel war, konnte man den Mond bereits erkennen. Zum Glück war es kein Vollmond wie in der Woche zuvor, denn dann schliefen die Zwillinge noch schlechter als sonst. Rich hielt sie für verrückt, weil sie an die Kraft des Mondes glaubte. Aber irgendeine Wirkung musste der Mond doch auf die Menschen haben, die zu achtzig Prozent aus Wasser bestanden, wenn er eine solch enorme Wirkung auf die Ozeane hatte, fand Heidi. Sie fragte sich, welchen Einfluss der Mond wohl auf das Gemüt des Mörders hatte. Ob er rastlos und aufgewühlt war? Ob ihm die Bilder seiner Opfer im Kopf herumgingen?

Heidi jedenfalls hatte Schwierigkeiten, die Bilder aus ihren Gedanken zu verdrängen. Sie erinnerte sich noch ganz genau an die erste Leiche, die sie jemals gesehen hatte. Damals hatte sie gerade die Polizeischule beendet und war zu einem Einsatz im Süden der Stadt gerufen worden. Am Head of the River, der vor allem im Sommer zu den beliebtesten Pubs der Stadt zählte, weil es dort eine große Sonnenterrasse direkt am Wasser gab, hatten Anwohner eine Kinderleiche in der Themse entdeckt. Es war ein kleines Mädchen gewesen, das in Binsey von seinem Vater erdrosselt, in die Themse geworfen und bis zum Head of the River gespült worden war. Diesen grausigen Anblick würde Heidi nie vergessen. Seitdem hatte sie viele Tote gesehen, Menschen, die durch Unfalltod gestorben, aber auch solche, die wie das kleine Mädchen ermordet worden waren. Jede einzelne Leiche hatte sich in ihr Gedächtnis eingebrannt. Nun waren in den letzten Tagen zwei weitere Bilder dazugekommen, eines davon besonders blutig und grausam.

„Heidi?"

Sie zuckte zusammen und blickte sich um, konnte jedoch niemanden sehen.

„Heidi, das bist du doch!" Es war die Stimme ihres Vaters.

„Dad?" Heidi entdeckte ihn zusammen mit Harold Hefner an einem kleinen Holztisch auf der erhöhten Terrasse des Pubs an der Ecke. „Was machst du so spät noch im Victoria? Weiß Mum, dass du hier bist?"

„Deine Mutter ist beim Bingo, da werd ich mir doch wohl ein Pint mit einem ehemaligen Kollegen gönnen dürfen!"

„Sicher, Dad!"

„Setz dich zu uns, Hun! Du siehst aus, als hättest du einen harten Tag gehabt."

Heidi zögerte kurz, doch da sie nicht mehr Auto fahren musste und Rich an diesem Abend an der Reihe war, die Zwillinge ins Bett zu bringen, sprach nichts dagegen. Also öffnete sie das kleine weiße Stahltor und stieg die schmale Treppe hinauf, die zur Terrasse des Pubs führte.

„Ich hol dir einen Drink. Gin Tonic magst du doch so gerne." Ihr Vater stand auf und ging über eine Holztreppe hinunter zur Bar.

Heidi setzte sich neben Harold Hefner. „Hallo Harold! Schöner Abend, was?"

„'n Abend, Heidi! Ja, langsam wird es Sommer."

Beide blickten hinauf in den Himmel und saßen eine Weile schweigend nebeneinander.

„Na, gibt's inzwischen was Neues im Fall McCann und Jacobs? Ist ja ganz schön kniffelig, was ich so im Präsidium gehört habe", brummte Harold Hefner schließlich.

„Ach, es ist wie verhext, Harold", klagte Heidi. „Ich habe das Gefühl, dass wir auf der Stelle treten. Wenn ich ehrlich bin, habe ich furchtbare Angst, dass wir nicht schnell genug sein könnten und der Mörder noch einmal zuschlägt. Wir tappen im Dunkeln, was das Motiv für die Morde betrifft."

„Wer kommt denn als Mörder in Frage?", wollte ihr Vater wissen, der gerade zurückgekehrt war und nun ein Glas mit einem Strohhalm vor Heidi auf den Tisch stellte.

Sie hob es hoch und rief: „Cheers!"

Die beiden Männer griffen nach ihren Ales und stimmten ein: „Cheers!"

Heidi trank gleich mehrere Schlucke. Der Drink war genau das, was sie jetzt brauchte. Sie hatte das Gefühl, sich mit jedem Schluck etwas mehr zu entspannen.

„Erzähl mal, wer steht auf der Liste der Verdächtigen ganz oben?"

„Dad! Du weißt, dass ich nicht darüber sprechen darf."

„Komm schon, Hun! Das Rentnerdasein ist nun wirklich nicht so aufregend. Gönn mir doch ein bisschen Abwechslung!"

Heidi gab nach: „Also gut. Lisa O'Neill, Zoe Hearne und Martin Loveless, das sind die drei, die als Täter in Frage kommen."

„Lisa O'Neill? Ist das nicht diese Durchgeknallte mit den verrückten Outfits, der die Galerie in der Little Clarendon Street gehört?", fragte Harold Hefner.

„Deine Beschreibung trifft es ziemlich auf den Punkt", stimmte Heidi zu.

„Ich hatte schon öfter mit ihr zu tun. Die ist sehr speziell, nicht nur, was ihr Aussehen betrifft."

„Weshalb hattest du denn mit ihr zu tun, Harold? Bist du unter die Kunstsammler gegangen?", scherzte Heidis Vater.

„Nein, es war dienstlich."

„Dienstlich?", hakte Heidi nach.

„Nächtliche Ruhestörung."

„Sag nicht, dass der alte Steward sich über sie beschwert hat!", rief Heidi.

„Woher weißt du das?"

„Er und die O'Neill scheinen sich nicht besonders zu mögen."

„Ja, er hat uns schon ein paar Mal gerufen, weil die O'Neill mitten in der Nacht herumgeschrien hat. Einmal kamen wir zur Galerie, und da stand sie halb nackt mit einem Spanier und hat sich lauthals mit ihm gestritten. Die ist zwar klein, aber sie kann ganz schön aggressiv werden. Beinahe wäre sie auch auf uns losgegangen; mit der ist wirklich nicht gut Kirschen essen."

„Ein Spanier? Wann genau war das?"

„Das letzte Mal vor zehn Tagen etwa."

„Dann hat sie uns also tatsächlich angelogen, was diesen Spanier betrifft! Sie hat behauptet, sie hätte keinen

Freund. Bei unserer ersten Befragung im Magdalen College hatte sie noch einen und heute hat sie auf einmal ihre Meinung geändert", überlegte Heidi.

„Ich bin mir ziemlich sicher, dass sie vor zehn Tagen noch einen Freund hatte", meinte Harold Hefner.

„Weißt du irgendetwas über ihn? Hat er irgendwelche Vorstrafen oder ist sonst irgendwie registriert?", fragte Heidi.

„Er heißt Juan Enriquez, ist zweiunddreißig Jahre alt und kommt ursprünglich aus Barcelona. Er hat am Goldsmith College Kunst studiert und lebt als freier Künstler in London. Wir haben ihn überprüft: Er ist sauber und hat sich eigentlich immer ganz ruhig und sachlich verhalten, ganz im Gegensatz zu der O'Neill."

Das würde passen, dachte Heidi, der Mord an Jules McCann kann nur von jemandem geplant worden sein, der ruhig ist und einen kühlen Kopf behält. Der Mord an der Jacobs hingegen war das Werk einer Furie, einer Verrückten – wie Lisa O'Neill. Zwar war Juan Enriquez nicht beim Alumni-Dinner dabei, aber vielleicht ist er der Kopf hinter den beiden Morden, überlegte Heidi. „Hast du mitbekommen, worüber sie gestritten haben, Harold?", fragte sie.

„Nein, leider nicht, das war alles auf Spanisch."

„Und wer sind die anderen beiden Verdächtigen noch mal?", wollte Heidis Vater wissen.

„Zoe Hearne und Martin Loveless", antwortete sie.

„Zoe Hearne, ist das nicht die Tochter von Michael Hearne?"

„Kennst du sie etwa, Dad?"

„Ja, ich kenne sowohl den Vater als auch die Tochter. Ich musste einige Male in die Kanzlei. Michael Hearne wurde schon öfter angezeigt, wegen Betrugs und Urkundenfälschung, aber wir konnten ihm nie etwas nachweisen."

„Er war Charlotte Jacobs' Finanzverwalter und hat gesagt, dass ihr gesamtes Vermögen an ihre Stiftung geht. Ihr Noch-Ehemann geht dagegen leer aus."

„Du solltest mal überprüfen, wer im Vorstand der Stiftung sitzt", schlug Harold Hefner vor. „Mich würde es ehrlich gesagt nicht wundern, wenn es Michael Hearne selbst wäre. Der Mann ist ein Fuchs. Ich erinnere mich noch daran, wie er immer mit Charlotte Jacobs' Vater Henry um die Häuser gezogen ist; der war von derselben Sorte."

„Was meinst du damit genau, Dad?"

„Damals, als Henry Jacobs noch gelebt hat, da hingen die beiden immer aufeinander wie die Kletten. Michael Hearne hat das Vermögen von Jacobs verwaltet und die beiden haben sich auch privat richtig gut verstanden. Es ist ja bekannt, dass Michael Hearne eine Schwäche für jüngere Frauen hat, und Henry Jacobs hat dafür gesorgt, dass sie stets die richtigen Frauen um sich hatten. Sowieso hat er immer geprasst."

„Aber Hearne ist doch verheiratet!", warf Heidi empört ein.

„Das hat ihn noch nie gestört. Er soll sogar mal was mit Charlotte Jacobs gehabt haben."

„Was?"

„Das sind aber nur Gerüchte. Is' schon etwas her, und du weißt ja, wie es hier in Oxford ist – da wird viel geredet. Ob wirklich was dran war, das wissen nur die beiden."

„Wenn das stimmt, hat es Zoe Hearne sicherlich nicht besonders gut gefallen; sie scheint Charlotte Jacobs nicht sehr gemocht zu haben."

„Aber sie hätte es nie gewagt, etwas dagegen zu sagen. Das Mädchen stand von klein auf unter dem Pantoffel seines Vaters. Die kann einem fast leidtun! Auf ihr lastet die Verantwortung, die Kanzlei Hearne eines Tages zu übernehmen. Michael Hearne hat Unsummen in ihre Ausbildung gesteckt. Sie war auf einem der besten Internate des Landes, in Rugby, soviel ich weiß. Keine billige Angelegenheit. Danach wollte er sie unbedingt ins Magdalen College kriegen, weil dort schon sein eigener Vater und er selbst Jura studiert haben und sich Kontakte zu zahlungskräftigen Klienten knüpfen lassen. Er soll dem College einige sehr großzügige Spenden gemacht haben. Der Ruf der Kanzlei geht ihm über alles und er hat es tatsächlich geschafft, dass sie seit Jahren als eine der besten Englands gilt. Der Klientenstamm geht inzwischen weit über Oxford hinaus, da sind viele sehr einflussreiche Leute dabei", erklärte Harold Hefner.

„Zoe Hearne ist übrigens mit dem Neffen von Paula Hinley verlobt", berichtete Heidi.

Die beiden Männer fingen lauthals an zu lachen.

„Was ist so lustig?"

„Du musst noch viel lernen, Kind."

Heidi hasste es, wenn ihr Vater sie „Kind" nannte, vor allem vor einem Kollegen, auch wenn Harold Hefner viel mehr als das für sie war. „Was meinst du damit, Dad? Wieso muss ich noch viel lernen?", fragte sie beleidigt.

„Zoe Hearne mag vielleicht mit dem Hinley verlobt sein, aber zwischen den beiden läuft ganz sicher nichts."

„Wie kommst du darauf?"

„Der Mann ist nicht ohne Grund damals aus Oxford weg. Seine Tante hat ihm das Studium in Amerika finanziert, um ihn aus der Schusslinie zu nehmen."

„Aus der Schusslinie? Ich versteh immer noch nicht, worauf du hinauswillst, Dad!"

„Der Mann ist vom anderen Ufer", sagte ihr Vater so laut, dass sich einige Köpfe zu ihnen herumdrehten.

„Was?"

„Und Zoe Hearne steht auch nicht auf Männer", fügte Harold Hefner hinzu.

„Woher wisst ihr das?"

„Sowas spricht sich rum."

Natürlich, die Inneneinrichtung! Also hatte Heidi doch recht gehabt: Zoe Hearne hätte es niemals selbst geschafft, das Haus in der Warnborough Road so einzurichten; Julian Hinley dagegen offenbar schon.

„Du solltest weniger Zeit an deinem Schreibtisch und mehr Zeit im Pub verbringen, Hun!", meinte ihr Vater.

„Dafür habe ich ja zum Glück euch", konterte sie.

„Zoe Hearne steht jedenfalls unter großem familiärem und gesellschaftlichem Druck. Sie würde wahrscheinlich alles dafür tun, um die Fassade der perfekten Tochter und Anwältin aufrechtzuerhalten."

Die drei schwiegen eine Weile.

„Wer, hast du gesagt, ist noch verdächtig?", fragte Harold Hefner dann.

„Martin Loveless."

„Ist das dieser Professor für Pflanzenkunde?"

„Ja, genau."

„Der gegen die Erneuerung des Bahnhofs und den Bau eines neuen Luxushotels ist, weil ihm dann die Forschungsgelder gekürzt werden?", wollte Heidis Vater wissen.

Sie nickte. „Woher weißt du das schon wieder, Dad, auch aus dem Pub?"

„Es wird nun mal viel geredet, momentan vor allem über das, was mit der Wahl zum Lord Mayor zu tun hat."

„Stimmt, übermorgen wird ja gewählt. Glaubt ihr, dass der widerliche Dr. Stevens nun tatsächlich Lord Mayor wird?", fragte Heidi.

„Ja, leider", zischte ihr Vater verbittert.

„Er hat jedenfalls mit der Sache nichts zu tun. Zumindest hat er ein Alibi für den Abend, an dem McCann ermordet wurde", erklärte Heidi.

„Das wundert mich nicht, er hatte schon immer wasserdichte Alibis. Selbst würde er sich die Finger ohnehin niemals schmutzig machen, dafür ist er viel zu schlau. Er hat Handlanger, die so etwas für ihn erledigen", ärgerte sich ihr Vater.

„Noch mal zurück zu Loveless", sagte Harold Hefner. „Mir ist da noch was eingefallen. Ich habe mir am Samstag nichts dabei gedacht, aber jetzt, da die Jacobs tot ist, könnte das wichtig sein: Ich habe Loveless und sie an dem Abend zusammen vor dem Magdalen College stehen sehen. Ich konnte zwar nicht hören, was sie sagten, aber es sah so aus, als würden sie sich streiten."

„Wann genau war das?"

„Kurz bevor wir alle gegangen sind. Ich habe hinten an der Magdalen Bridge die Absperrung eingerollt, und da habe ich die beiden gesehen. Dort, wo man über die Pflastersteine hinunter an den Cherwell kommt – weißt du, wo ich meine, Heidi?"

Sie nickte. „Wieso denkst du, dass sie gestritten haben?"

„Ich habe gesehen, wie Loveless nach der Jacobs greifen wollte, aber sie hat seine Hand weggestoßen und ist davongelaufen. Ihr Fahrer stand schon mit dem Wagen auf der Magdalen Bridge und hat gewartet. Sie ist eingestiegen und hat die Autotür hinter sich zugeknallt, noch bevor er sie für sie schließen konnte. Als ich mich wieder umgedreht habe, war Loveless verschwunden."

„SIMMONS?", RIEF HEIDI in ihr Smartphone, als sie die Walten Well Road hinunter auf ihr Haus zulief. Sie hatte das Gefühl, ein wenig zu schwanken.

„Inspector Green, haben Sie mal auf die Uhr geschaut?"

„Es tut mir leid, dass ich Sie jetzt noch störe, aber ich muss wissen, ob Sie was herausfinden konnten?"

„Und ob!"

„Was?"

„Einiges."

„Simmons!"

„Also, diese rothaarige Rezeptionistin aus dem Randolph ist harmlos. Sie war die Beste auf der Hotelfachschule und wurde dieses Jahr zur Mitarbeiterin des Jahres gewählt – wegen ihres Teamgeists und des freundlichen Umgangs mit den Hotelgästen. Am Donnerstagvormittag hatte sie Dienst und war die ganze Zeit über im

Hotel, das haben mehrere Angestellte bezeugt. Sie kann also nicht bei McCann im Rathaus gewesen sein."

„Was ist mit diesem Juan Enriquez? Haben Sie herausfinden können, ob er in Oxford war?"

„Ja. Er war tatsächlich letztes Wochenende in Oxford. Der südamerikanische Barmann im Duke of Cambridge konnte sich daran erinnern, dass er ein paar Worte auf Spanisch mit ihm gewechselt hat. Enriquez hat dort einige Gläser San Román getrunken. Das ist ein kräftiger spanischer Rotwein, den wohl nicht viele trinken, deshalb konnte sich der Barmann noch so gut erinnern. Enriquez ist dann gegen 23 Uhr gegangen."

„Okay, was haben Sie noch?"

„Außerdem habe ich einen Nachbarn der O'Neill befragt, der gesehen haben will, wie am Montag in der Früh zwei Personen die Galerie verlassen haben. Es könnte gut sein, dass das der Spanier und die O'Neill waren."

„Wann genau war das?"

„Der Nachbar meinte, so gegen 7.45 Uhr."

„Das würde passen!"

„Sie sind in ein Auto gestiegen und weggefahren."

„Die O'Neill hat gesagt, dass sie kein Auto hat."

„Genau, und jetzt wird es spannend! Dieser Nachbar sagte, dass er sich furchtbar darüber aufgeregt hat, dass irgendjemand seinen Wagen auf seinen Stammparkplatz vor seinem Haus gestellt hat. Einmal wäre ja kein Problem, hat er gesagt, aber gleich an zwei Tagen hintereinander – das hat ihn auf die Palme gebracht. Er hat sich das Auto daher ganz genau angeschaut. Es war ein schwarzer Mercedes S-Klasse, Baureihe 221, sagt er, und jetzt raten Sie mal, wer so ein Auto hat?"

„Wer?"

„Raten Sie!"

„Simmons!"

„Die Jacobs!"

„Weshalb steht ihr Wagen über Nacht in der Little Clarendon Street?"

„Genau diese Frage habe ich mir auch gestellt. Es ist zwar genau dasselbe Modell, in dem sie sich immer hat rumkutschieren lassen – sogar in derselben Farbe, was rein theoretisch bedeutet, dass wir die Reifenspuren in der Einfahrt nicht von denen dieses Autos unterscheiden können. Aber es gehört nicht ihr."

„Sondern?"

„Es ist ein Mietwagen. Ich habe alle Autovermietungen in Oxford abgeklappert und den Mercedes tatsächlich gefunden. Jetzt raten Sie mal, wer den Wagen gemietet hat!"

„Ich weiß es nicht, Simmons."

„Philipp Moore!"

„Aber Moore fährt doch einen Porsche!"

„Genau! Also habe ich mir Folgendes überlegt: Entweder hat Moore den Wagen gemietet und irgendjemand anderen in seinem Porsche nach Bicester geschickt, oder jemand will den Verdacht auf ihn lenken. Das wäre ja nicht das erste Mal, oder? Man hat ihm schließlich auch das Messer untergeschoben, Sie erinnern sich?"

„Ja, ich kann mich durchaus erinnern, Simmons."

„Da die Beschreibung der Person, die das Auto abgeholt hat, definitiv nicht auf Moore passt, denke ich, dass nicht er den Wagen gemietet hat, sondern jemand anderes. Ich bin mir sicher, wenn ich der Dame von der Autovermietung ein Foto von Moore zeigen würde, würde sie mir unter Eid bestätigen, dass er es nicht war. Anscheinend hinterlässt dieser Mann immer einen bleibenden Eindruck bei den Frauen – kann ich gar nicht verstehen! Jedenfalls muss sich irgendjemand als Philipp Moore ausgegeben haben."

„Gut, aber musste das Auto nicht mit Moores Kreditkarte bezahlt werden? Wegen der Versicherung?"

„Das stimmt schon, aber der Wagen wurde über Paypal bezahlt, und da kann man eine beliebige E-Mail-Adresse angeben. Die Kreditkartendaten bleiben so verschlüsselt. Es wäre also tatsächlich möglich gewesen, den Wagen in Philipp Moores Namen zu mieten."

„Verstehe. Lässt sich das rückverfolgen?"

„Nein, das Konto, mit dem der Wagen bezahlt wurde, ist inzwischen gelöscht worden. Ich habe das schon überprüft."

„Wäre ja auch zu schön gewesen", brummte Heidi. „Gibt es in dem Wagen irgendwelche Hinweise auf Blutspuren oder sonst irgendetwas Brauchbares?"

„Er wird gerade untersucht, morgen gegen Mittag sollten die Ergebnisse vorliegen."

„Gute Arbeit, Simmons."

„Ich hab noch was!"

„Was?"

„Raten Sie!"

„Simmons!"

„Der Fahrer von der Jacobs ist ein gewisser Jimmy Marshall. Jetzt ..."

„Nein, ich werde nicht raten!", rief Heidi gereizt und atmete tief ein und aus. „Sagen Sie schon! Was haben Sie über diesen Jimmy Marshall herausfinden können, Simmons?"

„Er ist dreiundzwanzig Jahre alt und schwer verliebt."

„Was hat das mit unserem Fall zu tun?"

„Er ist schwer verliebt in Vivienne Miller."

„Richi!", rief Heidi überschwänglich, als sie ihr Wohnzimmer betrat.

„Schhhhhh! Hast du einen im Tee?", fragte ihr Mann, der auf dem Sofa saß und in einer Sportzeitung las.

„Wie kommst du denn darauf?"

Rich lachte.

„Schlafen die Kinder?", fragte Heidi.

„Wenn du sie eben nicht aufgeweckt hast, ja."

„Du bist der beste Ehemann der Welt! Habe ich dir heute schon gesagt, dass ich dich liebe?"

„Was haben sie dir denn zu trinken gegeben?", fragte Rich noch immer lachend.

Heidi ließ sich neben ihm aufs Sofa fallen. „Es war nur ein Gin Tonic. Und mein Vater war dabei."

„Dann bin ich ja beruhigt", meinte Rich, legte den Arm um sie und küsste sie auf die Stirn. „Ich liebe dich auch."

Doch Heidi hörte das nicht mehr, denn sie war bereits eingeschlafen.

FREDERICK SASS AM Küchentisch seiner kleinen Wohnung, den aufgeklappten Laptop vor sich, und drückte auf „Senden". Die letzten zwei Stunden hatte er alles, was sie inzwischen erfahren hatten, fein säuberlich in einen Bericht für Chief Inspector Meyers getippt. Eigentlich war Frederick kein Mann vieler Worte. Doch wenn es um Vorgesetzte ging, hatte er die Erfahrung gemacht, dass ein kurzer, knackiger Bericht, der alles Wesentliche enthielt und präzise und stimmig formuliert war, weniger Eindruck machte als eine seitenlange ausschweifende Ausführung. Es war das alte Spiel: Nur wer viele Worte um das machte, was er tat, wurde als arbeitsam wahrgenommen. Also hatte Frederick jedes Detail aufgeführt, auch wenn es noch so unwichtig war.

Das Ernüchternde war, dass im Grunde nichts Neues in dem Bericht stand. Sie waren für sein Verständnis kein Stück weitergekommen und langsam baute sich bei ihm ein innerer Druck auf, der Stunde für Stunde stieg. Bei seinen Kollegen in Liverpool war er dafür bekannt gewesen, dass er einen Mörder riechen konnte, wenn er ihm gegenüberstand. Er hatte sich immer auf sein Gespür verlassen können. Doch diesmal war es anders. Oder hatte er dem Mörder womöglich noch gar nicht gegenübergestanden? Vielleicht ermittelten sie in eine völlig falsche

Richtung und hatten den entscheidenden Hinweis auf den Mörder schlichtweg übersehen?

Wieder einmal musste Frederick an Susan denken und daran, dass es ihn völlig überrascht hatte, als sie mit ihm Schluss gemacht hatte. In seiner Verzweiflung war er jeden einzelnen Tag ihrer Beziehung durchgegangen und hatte darüber gegrübelt, ob es nicht doch irgendwelche Anzeichen gegeben hatte, dass da ein anderer Mann im Spiel gewesen war. Tatsächlich, rückblickend war es offensichtlich gewesen: die Abende mit ihren Freundinnen, an denen Susan nicht erreichbar gewesen war, der wöchentliche Kaffeeklatsch bei ihrer Großmutter, zu dem sie immer allein gegangen war mit der Begründung, dass ihn der Besuch ohnehin nur gelangweilt hätte, oder der Yogakurs, zu dem sie sich angemeldet hatte, obwohl sie Sport hasste. Wie blind er doch gewesen war! All diese Stunden musste Susan mit ihrem Neuen verbracht haben. Eins stand inzwischen fest: Es hatte sie gegeben, die Anzeichen, dass sie fremdgegangen war, doch er hatte sie damals einfach nicht gesehen.

Frederick war sich sicher, dass es bei diesen Mordfällen genauso war: Die Hinweise auf den Mörder gab es, doch er konnte sie einfach nicht sehen. Noch nicht.

Mittwoch,
21. Mai

„HIER IST DER Eingang", sagte Heidi und zeigte auf das hohe steinerne Tor neben dem Labyrinth aus präzise geschnittenen grünen Büschen. „Dieser Botanische Garten ist der älteste Großbritanniens. Er wurde vor fast vierhundert Jahren auf einem alten jüdischen Friedhof errichtet und die Mauern wurden so stabil gebaut, dass sie bis heute nicht erneuert werden mussten."

„Man könnte fast meinen, dass die hinter den dicken Mauern etwas verstecken wollen", sagte Frederick, als sie durch das Tor gingen, und schlug mit der Hand auf die solide Steinmauer.

„Sehen Sie, der hohe Baum dort, das ist der älteste hier – eine Eibe, die 1645 von Jacob Bobart, dem ersten Kurator, gepflanzt wurde", erklärte Heidi.

„Und was ist das?", fragte Frederick und zeigte auf ein Beet neben einem kleinen Gewächshaus, auf dem ausschließlich Pflanzen mit schwarzen Blüten wuchsen.

„Das ist die berühmte Black Border. Faszinierend, nicht wahr?"

„Ich hätte nicht gedacht, dass Sie sich so gut mit Pflanzen auskennen."

„Tu ich auch nicht. Bei mir gehen immer alle Pflanzen ein, aber meine Mutter ist sehr bewandert. Sie liebt alles, was grün ist und wächst, und hat mich als Kind immer hierher mitgenommen zum Spazierengehen. Wenn ich ehrlich bin, habe ich mich mehr für die Enten in dem Teich da vorne interessiert als für die Pflanzen. Meine Mutter sagte übrigens, dass hier auch der Blaue Eisenhut wächst, die Pflanze, die das Akonitin enthält. Es muss irgendwo hier sein." Heidi trat an ein Beet heran, das von einem kleinen Holzzaun umgeben war. Daran war ein Schild angebracht, auf dem „Nicht betreten!" stand. „Da, tatsächlich! Auf dem kleinen roten Schild steht es: Blauer Eisenhut."

„Das ist also die Giftpflanze, mit der McCann getötet wurde? Die sieht eigentlich ganz harmlos aus."

„Ist von hier aus schwer zu sagen, ob da jemand dran war oder nicht", meinte Heidi und stieg kurzerhand über den Holzzaun.

„Was machen Sie denn da? Kommen Sie sofort zurück! Das sind doch alles Giftpflanzen!", rief Frederick erschrocken.

„Ahhhhh!"

„Was ist los? Was ist passiert?"

„Ich sinke ein! Hier ist es nass und schlammig!"

„Das geschieht Ihnen ganz recht. Da steht es doch groß und breit: Nicht betreten!"

Heidi blickte auf ihre Schuhe und lachte. Bei jedem Versuch, ihre Füße zu heben, machte der Boden glucksende Geräusche.

„Kommen Sie jetzt bitte sofort aus dem Beet raus!", rief Frederick und fand das Ganze gar nicht lustig.

„Moment, ich will mir den Eisenhut noch genauer anschauen."

„Fassen Sie die Pflanze bloß nicht an!"

„Keine Sorge!", beruhigte Heidi ihn. „Meine Mutter meinte, dass das Gift nur tödlich ist, wenn man es in hoher Dosis verabreicht bekommt."

„Wenn Ihre Mutter da mal nur recht hat!"

„Mütter haben immer recht", erwiderte Heidi.

Wie wahr, dachte Frederick, besonders, wenn es um Frauen geht.

Inzwischen suchte Heidi den Boden um den Eisenhut herum ab. „Nein, hier sind keine Spuren. Es wäre ja auch zu schön gewesen, wenn der Mörder am Samstagnachmittag durch den Botanischen Garten spaziert wäre, die Pflanze gepflückt und uns Fußabdrücke hinterlassen hätte!"

„Kommen Sie sofort raus da!" Martin Loveless stand auf einmal neben dem Beet.

„Professor Loveless, zu Ihnen wollten wir gerade", versuchte Frederick abzulenken, während er Heidi half, wieder über den Holzzaun zu steigen.

„Das habe ich mir schon gedacht", knurrte Martin Loveless verärgert. „Ich habe Sie vom Fenster meines Labors aus gesehen. Mein Forschungsprojekt ist momentan in einer wichtigen Phase. Ich versuche, jede Minute vor Ort zu sein, komme kaum zum Schlafen oder Essen, und da steigen Sie hier in den Beeten herum."

„Dafür habe ich schon die Quittung bekommen", sagte Heidi und zeigte auf ihre durchweichten Schuhe.

„Eigentlich sind wir ja auch hier, um Ihnen ein paar Fragen zu stellen, Professor Loveless", sagte Frederick entschuldigend.

„Wenn Sie schon mal hier sind, muss ich Ihnen unbedingt etwas zeigen. Kommen Sie!", rief Martin Loveless, und bevor Heidi und Frederick widersprechen konnten, hatte er sie in eines der Gewächshäuser geschoben.

Es roch salzig und war warm in dem kleinen Glashaus. Frederick hatte das Gefühl, nicht im frühlingshaften Oxford, sondern im Dschungel zu sein.

„Das dort, das ist mein Goldstück. Sehen Sie, dort, in dem Salzwassertümpel?" Martin Loveless deutete mit dem Zeigefinger auf den Tümpel in der Mitte des Gewächshauses.

„Ich kann nichts erkennen." Frederick hatte eine Pflanze mit großen Blüten erwartet oder irgendetwas Exotisches, doch Martin Loveless deutete auf ein unauffälliges Gras, das am Boden des flachen Tümpels wuchs.

„Dort unten, das Seegras! Sehen Sie das nicht?"

„Doch, aber …"

„Damit werde ich die Welt verändern", prophezeite Martin Loveless.

„Aha, und wie?"

„Es ist der Hauptbestandteil des Medikaments, das ich gerade entwickele."

„Ein Medikament wofür?", fragte Frederick.

„Sie meinen wogegen?"

Besserwisser, dachte Frederick und nickte.

„Malaria. Eines der Moleküle der Pflanze ist wirksam gegen den Malaria-Erreger. Es fehlen nur noch wenige Versuchsreihen, dann werde ich einen Prototyp des Gegenmittels herstellen und das Medikament einem großen Pharmaunternehmen präsentieren. Es wäre die Revolution in der Malaria-Heilung! Millionen von Menschen könnte mit dem Medikament geholfen werden und mein Name würde in die Geschichtsbücher eingehen", rief Martin Loveless euphorisch.

„Und Mr McCann wollte Ihnen den Geldhahn für Ihre Forschung zudrehen", sagte Frederick.

Martin Loveless' Gesichtszüge versteinerten sich. „Ich arbeite seit Jahren an der Isolierung dieses Moleküls, und vor wenigen Wochen, als mir das endlich gelungen war, hatte Jules nichts Besseres zu tun, als damit zu drohen, dass er mir die Forschungsgelder kürzen würde, sobald er zum Lord Mayor ernannt wäre. Das hat mich sehr geärgert, ja!"

„Und da haben Sie Geld von ihm erpresst, um Ihr Forschungsprojekt weiterführen zu können."

Martin Loveless sagte nichts.

„Als er Sie am Mittwochabend angerufen hat, um Ihnen zu sagen, dass er sich nicht erpressen lassen würde, sondern im Gegenteil Ihr dunkles Geheimnis von damals selbst öffentlich machen würde, haben Sie beschlossen, ihn umzubringen, und beim Alumni-Dinner hat sich die Gelegenheit dazu geboten."

Martin Loveless starrte nur auf seine Pflanzen.

„Mit seinem Tod haben Sie nicht nur verhindert, dass Ihr Geheimnis publik wird, sondern auch, dass er zum Lord Mayor gewählt wird und damit Ihre Forschungsgelder gestrichen werden. Ihnen ist bewusst, dass dies zwei starke Mordmotive sind, nicht wahr?"

Martin Loveless räusperte sich. Dann sagte er bestimmt: „Ich habe Jules nicht erpresst und ihn auch nicht umgebracht, und wenn Sie Beweise dafür hätten, dass ich es war, hätten Sie mich schon längst verhaftet. Jetzt entschuldigen Sie mich bitte, ich muss zurück in mein Labor." Er stieß die Tür des Gewächshauses auf und stürmte hinaus.

Heidi und Frederick liefen ihm nach.

„Vielleicht haben Sie ja tatsächlich nichts mit Mr McCanns Tod zu tun, aber inzwischen gibt es eine zweite Tote", rief Frederick.

Martin Loveless blieb augenblicklich stehen. „Was?"

„Charlotte Jacobs wurde ermordet. Wussten Sie das nicht?"

„Nein. Ich war in den letzten Tagen ständig hier und habe von der Außenwelt nicht viel mitbekommen."

„Was ist das für ein Geheimnis, für das irgendjemand bereit war, zwei Menschen zu töten, Professor Loveless?"

„Woher wissen Sie davon? Sie bluffen doch nur."

Frederick zog ein Foto hervor, das die tote Charlotte Jacobs zeigte.

Martin Loveless' Augen weiteten sich. „Wann ist das passiert? Das ist ja grausam."

„Am Montagmorgen."

„Ich wusste wirklich nichts davon", sagte Martin Loveless betroffen.

„Wir haben sowohl bei Mr McCann als auch bei Charlotte Jacobs einen Erpresserbrief gefunden. Beide wurden damit erpresst, dass Ihr Geheimnis preisgegeben würde, wenn sie nicht eine halbe Million Pfund zahlen. Noch mal: Was ist das für ein Geheimnis, mit dem die beiden erpressbar waren?", fragte Frederick.

Martin Loveless schwieg.

„Professor Loveless, Sie und Ihre ehemalige College-Clique haben ein gemeinsames Geheimnis, das Sie alle Kopf und Kragen kosten könnte und für das jemand bereit war, zwei Menschen zu töten. Wenn Sie nicht wollen, dass Sie der Nächste sind, sollten Sie uns jetzt endlich sagen, worum es sich bei diesem Geheimnis handelt!"

„Das kann ich nicht."

„Professor Loveless", sagte Heidi eindringlich, „irgendjemand hat zwei der sechs Menschen umgebracht, die Ihr Geheimnis kannten. Wir müssen wissen, was es ist!"

„Wir haben damals auf unser Leben geschworen, dass wir über das, was wir getan haben, für immer schweigen werden. Auf unser Leben! Ich kann diesen Schwur nicht brechen. Damals habe ich das alles nur für einen Spaß gehalten, auch wenn ich all die Jahre geschwiegen habe. Ich hätte nie gedacht, dass mich dieser Teil meiner Vergangenheit eines Tages einholen würde, aber jetzt weiß ich, dass es todernst ist."

„Also haben Mr McCann und Mrs Jacobs den Schwur gebrochen, weil sie damit gedroht haben, das Geheimnis zu verraten."

„Ja", sagte Martin Loveless. „Charlie wollte damit zu Ihnen, sie wollte Sie nach Jules' Tod in alles einweihen. Sie hatte panische Angst, dass sie die Nächste sein würde, die umgebracht wird."

„Haben Sie sich deshalb am Samstagabend mit ihr gestritten?"

„Woher wissen Sie das?"

„Das tut jetzt nichts zur Sache. Worum ging es in Ihrem Streit?"

„Ich wollte Charlie davon abhalten, zu Ihnen zu gehen."

„Vielleicht würde sie jetzt noch leben, wenn sie es getan hätte."

„Vielleicht."

„Was haben Sie am Montagmorgen zwischen 7 und 8 Uhr gemacht?", mischte Frederick sich ein.

„Sie meinen doch nicht etwa, dass ich Charlie getötet habe?"

„Beantworten Sie einfach meine Frage!", erwiderte Frederick.

„Da war ich hier, in meinem Labor. Ich bin seit Tagen nur noch hier, das habe ich Ihnen doch schon gesagt."

„Haben Sie dafür Zeugen?"

„Meine Mitarbeiter, die können das bestätigen. Außerdem schreibe ich ein Forschungsprotokoll."

„Wir werden das überprüfen."

„Tun Sie das."

„Sagen Sie, noch etwas: Gab es in letzter Zeit Unstimmigkeiten zwischen Mrs Jacobs und Miss Hearne?"

„Unstimmigkeiten zwischen Charlie und Zoe? Das weiß ich nicht. Ehrlich gesagt interessiert mich das auch nicht. Ich mische mich nie in die Streitigkeiten anderer ein, schon gar nicht in die zwischen zwei Frauen."

„Sie können es also nicht ausschließen?"

„Ehrlich, ich kann Ihnen dazu nichts sagen."

„Wollen Sie wirklich nicht kurz zu Hause vorbeifahren und Ihre Schuhe wechseln?", fragte Frederick, als sie wieder im Auto saßen.

„Nein, das ist schon in Ordnung", versicherte Heidi, während sie auf eine breite Steinbrücke zusteuerte. „Das hier ist übrigens die Magdalen Bridge, die berühmte Brücke, von der jedes Jahr am Maifeiertag die ganz besonders Mutigen hinunter in den Cherwell springen."

„Und, sind Sie auch schon hinuntergesprungen?"

„Was denken Sie denn?" Heidi schob mit der linken Hand den Ärmel ihres Pullovers nach oben und blickte auf ihren Arm.

„Bitte schauen Sie auf die Straße!", rief Frederick.

„Hier, sehen Sie die Narbe?"

Frederick konnte eine lange weiße Narbe entdecken, die sich von Heidis Handgelenk bis hoch zu ihrem Ellenbogen zog.

„Das ist meine Erinnerung an den Sprung."

„Es ist also nicht ganz ungefährlich", meinte Frederick.

„Na ja, es geht ganz schön tief runter, aber der Spaß war es wert! Jetzt sind wir übrigens in Cowley", sagte Heidi, nachdem sie die Brücke überquert hatten.

„Waren Sie schon mal hier, seit Sie nach Oxford gezogen sind?"

„Nein, bisher noch nicht."

„An Cowley scheiden sich die Geister. Meiner Meinung nach ist es ein ganz besonderer Teil Oxfords, aber das findet nicht jeder. Wie Sie sehen, liegt es etwas abseits."

„Und weshalb ist es besonders?", fragte Frederick.

„Im Mittelalter war Cowley ein herrschaftlicher Landsitz", erklärte Heidi. „Später wurde auf dem Gelände ein Militärcollege errichtet; dann hat William Morris das College aufgekauft und begonnen, eine Fabrik aufzubauen, die massenweise Fahrzeuge produziert hat. Heute gehört das alles BMW und drum herum ist ein riesiges Industriegebiet entstanden. Die Leute sagen, dass der große Unterschied zwischen Oxford und Cambridge der ist, dass es in Cambridge nur die Universität gibt, während Oxford eben noch ein weiteres Standbein hat: die Fahrzeugindustrie." Sie grinste. „Und weil es so viel Industrie gibt, haben sich Tausende Arbeiter aus aller Welt hier niedergelassen. Das macht Cowley sehr international und unheimlich lebendig. Es gibt viele Nachtclubs, Bars und kleine Restaurants. Zwar ist alles etwas heruntergekommen, aber hier ist immer was los, zu jeder Tages- und Nachtzeit."

„Klingt fast so wie Liverpool", erwiderte Frederick.

Mittlerweile waren sie an einem Kreisel angekommen, von dem drei große Straßen abgingen.

„Ach, und das hier ist The Plain", erklärte Heidi. „Die St Clements, die Cowley Road und die Iffley Road teilen Cowley in drei Gebiete."

„Welche nehmen wir?"

„Laut Simmons lebt Jimmy Marshall in der Henley Street. Das ist eine Seitenstraße der Iffley Road, wir müssen also hier abbiegen." Heidi blinkte und fuhr in die breite Iffley Road.

„Wenn ich es nicht besser wüsste, würde ich sagen, ich bin nicht mehr in Oxford. Das sind ja wirklich Welten zwischen der Innenstadt mit ihren gepflegten historischen Gebäuden und den hässlichen Neubauten hier", stellte Frederick fest.

„Da haben Sie recht", erwiderte Heidi, während sie den Mini am Straßenrand parkte. „Hier ist es: Henley Street Nummer 12."

Sie stiegen aus, und bevor sie losgingen, überprüfte Heidi noch einmal, ob auch tatsächlich alle Türen des Wagens verschlossen waren. Dann betraten sie einen kleinen Gehweg, der zu einem heruntergekommenen Reihenhaus führte, in dessen verwildertem Vorgarten eine alte Matratze und ein paar Müllbeutel lagen.

„Sind Sie sicher, dass wir hier richtig sind?", fragte Frederick.

„Simmons meinte, es sei die Kellerwohnung."

In dem Moment entdeckte Frederick ein Klingelschild, auf dem in verwaschener Schrift der Name „Marshall" stand. „Tatsächlich, er wohnt hier", sagte er und drückte auf den Klingelknopf, doch nichts tat sich. Frederick drückte erneut auf den Klingelknopf, diesmal allerdings länger. „Da ist jemand, ich kann durch das Kellerfenster einen Umriss erkennen, der sich bewegt", meinte er zu Heidi. Dann rief er: „Mr Marshall, sind Sie da? Wir sind von der Thames Valley Police und müssen dringend mit Ihnen sprechen."

Einige Minuten später wurde die Tür geöffnet und ein unrasierter junger Mann stand vor ihnen. Er trug ein verwaschenes Poloshirt, eine graue Jogginghose und weiße Turnschuhe.

„Sind Sie Jimmy Marshall?", fragte Frederick.

„Ja. Was wollen Sie?", erwiderte der junge Mann, der nach Alkohol roch. „Ich hab Ihren Kollegen doch schon gesagt, dass ich nichts von der Messerstecherei gegenüber mitbekommen habe."

„Darum geht es nicht", erklärte Frederick. „Wir sind hier, weil wir mit Ihnen über den Tod von Mrs Jacobs sprechen müssen."

Jimmy Marshalls Mundwinkel zuckten, doch er sagte nichts.

„Können wir reinkommen?", fragte Heidi.

„Es ist aber nicht aufgeräumt, ich habe gestern etwas über die Stränge geschlagen. Ich musste erst mal verkraften, dass Mrs Jacobs tot ist und ich jetzt keinen Job mehr habe. Das geht mit Bier noch immer am besten", sagte Jimmy Marshall entschuldigend, während er Heidi und Frederick durch einen muffigen Flur und über eine knarrende Treppe hinunter in eine Kellerwohnung führte.

„Wohnen Sie schon lange hier?", fragte Heidi.

„Seit ein paar Jahren."

„Haben Sie bei Mrs Jacobs nicht gut verdient?"

„Oh doch, sie hat mich immer gut bezahlt, aber ich habe bei ihr ja erst vor ungefähr einem Jahr angefangen zu arbeiten, und ich habe viele Schulden. Ich habe früher viele krumme Dinger gedreht, wissen Sie, Drogen und so, und da muss ich einiges abbezahlen, sonst säße ich jetzt im Gefängnis. Aber das ist vorbei mit den Drogen, das müssen Sie mir glauben!", beteuerte Jimmy Marshall nervös. „Ich war Mrs Jacobs sehr dankbar dafür, dass sie mir den Job als Fahrer gegeben hat. Durch ihre Stiftung bin ich erst aus dem ganzen Schlamassel rausgekommen. Mrs Jacobs mochte mich aus irgendeinem Grund. Ich musste zwar jeden Monat einen Drogentest machen, das war ihre Bedingung und am Anfang ziemlich hart, aber jetzt bin ich schon seit einem Jahr clean."

„Mochten Sie Mrs Jacobs?"

„Hammer Frau! Wenn ich zehn Jahre älter gewesen wäre …", schwärmte Jimmy Marshall, doch dann ergänzte er schnell: „Aber ich habe ja meine Vivienne." Er blickte sich verlegen um. „Glauben Sie mir, wenn ich könnte, wäre ich hier schon längst raus. Ist ein Rattenloch, ich schäme mich jedes Mal, wenn sie herkommt."

„Es stimmt also, dass Sie mit Vivienne Miller zusammen sind."

„Ja, wir wollen bald heiraten."

„Wie lange kennen Sie sie schon?"

„Inzwischen zwei Jahre. Sie hat hier ein paar Straßen weiter gewohnt."

„Sie hat uns erzählt, dass sie in Kidlington gewohnt hat."

„Das war, als ihr Vater noch gelebt hat. Zum Glück hat sie vor ein paar Monaten die Stelle bei den McCanns bekommen und wohnt jetzt mit in dem Haus in Summertown."

„Die Bezahlung soll auch sehr gut sein, hat sie uns gesagt."

Jimmy Marshall nickte.

„Wussten Sie eigentlich, dass Mr McCann Viviennes Vater überfahren hat?", wollte Heidi wissen.

„Ja, das wusste ich", antwortete Jimmy Marshall ohne Umschweife.

„Und trotzdem wollte Vivienne bei dem Mann arbeiten, der ihren Vater auf dem Gewissen hat?"

„Mrs Jacobs hat mir damals erzählt, dass die McCanns eine Haushaltshilfe suchen. Sie war sehr gut mit Mr McCann befreundet und wollte mir wohl einen Gefallen tun. Also hat sie mich gefragt, ob das nicht was für Vivienne wäre. Erst wollte Vivienne überhaupt nicht, sie hat sich mit Händen und Füßen dagegen gewehrt, und auch Mr McCann war strikt dagegen."

„Und wieso hat Vivienne die Stelle dann doch bekommen?"

„Ich hab ein bisschen nachgeholfen!" Jimmy Marshall grinste stolz.

„Sie haben nachgeholfen?"

„Ja, ich habe mit Mrs McCann geredet."

„Was haben Sie gesagt?"

„Ach, ich hatte da zufällig was aufgeschnappt, was eigentlich nicht für meine Ohren bestimmt war."

„Was war das?"

„Das würde ich ehrlich gesagt lieber für mich behalten."

„Mr Marshall, wir sind nicht zum Spaß hier! Mrs Jacobs und Mr McCann wurden ermordet, und wenn Sie uns nicht sagen, was Sie wissen, werden wir Sie mit ins Präsidium nehmen müssen und so lange dabehalten, bis Sie uns alles erzählt haben. Sie wollen doch nicht, dass Vivienne Sie ab heute in einer Gefängniszelle besuchen muss, oder?", drohte Frederick.

„Nein, natürlich nicht", stotterte Jimmy Marshall.

„Dann reden Sie!"

„Nur, wenn Sie mich wirklich nicht mitnehmen."

„Versprochen."

„Also gut. Mrs McCann hat eine Affäre."

Heidi und Frederick sahen sich erstaunt an.

„Sind Sie sich da ganz sicher?", fragte Frederick.

„Ja. Und das Kind ist auch nicht von ihrem Mann."

„Aber was hat das mit Vivienne und ihrer Anstellung bei den McCanns zu tun?"

„Ich habe zu Mrs McCann gesagt, dass ich die Affäre öffentlich machen werde, wenn sie Vivienne nicht einstellt."

„Das heißt, Sie haben sie erpresst", stellte Frederick fest.

„Ich würde eher sagen, ich habe mein Wissen zu unserem Vorteil genutzt."

„Aber Mrs McCann tut so, als ob Vivienne zur Familie gehören würde", wunderte sich Heidi.

„Sie ist eine gute Schauspielerin", meinte Jimmy Marshall. „Sie wollte verhindern, dass wir die Wahrheit sagen, vor allem so kurz vor Mr McCanns Wahl zum Lord Mayor. Das wäre ein Skandal gewesen, wenn herausgekommen wäre, dass sie den zukünftigen Lord Mayor betrügt, wo sie doch für die Presse so auf heile Familie gemacht haben. Ich habe das ausgenutzt und ein richtig sattes Gehalt für Vivienne herausgehandelt. Ehrlich gesagt finde ich das auch nur fair. Sie haben ja keine Ahnung, wie Vivienne aufgewachsen ist. Ihre Mutter hat den Tod ihres Vaters nicht verkraftet und ist Alkoholikerin geworden. Sie hat sich all die Jahre kaum um Vivienne gekümmert, es war nie Geld da. Und wir können das Geld wirklich gut gebrauchen, das Mrs McCann Vivienne für unser Schweigen bezahlt."

„Aber eigentlich könnte sie Vivienne doch jetzt rausschmeißen, da ihr Mann tot ist", überlegte Frederick.

„Sie vergessen, dass es auch noch den Liebhaber gibt. Für den Mann steht viel auf dem Spiel, und das weiß Mrs McCann ganz genau. Wenn die Sache bekannt würde, wäre er in Oxford gesellschaftlich ruiniert. Ganz zu schweigen von seiner beruflichen Karriere."

„Jetzt sagen Sie schon, wer der Mann ist, mit dem Helena McCann eine Affäre hat! Wer ist der Vater ihres Kindes? Oder sollen wir Sie doch mit aufs Präsidium nehmen?", fragte Heidi nachdrücklich.

„Schon gut. Es ist der Loveless."

„WIESO GEHEN SIE nicht an Ihr Telefon? Ich versuche schon seit einer halben Stunde, Sie zu erreichen. Es gibt Neuigkeiten!", rief Sergeant Simmons vorwurfsvoll, als Heidi endlich das Gespräch annahm.

Sie stellte ihr Smartphone auf Lautsprecher, damit Frederick mithören konnte, und antwortete: „Wir waren in einem Keller und hatten keinen Empfang."

„In einem Keller?"

„Ja, bei Jimmy Marshall. Nun sagen Sie schon, was gibt es Neues?"

„Die Ergebnisse der Analyse des Mietwagens sind da."

„Gut, und was bedeutet das konkret?"

„Sie werden es nicht glauben!"

„Simmons!"

„In dem Mietwagen wurden tatsächlich Blutspuren gefunden."

„Von Charlotte Jacobs?"

„Ja! Außerdem wurde im linken Vorderreifen im Profil ein Kieselstein entdeckt, der sehr wahrscheinlich aus der Einfahrt von der Jacobs stammt. Aber es geht noch weiter: Ich habe die Frau von der Autovermietung nach einer genauen Beschreibung der Person gefragt, die den Wagen gemietet hat."

„Sagen Sie mir jetzt bitte, dass die auf Enriquez passt!"

„Der Beschreibung nach könnte er es gewesen sein. Falls er es abstreitet, ist die Frau zu einer Gegenüberstellung bereit. Sie erinnert sich daran, dass der Mann einen ausländischen Akzent hatte. Ob das ein spanischer war oder nicht, konnte sie nicht sagen. Aber das kann man ja auch nicht wirklich verlangen. Wer kann schon einen spanischen Akzent von einem italienischen oder einem französischen unterscheiden, oder können Sie das, Inspector Green?"

„Nein, Sergeant Simmons, kann ich nicht. Gibt es noch etwas?"

„Ja. Ich habe vor etwa einer Stunde die Auswertung von Charlotte Jacobs' Smartphone bekommen."

„Und?"

„Warten Sie einen Moment, ich habe das Telefon hier, ich spiele es Ihnen vor!"

Ein paar Sekunden später hörten Heidi und Frederick eine aufgeregte Stimme, die rief: „Charlie? Charlie? Geh an dein verflixtes Handy! Du kannst mich nicht einfach so stehen lassen! Ich warne dich! Wenn du irgendjemandem von der Sache erzählst, werde ich dich zum Schweigen bringen!"

„Das ist doch Martin Loveless", meinte Heidi.

„Genau", bestätigte Sergeant Simmons.

„Von wann stammt die Aufnahme?", fragte Frederick.

„Samstagabend 23.04 Uhr."

„In Ordnung, Simmons, lassen Sie Martin Loveless verhaften und aufs Präsidium bringen! Beantragen Sie einen Durchsuchungsbefehl und durchkämmen Sie sein Zimmer im Magdalen College und sein Labor im Botanischen Garten!"

„LANGSAM WIRD MIR das Warten wirklich zu blöd, außerdem hab ich einen Riesenhunger", sagte Heidi genervt und trommelte mit den Fingern auf dem Lenkrad ihres Minis herum. Sie hatte gegenüber von Lisa O'Neills Galerie geparkt. „Vielleicht ist sie ja dort vorne im George & Davis, dem Bagles-Shop. Wenn ich hier wohnen würde, würde ich da immer zum Essen hingehen, die Bagles sind einfach lecker. Soll ich das mal überprüfen? Ich könnte uns ein paar Bagles mitbringen …"

„Sie kann genauso gut in einem der Restaurants oder in dem Delikatessenladen sein. Jetzt seien Sie mal nicht so ungeduldig! Wir bleiben schön hier und warten." Frederick hielt Heidi einen Schokoriegel hin. „Essen Sie den in der Zwischenzeit."

Gierig griff Heidi nach dem Riegel.

„Die O'Neill kommt sicher gleich aus ihrer Mittagspause zurück", meinte Frederick.

„Und wenn nicht? Vielleicht ist sie ja schon über alle Berge", erwiderte Heidi kauend.

„Wieso sollte sie? Sie ahnt doch nichts."

„Was, wenn doch?", fragte Heidi, dann rief sie plötzlich: „Da, das ist sie!" Schnell schluckte sie den Rest des Schokoladenriegels herunter. „Aber sie geht gar nicht in ihren Laden, sie läuft einfach daran vorbei! Wieso läuft sie denn so schnell? Ob sie uns gesehen hat?"

„Machen Sie schon, fahren Sie los!", rief Frederick.

Heidi drehte den Schlüssel im Zündschloss, doch der Motor sprang nicht an. „Immer dann, wenn man es nicht gebrauchen kann!", schimpfte sie.

„Probieren Sie es noch mal!"

„Was glauben Sie, was ich gerade mache?" Sie drehte den Schlüssel erneut, doch der Motor sprang wieder nicht an.

„Ich geh ihr jetzt zu Fuß hinterher!", rief Frederick ungeduldig.

In dem Moment begann der Motor aufzuheulen.

„Geht doch!", rief Heidi und trat aufs Gas. „Links oder rechts?"

„Ich glaube, sie ist rechts abgebogen."

„Da, da vorne läuft sie, dort!"

„Fahren Sie schneller!"

„Glauben Sie mir, das würde ich, wenn ich könnte, aber die Straße ist ja völlig zugeparkt."

„Wieso geht die O'Neill denn in die Kirche da rein? Mitten am Tag?"

„Das ist keine Kirche. Also, es ist schon eine Kirche ..."

„Fangen Sie bitte nicht an, wie Simmons zu reden!"

„Schon gut. Das ist die alte Kirche St Paul's, die zum Café Freud umgebaut wurde. Aber das ist sie nicht, die Frau da ist blond!"

„Da, da läuft eine, die wie die O'Neill aussieht!", rief Frederick.

„Wo?" Heidi trat auf die Bremse und Frederick wurde nach vorne geschleudert.

„Doch nicht hier! Dort, die Straße hinunter!", rief er.

Heidi trat aufs Gas, so stark, dass der Motor erneut aufheulte, und bog in die King Street ein. „Da vorne kommen wir mit dem Wagen nicht weiter, selbst mit dem Mini nicht", stellte sie fest und parkte eilig am Straßenrand.

„Wo ist sie?", fragte Frederick.

„Da! Sie läuft hinunter zum Kanal!", rief Heidi und stieg aus.

Frederick folgte ihr und die beiden liefen hinter Lisa O'Neill her. Sie beobachteten, wie sie einen kleinen Weg zwischen zwei Wohnhäusern nahm und dann über eine Steinbrücke auf die andere Seite des Kanals gelangte.

„Was will die da nur? Dort ist doch alles Waldgebiet, oder?"

„Ja, aber da vorne beginnt der Port Meadow."

Frederick blickte Heidi fragend an.

„Vielleicht will sie zu einem der Hausboote."

Tatsächlich, Lisa O'Neill war gerade dabei, auf eines der langen Holzboote, die am Rande des Kanals lagen, zu klettern.

„Los, hinterher!"

„Warten Sie, ich sag kurz Simmons Bescheid, dass wir Verstärkung brauchen! Wer weiß, was uns auf dem Boot erwartet."

Wenige Minuten später stiegen auch Heidi und Frederick auf das grün gestrichene Hausboot, in dem Lisa O'Neill verschwunden war.

Heidi klopfte an die Tür der Kajüte. „Miss O'Neill? Hier sind Inspector Green und Inspector Collins. Bitte machen Sie auf!" Sie horchte an der Tür und konnte Stimmen hören.

„Was wollen Sie hier?", fragte Lisa O'Neill von drinnen, ohne die Tür zu öffnen. Sie schien überrascht zu sein.

„Können wir reinkommen? Wir müssen dringend mit Ihnen sprechen", rief Heidi durch die verschlossene Tür.

„Wie haben Sie mich gefunden?", fragte Lisa O'Neill nervös, als sie ihnen die Tür endlich geöffnet hatte.

„Wir haben vor der Galerie auf Sie gewartet und sind Ihnen dann gefolgt. Ist das Ihr Boot?"

„Nein."

„Wem gehört es dann?"

„Es ist mein Boot." Die Stimme mit dem ausländischen Akzent kam aus einem Nebenzimmer, dessen Tür halb offen stand.

„Sind Sie Juan Enriquez?", fragte Heidi, als ein kleiner Mann mit braunen Locken aus dem Zimmer trat.

Er war gerade dabei, sich die letzten Knöpfe seines Hemdes zuzuknöpfen. „Ja, der bin ich."

„Das ist also Ihr Boot?"

„Ja. Was wollen Sie von mir, ich hatte mich gerade eine bisschen hingelegt."

„Um diese Uhrzeit?"

„Ich habe die ganze Nacht hindurch gearbeitet." Juan Enriquez zeigte hinüber zu einer Staffelei, auf der eine Leinwand stand, die zur Hälfte bemalt war.

„Miss O'Neill, hatten Sie nicht gesagt, Mr Enriquez würde in London leben?"

„Ich bin Künstler, ich bin da zu Hause, wo ich mich gerade aufhalte. Momentan bin ich eben in Oxford, bei meiner liebsten Lisa", sagte Juan Enriquez überschwänglich.

Heidi bemerkte, wie Lisa O'Neill den Kopf schüttelte, um dem Spanier zu verstehen zu geben, dass er nicht weitersprechen sollte.

„Sie haben uns also angelogen, was Mr Enriquez angeht, Miss O'Neill. Sie haben uns gestern gesagt, dass Sie nicht liiert sind, und schon gar nicht mit Juan Enriquez."

„Was hast du?", fragte der Spanier aufgebracht.

Lisa O'Neill schwieg.

„Und wie es aussieht, haben Sie uns nicht nur in diesem Fall angelogen. Wir haben einen Zeugen, der bestätigen kann, dass Sie am Montagmorgen vor Ihrer Galerie in ein Auto gestiegen sind, zu der Zeit, in der Sie angeblich Ihre Galerie umgeräumt haben."

„Ich habe gar kein Auto", widersprach Lisa O'Neill.

„Das stimmt. Aber Mr Enriquez hat einen Wagen gemietet, und mit diesem Auto sind Sie zu Mrs Jacobs gefahren."

„Das ist nicht wahr!", rief Lisa O'Neill.

„Doch, das ist es, Miss O'Neill. Wir wissen das deswegen so genau, weil wir in dem Wagen Blutspuren von Mrs Jacobs gefunden haben."

Lisa O'Neill wurde blass.

„Wie sind die Blutspuren in das Auto gekommen, Miss O'Neill?"

In dem Moment ertönten die Sirenen eines Polizeiwagens und kurz darauf stand Sergeant Simmons mit einem Constable in der Kajüte. Lisa O'Neill schwieg die ganze Zeit über.

„Wir werden es schon herausfinden", sagte Frederick. „Ich muss Sie beide bitten, meine Kollegen aufs Revier zu begleiten."

„HAST DU WAS gefunden, Steph?", fragte Heidi.

„Auf dem Boot selbst nicht", erwiderte Stephanie Bradshaw.

„Das klingt nach einem ‚aber'."

„Aber im Kanal."

Heidi strahlte über das ganze Gesicht.

„Woher hast du gewusst, dass ich was finden würde?"

„Ich habe so ein leises Platschen gehört, als wir hinunter ins Boot gestiegen sind. Da ich weiß, dass der Kanal künstlich angelegt ist und das Wasser darin steht, war mir klar, dass das Geräusch nicht von der Strömung kommen konnte. Außerdem fand ich es seltsam, dass Enriquez so getan hat, als ob er tagsüber geschlafen hätte, Künstlerleben hin oder her, denn ich hatte Stimmen gehört, bevor die O'Neill uns die Tür aufgemacht hat. Enriquez war also schon wach. Aber jetzt spann mich nicht so auf die Folter! Was hast du gefunden?"

„Den hier!" Stephanie Bradshaw zeigte auf einen Tintenstrahldrucker. „Und bevor du fragst, ich habe das schon überprüft: Mit genau so einem Drucker wurde der Erpresserbrief gedruckt, den Simmons bei der Jacobs gefunden hat. Die Blutspuren im Mietwagen, der Kieselstein aus dem Reifenprofil und der Drucker – das müsste euch eigentlich ausreichen, um die beiden festzunageln."

„Wäre da nicht noch Martin Loveless", meinte Frederick.

„Wieso, was ist mit ihm?"

„Loveless hat der Jacobs am Samstagabend damit gedroht, dass er ihr was antun würde; wir haben eine Nachricht auf ihrem Smartphone gefunden."

„Er war also wütend auf sie?"

„Ja, ziemlich wütend, weil die Jacobs zu uns kommen und uns alles erzählen wollte, was sie über den Mord an McCann wusste."

„Und jetzt meint ihr, Loveless habe auch McCann umgebracht?", fragte Stephanie Bradshaw.

„Er hätte zwei ziemlich gute Gründe, McCann aus dem Weg zu räumen: Zum einen hätte er damit verhindert, dass seine Forschungsgelder gekürzt werden, und zum anderen hätte er Helena McCann für sich allein."

„Was hat denn Helena McCann damit zu tun?", fragte Stephanie Bradshaw überrascht.

„Du wirst es nicht glauben, aber Loveless hat ein Verhältnis mit ihr, und das Kind, das sie kriegt, ist auch seins."

„Ach was, das hätte ich ihm gar nicht zugetraut! Was die McCann wohl an ihm findet? Der ist ja nicht gerade Brad Pitt", meinte Stephanie Bradshaw nüchtern.

„Du hast recht, Steph, der Mann wäre auch nicht mein Fall. Aber er steht kurz davor, ein neues Malaria-Arzneimittel zu entwickeln. Das bringt ihm nicht nur ziemliche Anerkennung, sondern auch richtig viel Geld. Und das macht ihn natürlich interessant."

„So denken Sie also über Männer?", fragte Frederick mit gespielter Empörung.

„Wir doch nicht", antwortete Heidi lachend.

„Was habt ihr jetzt vor?", wollte Stephanie Bradshaw wissen.

„Wir gehen noch mal ins Rathaus, bevor wir mit den Befragungen beginnen. Die O'Neill war wahrscheinlich letzte Woche bei McCann im Büro. Wenn sein Assistent uns das bestätigt und wir sie so bei einer weiteren Lüge entlarven könnten, bricht sie vielleicht ganz ein und erzählt uns endlich die Wahrheit."

„ES TUT MIR leid, dass wir Sie stören", entschuldigte sich Heidi, „aber wir müssten Ihnen dringend ein paar Fragen stellen."

„Natürlich, kommen Sie doch bitte herein", erwiderte Louis Murdoch höflich. Er saß an einem kleinen Schreibtisch im Vorzimmer von Jules McCanns ehemaligem Büro im Rathaus. „Setzen Sie sich doch."

Heidi und Frederick setzten sich auf die beiden Stühle, die vor dem Tisch standen.

„Ist sicher toll, seinen Arbeitsplatz in einem so außergewöhnlichen Gebäude wie der Town Hall zu haben, nicht wahr? Was ist das eigentlich für ein Baustil? Neugotik?", fragte Frederick.

„Sehr richtig, Sir!", rief Louis Murdoch erfreut. „Das Gebäude, so wie es heute besteht, wurde nach den Plänen von Henry T. Hare erbaut und im Jahr 1897 von Edward VII, dem damaligen Prinzen von Wales, eingeweiht. Es ist wirklich ein Juwel."

Heidi blickte Frederick erstaunt an. Dieser Mann überrascht mich immer wieder, dachte sie.

„Wenn es Sie interessiert, sollten Sie unbedingt das Stadtmuseum besuchen, das sich im unteren Teil des Gebäudes befindet", fuhr Louis Murdoch fort. „Jeden Tag kommen unzählige Touristen hierher. Doch nur wenige wissen, dass es auch einen alten Keller gibt, in dem sich wertvoller Schmuck, Silber und Urkunden befinden", erklärte er. „Allerdings vergisst man leider schnell, wo man ist, wenn man an seinen Schreibtisch gefesselt und mit Arbeit zugeschüttet ist."

„Wie müssen wir uns Ihre Arbeit als Assistent von Councillor McCann vorstellen? Haben Sie eng mit ihm zusammengearbeitet?", wollte Heidi wissen.

„Ja, vor allem in den letzten Monaten. Wegen der bevorstehenden Wahl zum Lord Mayor habe ich über meine Arbeitsstunden hinaus auch meine gesamte Freizeit in die Vorbereitung gesteckt. Ich habe Councillor McCann zu allen Veranstaltungen begleitet, die wichtig für ihn waren, denn ich wollte genauso sehr wie er, dass er zum Lord Mayor gewählt wird."

„Was hätten Sie davon gehabt?"

„Sein Wahlsieg hätte für mich bedeutet, dass ich nicht mehr nur der Assistent eines Councillors, sondern mit einem Schlag der Assistent des jüngsten Lord Mayor in der Geschichte Oxford gewesen wäre. Das wäre auch für mich ein großer Karrieresprung gewesen und hätte sich gut in meinem Lebenslauf gemacht. Ich möchte selbst einmal Councillor hier in Oxford werden, wissen Sie, und Mr McCann hat immer zu mir gesagt, dass der Assistenzjob der beste Einstieg in eine politische Laufbahn ist. Er hat mich sehr gefördert, hat immer gesagt, ein Chef ist nur so gut wie seine Mitarbeiter. Und er war ein guter Chef. Wenn wir auf Veranstaltungen waren, hat er mich allen Leuten, die in Oxford die Fäden in der Hand halten, vorgestellt. Er hat mir einmal erzählt, dass es ihn Jahre gekostet hat, hier Beziehungen zu knüpfen, und dass er sich als junger Mann gewünscht hätte, dass ihn jemand unterstützt hätte. Aber er hat sich seinen Aufstieg ganz allein erarbeiten müssen."

„Für wen arbeiten Sie eigentlich jetzt?"

„Ich warte darauf, dass ein Nachfolger für Councillor McCann berufen wird, und werde mich dann als dessen Assistent bewerben. Die Chancen stehen gut, dass ich hierbleiben kann, weil ich für Councillor McCann gearbeitet habe, der ja so erfolgreich war. Dass der neue Councillor allerdings schon beim nächsten Mal zum Lord Mayor gewählt wird, glaube ich kaum. Immerhin gibt es im Rathaus insgesamt achtundvierzig Councillors. Ich hatte schon großes Glück, für einen Mann wie Mr McCann arbeiten zu dürfen."

Heidi konnte in seinem Gesicht eine Mischung aus Trauer und Enttäuschung lesen. „War Councillor McCann vor seinem Tod anders als sonst?", fragte sie. „Ich weiß, wir haben bereits am Montag darüber gesprochen, aber vielleicht ist Ihnen in der Zwischenzeit ja noch irgendetwas eingefallen."

„Er war in den Tagen vor seinem Tod auf jeden Fall noch gestresster als in den Wochen davor, aber mir gegenüber hat er sich verhalten wie immer. Er war sehr professionell und hat eigentlich fast nie über sich oder seine Familie gesprochen. Falls Sie auf die Erpressung anspielen, kann ich Ihnen leider auch nicht mehr sagen. Ich dachte, seine Nervosität kommt davon, dass die Wahl zum Lord Mayor immer näher rückte."

„Kommen wir noch einmal zurück zu Donnerstagmorgen. Da waren Sie ja auch hier im Rathaus, wie Sie uns vorhin erzählt haben", sagte Frederick.

„Ja."

„Ist es richtig, dass eine rothaarige Frau bei Mr McCann war?"

„Sie meinen Lisa O'Neill?"

Heidi und Frederick blickten sich triumphierend an.

„Sie kennen sie?", fragte Frederick.

„Oh ja. Sie ist ..." Louis Murdoch stockte und verbesserte sich: „Sie war eine gute Freundin des Councillors aus Studienzeiten."

„Lisa O'Neill war also am Donnerstagmorgen hier im Rathaus?"

„Ja, sie kam gegen 10 Uhr."

„Wissen Sie, was sie von Mr McCann wollte?"

„Nein, tut mir leid, das weiß ich nicht. Councillor McCann hat mich aus seinem Büro geschickt und nur gesagt, er wolle nicht gestört werden."

„Wie lange war Lisa O'Neill bei ihm?"

„Nicht sehr lange, vielleicht eine Viertelstunde."

HEIDI ÖFFNETE DIE Tür zum Vernehmungsraum.

„Wissen Sie, was das ist?", fragte Frederick und stellte einen großen Tintenstrahldrucker vor Juan Enriquez auf den Tisch. „Das ist der Drucker, mit dem der Erpresserbrief an Mrs Jacobs ausgedruckt wurde", fuhr er fort, noch bevor der Spanier etwas sagen konnte. „Und wissen Sie, wo wir den gefunden haben?"

„Sie werden es mir sicher gleich sagen", antwortete Juan Enriquez.

„Auf dem Grund des Kanals, bei Ihrem Hausboot."

„Was hat das mit mir zu tun?", fragte Juan Enriquez grimmig und strich sich das Haar aus der Stirn.

„Sie haben den Drucker in den Kanal geworfen, als wir das Boot betreten haben."

„Wieso sollte ich das getan haben?"

„Ich kann Ihnen sagen, weshalb: Sie wollten verhindern, dass wir den Drucker finden, denn er beweist, dass Sie der Erpresser von Mr McCann und Mrs Jacobs sind."

Juan Enriquez schaute Frederick in die Augen und sagte: „Ich habe mit der Sache nichts zu tun."

„Aber Sie streiten nicht ab, dass auf diesem Drucker ein Erpresserbrief ausgedruckt wurde?"

„Das ist schon möglich. Doch wie gesagt, ich habe damit nichts zu tun."

„Ach nein? Was ist mit dem Mercedes, den Sie angemietet hatten? Haben Sie damit auch nichts zu tun?"

Juan Enriquez schwieg.

„Die Dame von der Autovermietung hat Sie erkannt."

„Seit wann ist es verboten, ein Auto zu mieten?", fragte Juan Enriquez mit lauter Stimme.

„Es ist nicht verboten. Verboten ist es, es dazu zu benutzen, ein Verbrechen zu begehen."

„Ich weiß nicht, was Sie von mir wollen. Ich habe kein Verbrechen begangen!"

„Sie sind also am Montagmorgen nicht mit dem Mercedes auf das Anwesen von Mrs Jacobs gefahren?"

„Doch, das bin ich."

„Na, also!"

„Aber ich habe keinen Mord begangen."

„Sondern?"

„Ich habe meiner Freundin einen Gefallen getan."

„Was soll das heißen?"

„Ich habe Lisa dorthin gefahren."

„Was wollte Miss O'Neill dort?"

„Fragen Sie doch Lisa, wenn Sie das wissen wollen! Ich bin nur bis vors Haus gefahren und habe im Wagen gewartet."

„Wie lange?"

„Vielleicht zehn Minuten."

„Wann genau war das?"

„Kurz nach 8 Uhr."

„Haben Sie vom Auto aus irgendetwas gesehen?"

„Nein, aber ich habe Schreie aus dem Haus gehört."

„Können Sie uns sagen, wer geschrien hat?"

„Ich nehme an, es war Charlotte Jacobs."

„Was geschah dann?"

„Lisa kam aus dem Haus gerannt, ihre Handschuhe waren voller Blut. Sie hat gesagt, wir müssten so schnell wie möglich dort weg."

„Weshalb hat Miss O'Neill Handschuhe getragen?"

„Was weiß ich."

„Haben Sie nicht gefragt, weshalb sie voller Blut war?"

„Das musste ich nicht. Lisa hat die ganze Zeit gerufen: ‚Sie ist tot, Charlie ist tot!‘“

„Hatte Miss O'Neill denn ein Messer dabei?“

„Nein, ich glaube nicht.“

„Was haben Sie dann gemacht?“

„Lisa hat mich angefleht, so schnell wie möglich dort wegzufahren. Das habe ich getan.“

„Und was ist mit dem Geld?“

„Mit welchem Geld?“

„Die halbe Million, die Sie von Mrs Jacobs erpresst haben!“

„Ich weiß nicht, wovon Sie sprechen.“

„Natürlich nicht“, meinte Frederick. „Sie haben ja mit der ganzen Sache nichts zu tun.“

„Genau so ist es.“

„Leider nehme ich Ihnen das nicht ab.“

„Was wollen Sie damit andeuten?“

„Miss O'Neill hat für Sie die Drecksarbeit gemacht, aber Sie haben das Geld kassiert.“

„Ich weiß nicht, was Sie meinen, Inspector.“

„Ich denke, es wird wie damals mit dem gefälschten Bild sein. Sie haben Miss O'Neill doch die Fälschung untergejubelt, oder? Sie waren es, der das Bild vertauscht hat, und jetzt muss Miss O'Neill dafür geradestehen und Sie haben das Geld für das Original eingestrichen.“

Juan Enriquez' Augen blitzen auf. „Sie können mir nichts nachweisen.“

„Nur wird Miss O'Neill diesmal möglicherweise für den Mord an Mrs Jacobs lebenslänglich eingesperrt, während Sie mit einer Geldstrafe für Beihilfe davonkommen. Wie ich Sie einschätze, werden Sie sicherlich gerne vor Gericht bezeugen, was Sie uns eben erzählt haben. Dann wird Miss O'Neill ins Gefängnis gehen und Sie können sich mit dem erpressten Geld ein schönes Leben machen.“

„SIE WURDEN VON Ihrem Freund schwer belastet, Miss O'Neill", erklärte Frederick der Rothaarigen, die sich nur widerwillig auf den Stuhl im Vernehmungsraum setzte. „Und jetzt erzählen Sie uns nicht wieder, dass Juan Enriquez nicht Ihr Freund ist."

Lisa O'Neill schwieg.

„Gut, wenn Sie nicht reden wollen, übernehme ich das für Sie", sagte Heidi. „Miss O'Neill, Sie wurden am Montagmorgen gesehen, wie Sie mit Mr Enriquez Ihre Galerie verlassen haben und in einen schwarzen Mercedes eingestiegen sind, in genau so ein Modell, wie es auch Mrs Jacobs besaß. Sehr clever, denn so konnten Sie sichergehen, dass man sich nichts weiter dabei gedacht hätte, wenn das Auto auf dem Gelände von Mrs Jacobs gesehen worden wäre. Außerdem waren so die Reifenspuren in der Einfahrt nicht von denen des Wagens von Mrs Jacobs zu unterscheiden. Mit dem Mietwagen hat Sie Mr Enriquez also bis vor das Haus gefahren. Sie sind ausgestiegen und haben an der Tür geklingelt. Mrs Jacobs hat Ihnen geöffnet und Sie hereingebeten. Kurz darauf hat Mr Enriquez Schreie aus dem Haus gehört. Das heißt vermutlich, Sie sind im Flur mit dem Messer auf Mrs Jacobs losgegangen und haben sie erstochen. Dann liefen Sie zurück zu dem Mietwagen, in dem Mr Enriquez auf Sie wartete. Er hat bestätigt, dass Ihre Handschuhe voller Blut waren und dass Sie gerufen haben: ‚Sie ist tot, Charlie ist tot!' Sie stiegen ein, weil Sie so schnell wie möglich dort wegwollten, und dadurch kam das Blut von Mrs Jacobs in den Wagen. So war es doch, Miss O'Neill, oder?"

„Nein, ich habe Charlie nicht umgebracht!"

„Es sieht nicht gut aus für Sie, Miss O'Neill. Die Blutspuren, die Sie im Wagen hinterlassen haben, und die Aussage Ihres Freundes werden jedem Richter in diesem Land ausreichen, um Sie zu einer lebenslangen Haftstrafe zu verurteilen."

Lisa O'Neill liefen Tränen über die Wangen. „Bitte glauben Sie mir doch, ich habe Charlie nicht umgebracht! Ja, ich war an dem Morgen in ihrem Haus, aber ich habe sie nicht getötet. Sie müssen mir glauben! Als ich zum Haus kam, stand die Tür offen. Charlie war immer schrecklich ängstlich, sie hätte niemals ihre Tür einfach offen stehen lassen. Ich habe geahnt, dass etwas nicht stimmte, und als ich den Flur betrat, war Charlie schon tot."

„Wir glauben Ihnen kein Wort, Miss O'Neill. Sie haben uns schon zu oft angelogen."

„Ich schwöre Ihnen, dass ich Charlie nichts angetan habe!"

„Wenn Sie Mrs Jacobs tot vorgefunden haben, weshalb haben Sie uns nicht sofort gerufen?"

„Weil ich Angst hatte, Sie denken, dass ich es war, die Charlie umgebracht hat. Aber ich war es nicht! Wie ich schon gesagt habe: Die Haustür stand offen und Charlie lag tot im Flur."

„Was ist mit den Schreien, die Mr Enriquez gehört hat?"

„Das war ich. Als ich Charlie da vor mir liegen sah, war ich völlig panisch. Ich habe sie geschüttelt, aber sie war schon tot. Deshalb hatte ich Blut an den Handschuhen."

„Wieso haben Sie überhaupt Handschuhe getragen? Und was in aller Welt wollten Sie an einem Montagmorgen um diese Uhrzeit bei Mrs Jacobs?"

„Ich wollte mir die halbe Million abholen, und um dabei keine Spuren zu hinterlassen, habe ich Handschuhe getragen", schluchzte Lisa O'Neill.

„Sie haben Mrs Jacobs also erpresst?"

„Nein – das heißt ja."

„Ja oder nein, entscheiden Sie sich!", sagte Heidi bestimmt.

„Ich habe Charlie einen Erpresserbrief geschickt, ja, und später habe ich ihr eine automatisierte Sprachnachricht auf ihr Smartphone gesendet. Sie sollte das Geld am Montagmorgen um 8 Uhr in einem Koffer hinter der großen Eiche in der Nähe der Auffahrt platzieren. Aber als wir dort ankamen, stand da kein Koffer. Wir sind deshalb näher ans Haus gefahren, und da habe ich gesehen, dass die Tür offen stand. Also bin ich hineingegangen, um nachzuschauen."

„Weshalb haben Sie Mrs Jacobs erpresst?"

„Seit dieser Sache mit der Fälschung geht es mit meiner Galerie nur noch bergab. Ich habe hohe Schulden, die mir über den Kopf wachsen. Charlie dagegen hatte so viel Geld, bei ihr kam es auf die halbe Million wirklich nicht an. Aber ich wäre niemals von allein auf die Idee gekommen, sie zu erpressen, das müssen Sie mir glauben!"

„Also war es die Idee von Mr Enriquez?"

„Nein, nein, Juan hat damit nichts zu tun!"

Die Frau ist dem Mann ja absolut verfallen, dachte Heidi. „Wenn nicht Ihre, wessen Idee war es dann? Und haben Sie Mr McCann ebenfalls erpresst? Wir wissen inzwischen, dass Sie ihn am Donnerstagmorgen im Rathaus besucht haben, also lügen Sie uns nicht wieder an. Was wollten Sie dort?"

Lisa O'Neill schluckte. „Jules hat versucht, mich am Mittwochabend telefonisch zu erreichen, aber er ist nicht durchgekommen und hat mir eine Nachricht auf meiner Mailbox hinterlassen. Er hat mich für Donnerstag zu sich ins Rathaus bestellt. Dort hat er mir gesagt, dass er einen Brief erhalten hat, in dem ihm ein Erpresser damit droht, unser Geheimnis preiszugeben, wenn Jules ihm nicht eine halbe Million Pfund zahlt. Ich konnte es zuerst nicht glauben, doch er hat mir den Brief gezeigt. Es war klar, dass nur einer aus unserer früheren Clique als Erpresser in Frage kam, weil nur wir das Geheimnis kennen. Ich glaube, er hat mich verdächtigt und wollte herausfinden, ob ich etwas damit zu tun habe. Habe ich aber nicht!"

„Jetzt hören Sie endlich auf, uns anzulügen!"

„Es ist die Wahrheit, ich schwöre es! Aber nachdem ich bei Jules war, hatte ich eine Idee: Ich habe einen Erpresserbrief geschrieben, der dem ähnelte, den Jules erhalten hatte, habe ihn bei Juan ausgedruckt und an Charlie geschickt."

„Ist das der Brief, den Sie Mrs Jacobs geschrieben haben?" Heidi schob Lisa O'Neill den Erpresserbrief zu, den Sergeant Simmons in Charlotte Jacobs' Haus gefunden hatte.

„Ja", antwortete die Rothaarige zerknirscht.

„Noch eine Sache", sagte Heidi nachdenklich. „Am Montagmorgen, als Sie Mrs Jacobs fanden, lag da irgendwo ein Messer, so eins wie dieses?" Sie zeigte Lisa O'Neill ein Foto von dem Messer, das sie in Philipp Moores Zimmer gefunden hatten.

„Nein, da lag nichts", erwiderte die Rothaarige. „Ich kann mich jedenfalls nicht daran erinnern."

KURZE ZEIT SPÄTER brachte Sergeant Simmons Martin Loveless, der sich mit Händen und Füßen dagegen wehrte, geführt zu werden, in den Vernehmungsraum.

„Ich will hier raus, ich muss zurück in mein Labor, sonst war all die Arbeit der letzten Monate umsonst! Ich habe nichts mit dem Tod von Jules und Charlie zu tun. Ich will jetzt sofort hier raus, lassen Sie mich gehen!", rief Martin Loveless außer sich.

„Bitte setzen Sie sich", sagte Frederick ruhig.

„Das wird Konsequenzen für Sie haben, das sage ich Ihnen. Mich hier gegen meinen Willen festzuhalten! Was denken Sie eigentlich, wen Sie vor sich haben?"

„Bitte beruhigen Sie sich, Professor Loveless!"

„Ich will mich nicht beruhigen! Seit Monaten, nein, seit Jahren arbeite ich an meinem Malaria-Mittel, und jetzt, da ich kurz vor dem Durchbruch stehe, halten Sie mich hier fest! Wissen Sie, dass Sie gerade ein Verbrechen gegen die Menschheit begehen? Ich könnte Millionen von Menschen mit meinem Medikament helfen, aber nein, ich sitze hier fest. Nicht ich bin der Verbrecher, die wahren Verbrecher sind Sie!", brüllte Martin Loveless.

„Jetzt reicht es aber!" Frederick hob nun ebenfalls die Stimme. „Sie sind hier, weil wir neue Erkenntnisse haben, die Sie schwer belasten." Und weil Sie genau dem Profil des Mörders entsprechen, fügte er in Gedanken hinzu. Der Mord an McCann war genau geplant worden, bedurfte eines Mörders mit einem wachen und intelligenten Geist, so wie Martin Loveless einen besaß. Charlotte Jacobs hingegen war abgeschlachtet worden, der Mörder musste sich maßlos über sie geärgert haben und hatte seine Gefühle nicht unter Kontrolle gehabt, genau so, wie es Martin Loveless gerade erging.

„Was sollen das für Erkenntnisse sein?", fragte der.

Heidi zog das Smartphone von Charlotte Jacobs hervor, stellte es auf Lautsprecher und spielte die letzte Sprachnachricht ab: „Charlie? Charlie? Geh an dein verflixtes Handy! Du kannst mich nicht einfach so stehen lassen! Ich warne dich. Wenn du irgendjemandem von der Sache erzählst, werde ich dich zum Schweigen bringen!"

„Das ist doch Ihre Stimme, oder?", fragte sie dann.

Martin Loveless sagte nichts.

„Sie haben Mrs Jacobs gedroht, sie zum Schweigen zu bringen."

„Ich war wütend! Aber das war doch nur so dahingesagt."

„Waren Sie auch wütend, als Sie Mrs Jacobs am Montagmorgen in ihrem Haus in Summertown erstochen haben?"

„Wie oft denn noch? Ich habe mit Charlies Tod nichts zu tun! Ich war in meinem Labor!"

„Das kann leider niemand bezeugen. Ihre Mitarbeiter sind erst um 9 Uhr ins Labor gekommen, Sie hätten also alle Zeit der Welt gehabt, bis dahin den Mord zu begehen."

„Schauen Sie in mein Forschungsprotokoll, da steht schwarz auf weiß, dass ich im Labor war."

„Das haben wir bereits getan, Professor Loveless, aber bei allem Respekt: Glauben Sie wirklich, ein Protokoll, das von Ihnen verfasst wurde, reicht uns als Alibi?"

Martin Loveless schloss die Augen und strich sich mit Daumen und Zeigefinger über die Augenbrauen.

Unheimlich, wie er sich in wenigen Sekunden vom Wüterich zum Denker verwandelt, dachte Frederick. „Was ist das für eine Sache, die Mrs Jacobs nicht weitererzählen sollte, Professor Loveless?", fragte er dann.

Martin Loveless schwieg.

„Wollte sie Ihre Affäre mit Helena McCann publik machen?"

Martin Loveless riss die Augen auf. „Sie wissen …?"

„Ja, wir wissen davon – und auch, dass Sie der Vater von Mrs McCanns Kind sind."

„Seit wann haben Sie die Affäre?", fragte Heidi.

„Es ist mehr als eine Affäre."

„Seit wann?"

„Schon seit etwa einem Jahr."

„Hat es sich gut angefühlt, Ihren besten Freund zu hintergehen?", fragte Frederick grimmig.

„Jules war doch nur noch mit seiner Wahl zum Lord Mayor beschäftigt. Ihm war es völlig egal, wie es Helena dabei erging. Er hat sie sehr vernachlässigt", antwortete Martin Loveless.

„Und da sind Sie dann eingesprungen, Sie Dreckskerl!", rief Frederick und sprang auf.

Heidi zuckte zusammen. „Collins!", sagte sie irritiert. „Beruhigen Sie sich!"

„Das Ganze ging von Helena aus, ich war erst dagegen", antwortete Martin Loveless mit ruhiger Stimme.

„Sie waren erst dagegen? Aber dann haben Sie sich doch erweichen lassen?" Frederick baute sich bedrohlich vor Martin Loveless auf.

„Collins! Jetzt reißen Sie sich zusammen, sonst werde ich die Befragung allein weiterführen!" Heidi griff nach Fredericks Arm.

Unwillig setzte er sich wieder hin.

Dann wandte sie sich Martin Loveless zu: „Wo haben Sie sich mit Helena McCann getroffen? Doch nicht etwa in Ihrem Zimmer im Magdalen College?"

„Nein, in ihrem Haus in Summertown."

„Hat Mr McCann nie etwas bemerkt?", fragte Heidi.

„Nein, er war meist den ganzen Tag lang unterwegs und in den letzten Monaten hat er auch abends regelmäßig mit seinem Assistenten irgendwelche Veranstaltungen besucht. Man hätte fast meinen können, er wäre mit dem verheiratet und nicht mit Helena, so gut, wie die sich verstanden haben."

„Und deshalb haben Sie die einsame Mrs McCann getröstet", meinte Frederick spöttisch.

Heidi warf ihm einen drohenden Blick zu. „Weshalb hat Mrs McCann ihren Mann nicht für Sie verlassen?", fragte sie Martin Loveless.

„Ich wollte das nicht", antwortete er.

„Wieso?"

„Ich wollte warten, bis ich den großen Durchbruch mit meinem Malaria-Medikament geschafft habe. Dann hätten wir Oxford verlassen; die Firma, die sich für meine Forschung interessiert, sitzt in Amerika, in Boston. Wir hätten dort ein Haus zur Verfügung gestellt und auch die Flüge bezahlt bekommen."

„Helena McCann wollte tatsächlich ihr Leben hier in Oxford aufgeben und mit Ihnen kommen?"

„Ja."

„Aber Mrs Jacobs hatte davon erfahren?"

„Ja, sie muss es irgendwie herausgefunden haben. Sie hat mir am Samstag eine unglaubliche Szene gemacht."

„Was für eine Überraschung", kommentierte Frederick.

„Collins!", zischte Heidi.

„Schon gut."

„Mrs Jacobs war also aufgebracht", sagte Heidi.

„Ja. Sie konnte nicht verstehen, wie ich mich auf Helena einlassen konnte, die Frau meines besten Freundes. Zum

Glück hat sie nicht gewusst, dass das Kind von mir ist. Sie hat mir gesagt, dass ich die Beziehung beenden muss, sonst würde sie uns verraten. Ich habe alles versucht, um sie umzustimmen, doch sie hat mich vor dem Magdalen College einfach stehen lassen", antwortete Martin Loveless.

„Wusste Helena McCann, dass Mrs Jacobs von Ihrer Beziehung erfahren hatte?"

„Ja, ich habe sie angerufen, gleich nachdem ich Charlie die Nachricht auf ihrem Telefon hinterlassen hatte."

„Wie hat sie reagiert?"

„Sie war völlig aufgelöst."

„Aber Mr McCann war doch zu diesem Zeitpunkt bereits tot, das heißt, sie hätten nichts mehr zu befürchten gehabt, er hätte es nie erfahren."

„Es ging nicht um Jules."

„Sondern?"

„Charlie wollte Dean Shaw alles erzählen. Welche Konsequenzen das gehabt hätte, können Sie sich vorstellen. Treue und Tradition standen bei Dean Shaw schon immer an oberster Stelle. Und auch die Collegegemeinde ist strenger als jeder Richter. Es hätte sich wie ein Lauffeuer in der Universität verbreitet, dass ich meinen besten Freund, den zukünftigen Lord Mayor, hintergangen habe. Ich hätte meine Forschungsarbeit hier vergessen können und möglicherweise auch meine berufliche Zukunft in Amerika. Das hätte auch Helena betroffen."

„Mussten Sie deshalb Mrs Jacobs zum Schweigen bringen und haben sie umgebracht?", fragte Heidi provokant.

„Ich hätte Charlie niemals etwas antun können!"

„Genauso wenig, wie Sie Mr McCann etwas hätten antun können? Aber beide sind tot, Professor Loveless. Geben Sie endlich zu, dass Sie die beiden umgebracht haben!", sagte Heidi eindringlich.

„Ich war es nicht! Und ich will jetzt endlich hier raus!"

„Wir werden Sie leider noch hierbehalten müssen, Professor Loveless", sagte auf einmal Sergeant Simmons, der seinen Kopf zur Tür hereingesteckt hatte.

„Simmons, was soll das? Wir sind mitten im Verhör. Rein oder raus!", rief Heidi genervt.

„Ich habe was gefunden. Raten Sie mal, was!", entgegnete Sergeant Simmons und trat in den Raum.

„Simmons, keiner hier kann heute Ihre Ratespielchen ertragen. Sagen Sie uns jetzt sofort, was Sie herausgefunden haben, oder gehen Sie!"

„Schon gut, schon gut! Kein Grund, so gereizt zu sein! Wenn Sie wüssten, was ich hier habe …" Er wedelte mit einem Blatt Papier herum.

„Simmons!", riefen Heidi und Frederick gleichzeitig.

„Sie werden es nicht glauben, aber ich habe einen Erpresserbrief zwischen den Unterlagen in Professor Loveless' Labor gefunden. Er war zwar ziemlich gut versteckt, aber mir entgeht nichts", meinte Sergeant Simmons strahlend.

„Sie wurden auch erpresst?", fragte Heidi Martin Loveless.

Der nickte.

„Wenn Sie selbst auch erpresst wurden, werden Sie wohl kaum der Erpresser sein. Allerdings könnten Sie zum nächsten Opfer des Mörders werden", überlegte Heidi laut.

„Er lügt", stellte Sergeant Simmons fest.

Martin Loveless blickte zu Boden.

„Der Brief war nicht an unseren Herrn Professor gerichtet, sondern an Mr McCann, und er entstammt demselben Drucker wie der Brief, den wir im Rathaus gefunden haben. Das habe ich bereits geprüft", fuhr Sergeant Simmons fort.

„Das ergibt doch überhaupt keinen Sinn", wunderte sich Heidi. „War dieser Brief vielleicht eine Art Testversion für das eigentliche Erpresserschreiben oder sollte eine Kopie des Briefes Sie an Ihren Triumph über Mr McCann erinnern? Erklären Sie es uns, Professor Loveless!"

„Glauben Sie wirklich, dass ich den Brief behalten hätte, wenn ich tatsächlich der Erpresser wäre?", fragte Martin Loveless. „Sie unterschätzen mich."

„Das Gefühl habe ich allerdings auch!", erwiderte Heidi.

„Den Brief habe ich von Helena", erklärte Martin Loveless. „Sie hat ihn bei Jules im Arbeitszimmer gefunden."

„Aber weshalb würde der Erpresser seinen Brief zweimal schicken?"

„Es liegt nun wirklich nicht bei mir, das zu beantworten. Ich habe Jules jedenfalls nicht erpresst, und getötet habe ich ihn auch nicht. Charlie war mir ein Dorn im Auge, ja, aber auch sie habe ich nicht getötet."

„Doch irgendjemand wollte verhindern, dass Ihr Geheimnis offenbart würde. Sagen Sie uns endlich, was das für ein Geheimnis ist, damit wir denjenigen finden können!"

Martin Loveless lehnte sich auf seinem Stuhl zurück, verschränkte die Arme und schwieg.

„Professor Loveless, wir werden Sie so lange hierbehalten, bis Sie uns erzählt haben, was es mit diesem Geheimnis auf sich hat."

„DEN KANN ICH jetzt nicht auch noch ertragen", flüsterte Frederick Heidi zu, bevor sie das Dienstzimmer von Chief Inspector Meyers betraten.

„Fragen Sie mich mal!"

„Setzen!", ordnete Chief Inspector Meyers kühl an. „Und jetzt erklären Sie mir bitte, was Sie hier veranstalten! Erst haben Sie tagelang keinen Verdächtigen und nun gleich drei auf einmal?"

„Enriquez können wir laufen lassen, aber ehrlich gesagt würde ich ihn gerne noch eine Weile dabehalten, um ihm eine Lektion zu erteilen", erklärte Frederick. „Ich gehe davon aus, dass er hinter dem Fälschungsskandal der Galerie O'Neill steckt, aber das wird ihm schwer nachzuweisen sein. Außerdem hat er die O'Neill zur Jacobs gefahren, wo die sie möglicherweise umgebracht hat."

„Möglicherweise, möglicherweise! Ich will Fakten, ich will einen Mörder, ich kriege Druck von oben!"

„Die O'Neill war definitiv am zweiten Tatort", versuchte Heidi ihn zu beschwichtigen. „Aber sie schwört, dass sie die Jacobs nicht umgebracht hat, und uns fehlen einfach die Beweise, dass sie tatsächlich die Mörderin ist."

„Und was ist mit Loveless?"

„Er hat starke Motive, er könnte unser Mörder sein, aber auch hier liegen uns nicht genügend Beweise vor", antwortete Frederick.

„Das reicht mir nicht! Ich brauche dringend einen Mörder, verdammt noch mal! Einen, den ich dem Chef und der Presse präsentieren kann", rief Chief Inspector Meyers und sein dicker Bauch bebte bei jedem Wort.

„Wir sind dran, Chief Inspector, aber wir brauchen einfach noch etwas mehr Zeit."

„Dann machen Sie sich an die Arbeit! Und jetzt raus hier!"

Donnerstag,
22. Mai

„ICH VERSTEHE EINFACH nicht, was es mit diesem zwei-ten Erpresserbrief auf sich hat. Wieso wurden McCann zwei Briefe geschickt? Die halbe Nacht habe ich mir den Kopf darüber zerbrochen", sagte Frederick und blickte nachdenklich aus dem Fenster von Heidis Mini. Sie fuh-ren auf der Woodstock Road, die nach Summertown führt.

„Irgendjemand versucht, uns in die Irre zu führen", erwiderte Heidi. „Loveless glaube ich kein Wort mehr, nachdem er uns erzählt hat, er wäre selbst erpresst worden. Er hält sich wohl für besonders schlau und will so schnell wie möglich in sein Labor zurück. Helena McCann hat nun auch ein Motiv für den Mord an Charlotte Jacobs. Außer-dem bin ich gespannt, wie Vivienne Miller reagieren wird, wenn wir ihr sagen, dass wir von ihrem Arrangement mit Mrs McCann wissen." Auf einmal bremste sie scharf ab, weil ein Lastwagen sich vor sie drängte. Sie drückte kräf-tig auf die Hupe. „Hat der seinen Führerschein im Lotto gewonnen?", schimpfte sie.

„Dasselbe könnte ich Sie auch fragen", rief Frederick. „Können Sie nicht einmal so fahren, dass man nicht stän-dig um sein Leben fürchten muss?"

„Was ist denn bloß los mit Ihnen? Sie sind doch sonst nicht so empfindlich."

„Ich? Empfindlich? Verdammt noch mal, Sie können einfach nicht Auto fahren! Kein Wunder, dass Simmons nie mit Ihnen mitfahren will!"

„Das war aber jetzt nicht nett." Heidi verzog ihre Lippen zu einem Schmollmund.

„Es tut mir leid, war nicht so gemeint", sagte Frederick nach einer Weile.

Heidi schmollte weiter.

„Kommen Sie schon, ich hab mich doch entschuldigt."

„Geht es um eine Frau?", fragte Heidi.

„Wie kommen Sie darauf?"

„So, wie Sie Loveless gestern wegen des Ehebruchs angegangen sind, muss es um eine Frau gehen. Hat Ihre Frau Sie betrogen?"

„Sie war nicht meine Frau, aber ich hätte sie vom Fleck weg geheiratet."

„Und sie hat Sie betrogen?"

„Ja."

„Tut mir leid."

„Das braucht Ihnen nicht leidzutun."

„Tut es aber", erwiderte Heidi und legte ihm eine Hand auf den Arm. „Sie lassen Ihre Hände schön am Lenkrad!"

„MISS MILLER, WIR haben mit Ihrem Freund gesprochen sagte Heidi zu Vivienne Miller, nachdem sie im ehemaligen Arbeitszimmer von Jules McCann Platz genommen hatte. „Wir wissen jetzt, weshalb Sie für Mr McCann gearbeitet haben, obwohl er Ihren Vater überfahren hat."

„Jimmy hat es Ihnen erzählt, ich weiß. Er war es, der überhaupt auf die Idee gekommen ist, dass ich bei den McCanns arbeiten könnte. Er meinte, wenn der Tod meines Vaters mir schon über die letzten Jahre so viel Leid gebracht hat, sollte er mir wenigstens einmal nützen", erklärte Vivienne Miller mit zittriger Stimme und fügte dann schnell hinzu: „Aber mit dem Tod von Mr McCann und Mrs Jacobs habe ich wirklich nichts zu tun."

„Das glauben wir Ihnen", sagte Heidi.

Vivienne Miller entspannte sich.

„Wussten Sie auch, dass Professor Loveless eine Affäre mit Helena McCann hat, Miss Miller?"

Sofort versteiften sich ihre Gesichtszüge wieder.

„Sie müssen uns die Wahrheit sagen, Miss Miller! Dort draußen läuft noch immer ein Mörder herum, der möglicherweise wieder töten wird, wenn wir ihn nicht schnell genug finden. Wir müssen alles über Mr McCanns Leben wissen, um zu verstehen, wer ein Motiv hat."

„Ja, ich wusste von der Sache", sagte Vivienne Miller leise. „Mrs McCann hat mich anfangs immer weggeschickt, in die Stadt, um irgendwelche Dinge für sie zu erledigen. Aber ich bin ja nicht dumm. Ich habe mir schon gedacht, dass da irgendwas im Busch ist. Eines Tages bin ich früher nach Hause gekommen, und da habe ich sie mit Professor Loveless erwischt."

„Hat Mrs McCann Sie auch gesehen?"

„Ja."

„Wie hat sie reagiert?"

„Sie hat mir Geld angeboten, damit ich meinen Mund halte und Mr McCann nichts sage."

„Und darauf haben Sie sich eingelassen?"

„Wir können das Geld gut gebrauchen. Jimmy hat Schulden und wir wollen doch bald heiraten …"

„Sie brauchen es uns nicht zu erklären", meinte Heidi. „Wie oft war Professor Loveless hier?"

„Nachdem ich es wusste, kam es mir so vor, als ob es häufiger geworden wäre. Es war immer tagsüber, wenn Mr McCann gearbeitet hat. Oder auch mal sonntags, wenn er beim Golfen war. Doch letzte Woche hörte es plötzlich auf."

„Warum?"

„Ich glaube, Mr McCann hat irgendetwas geahnt."

„Gab es denn einen Streit zwischen ihm und seiner Frau?"

„Einen richtigen Streit zwischen den beiden habe ich nicht mitbekommen. Aber ich weiß, dass Mr McCann sich während eines Telefonats, das er geführt hat, ziemlich aufgeregt hat."

„Sie meinen, er könnte mit Professor Loveless gesprochen haben?"

„Ich bin mir ziemlich sicher."

„Wieso?", fragte Heidi.

„Es ist mir ein wenig peinlich, denn eigentlich ist es nicht meine Art zu lauschen. Ich habe das alles nur durch

Zufall mitbekommen, weil ich im Nebenzimmer gebügelt habe und Mr McCann sich so aufregt und ziemlich laut gesprochen hat. Das müssen Sie mir glauben!"

„Das tun wir. Sind Sie sich sicher, dass es bei der Unterhaltung, die Sie gehört haben, um die Affäre ging?"

„Ja, und da war noch irgendetwas mit einer Erpressung."

Heidi und Frederick setzten sich auf.

„Miss Miller, wir sind dankbar für jeden Hinweis. Vielleicht wird das, was Sie gehört haben, uns helfen, den Mörder zu überführen", sagte Heidi auffordernd.

„Also, Mr McCann hat gesagt, dass er schon damals wusste, dass es ein Fehler war, ihre Hilfe anzunehmen. Ich weiß allerdings nicht, wen er damit gemeint hat. Er hat gesagt, er hätte sich niemals auf den Betrug einlassen dürfen und dass er es auch irgendwie allein geschafft hätte. Dann gab es eine lange Pause, und schließlich hat er geschrien, dass er nicht zögern würde, dem Dean und der Collegegemeinde alles zu erzählen."

„Hat er irgendetwas darüber gesagt, was für ein Betrug das genau war?"

„Nein, hat er nicht. Er hat Professor Loveless aber furchtbar beschimpft. Ich glaube, es ist besser, wenn ich nicht wiederhole, was er gesagt hat."

Heidi nickte. „Noch eine Sache, Miss Miller: Sie sagten, dass Sie am Montagmorgen bis etwa 9.20 Uhr in Ihrem Zimmer waren."

„Ja."

„Haben Sie vielleicht gehört, ob Mrs McCann oder ihre Mutter an dem Morgen das Haus verlassen haben?"

„Nein, aber wenn ich ehrlich bin, habe ich fest geschlafen. Der Arzt, der am Samstagabend bei uns war, hat uns Beruhigungstabletten dagelassen. Alles pflanzlich, meinte er. So eine hab ich genommen und die ganze Nacht durchgeschlafen, bis um 9 Uhr mein Wecker geklingelt hat."

VIVIENNE MILLER BEGLEITETE Heidi und Frederick hinunter ins Wohnzimmer, wo Helena McCann in einem der dunklen Ledersessel saß und zu dösen schien. Sie sah blass und erschöpft aus. Ihr dicker Babybauch schien sie noch tiefer in den Sessel zu drücken.

„Mrs McCann, wir würden gerne mit Ihnen sprechen", sagte Heidi vorsichtig.

„Was?" Helena McCann öffnete die Augen und blinzelte.

„Dürften wir Sie kurz sprechen, Mrs McCann, ginge das?"

„Natürlich", antwortete Helena McCann schwach. „Entschuldigen Sie bitte, ich muss eingenickt sein."

„Macht doch nichts! Ich erinnere mich nur zu gut daran, wie das bei mir war, kurz vor der Geburt meiner Zwillinge", sagte Heidi verständnisvoll.

„Sie haben Zwillinge?"

„Ja, ein Mädchen und einen Jungen."

„Wie alt sind die beiden?"

„Anderthalb."

„Ich kann es kaum erwarten, mein Baby endlich im Arm zu halten! Ich komme mir vor, als würde ich bald platzen, und kann nur ahnen, wie Sie sich gefühlt haben müssen, als Sie mit Zwillingen schwanger waren."

„Es wird sicher nicht mehr lange dauern."

„Sagen Sie, Mrs McCann, wo ist Ihre Mutter?", unterbrach Frederick.

„Sie wollte zum Bestattungsunternehmer, einen Sarg für Jules aussuchen. Ich kann das in meinem Zustand nicht mehr."

„Wann kommt sie wieder? Wir würden gerne auch mit ihr sprechen."

„Ich weiß nicht, wie lange ihr Termin dauert, aber sie hat mir versprochen, so schnell wie möglich wieder nach Hause zu kommen. Ich habe große Angst, dass die Wehen bald einsetzen und sie nicht hier ist."

„Mrs McCann, wir müssen Ihnen leider ein paar unangenehme Fragen stellen", sagte Heidi.

Helena McCann blickte sie fragend an.

„Ist es richtig, dass Sie eine Affäre mit Professor Loveless haben?"

Helena McCann schluckte. „Hat Martin unser Verhältnis so genannt?"

„Nein, er hat darauf bestanden, dass es mehr ist als eine Affäre. Ist es das?"

„Ja."

„Seit wann besteht diese Beziehung?"

„Seit etwa anderthalb Jahren."

„Professor Loveless sagte, es sei ein Jahr."

„Sie wissen doch, wie das bei Männern ist, wenn es um Beziehungen geht. Bis sie sich tatsächlich dazu bekennen, dauert es immer länger, aber angefangen hat alles auf einer Weihnachtsfeier des Magdalen College vor eineinhalb Jahren."

„Hat Ihr Mann in all der Zeit nichts gemerkt?", fragte Heidi.

„Er war so gut wie nie zu Hause."

„Aber Vivienne wusste davon."

„Oh ja, sie hat es schamlos ausgenutzt, dass ich die Sache geheim halten wollte. Ich hätte sie niemals in mein Haus holen sollen."

„Sie haben ihr Schweigegeld gezahlt, ist das richtig?"

Helena McCann schwieg.

„Es stimmt also."

Helena McCann nickte.

„Aber letzte Woche hat Ihr Mann herausgefunden, dass Sie was mit Professor Loveless haben", sagte Frederick.

„Ja, ich denke, Charlie muss es ihm erzählt haben. Sie hatte es irgendwie herausgefunden, obwohl wir immer sehr vorsichtig waren."

„Wie hat Ihr Mann reagiert?"

„Mir gegenüber hat er so getan, als ob nichts gewesen wäre. Aber ich weiß von Martin, dass er ihn angerufen hat und eine Auseinandersetzung mit ihm hatte."

„Es ging bei dem Streit zwischen den beiden also gar nicht um Forschungsgelder, sondern um Sie?"

„Ich fürchte ja. Martin hat mir erzählt, dass Jules wissen wollte, ob das Kind von ihm sei. Wobei sich die Frage eigentlich gar nicht stellte, so wenig, wie er sich für mich interessiert hat", sagte Helena McCann traurig.

„Mrs McCann, Sie wissen sicher, dass wir Professor Loveless festgenommen haben."

„Ja, aber ich kann Ihnen versichern, dass er mit all dem nichts zu tun hat."

„Was macht Sie da so sicher?"

„Ich weiß es einfach. Er ist viel zu fixiert auf sein Forschungsprojekt – und auf mich."

„Wie hat er eigentlich Ihre Schwangerschaft aufgenommen?"

„Er war sehr überrascht, aber er hat sich wahnsinnig gefreut."

„War die Schwangerschaft denn nicht geplant?", fragte Heidi.

„Von mir schon", gab Helena McCann zu. „Ich wollte seit Jahren Kinder, aber Jules nicht. Wahrscheinlich, weil er seine Eltern schon so früh bei einem Autounfall verloren hatte. Ich wusste, dass Martin ein besserer Vater sein würde, als Jules es je hätte sein können."

„Sie hätten Ihren Mann also tatsächlich verlassen, sobald der Vertrag mit dieser amerikanischen Medikamentenfirma unter Dach und Fach gewesen wäre?"

„Ja, allerdings wollte ich Jules' Wahl zum Lord Mayor abwarten, um vorher keinen Skandal auszulösen und seinen Sieg zu gefährden. Aber wir hatten vor, es ihm bald zu sagen. Wir haben nur noch darauf gewartet, dass die letzte Versuchsreihe die Ergebnisse der vorherigen

Untersuchungen bestätigt, damit das Medikament in Amerika produziert werden kann."

„Doch wenn Mrs Jacobs dem Dean von Ihrem Verhältnis erzählt hätte, dann hätte der dafür gesorgt, dass Professor Loveless die Untersuchungen nicht zu Ende bringen könnte."

„Das ist sehr wahrscheinlich, ja."

„Sie haben uns bereits gesagt, dass Sie am Montagmorgen bis 9 Uhr geschlafen haben. Bleiben Sie dabei?"

„Nicht ganz, geschlafen habe ich nicht, ich konnte einfach nicht." Sie deutete auf ihren Bauch. „Aber ich war bis etwa 9 Uhr im Bett."

„Sie haben Ihr Zimmer also nicht verlassen?"

„Das ist richtig, ich bin erst gegen 9.30 Uhr hinuntergegangen, um zu frühstücken."

„Können Sie uns sagen, was Ihre Mutter an diesem Morgen getan hat?"

„Was hat meine Mutter denn damit zu tun?"

„Mrs McCann, Ihre Zukunft wäre doch ruiniert gewesen, wenn der Dean von Ihnen und Professor Loveless erfahren hätte. In Ihrem Zustand hätten Sie den Mord niemals begehen können, aber Ihre Mutter schon."

„Das ist doch absurd!", rief Helena McCann aufgebracht. „Meine Mutter würde niemals jemanden umbringen!"

„Aber sie wusste, dass Mrs Jacobs den Dean einweihen wollte?"

„Ja, ich habe es ihr erzählt. Aber deshalb würde sie doch keinen Mord begehen!"

„Haben Sie Ihrer Mutter auch erzählt, dass Ihr Mann erpresst wurde?"

„Was? Nein."

„Aber Sie wussten von der Erpressung."

„Ja, ich habe den Erpresserbrief im Arbeitszimmer meines Mannes gefunden."

„Haben Sie den Brief Professor Loveless gegeben?"

212

„Ja, denn er hat mir zuerst nicht geglaubt, dass Jules erpresst wird."

„Warum haben Sie uns nichts von dem Brief erzählt?"

„Ich hatte Angst."

„Angst wovor?"

„Dass der Erpresser das Geheimnis doch noch lüften würde, wenn er erfährt, dass wir uns nicht an seine Forderungen halten. In dem Brief stand ganz klar: Keine Polizei! Und Martin wäre doch genauso davon betroffen gewesen! Die Offenbarung des Geheimnisses hätte auch seine Karriere beendet."

„Sie wissen, was das Geheimnis ist?"

„Oh nein, das weiß ich nicht. Ich habe alles versucht, um es aus Martin herauszubekommen, doch er hat gesagt, dass er als Student einen Schwur abgelegt hat, der ihm verbietet, darüber zu sprechen. Aber er meinte, wenn es publik wird, könnte das mit einem Schlag sein Leben zerstören und damit auch unsere gemeinsame Zukunft. Damit musste ich mich zufriedengeben."

„Wir vermuten, dass dieses Geheimnis etwas mit einem Betrug am Magdalen College zu tun haben muss. Hat Ihr Mann Ihnen gegenüber mal so etwas erwähnt?"

„Nein, Jules hat nie viel mit mir gesprochen, schon gar nicht über seine Studienzeit."

In dem Moment betrat Mrs Fitzgerald den Raum. „Was wollen Sie von meiner Tochter? Du hast dich doch nicht etwa aufgeregt, Darling? Ist alles in Ordnung mit dir und dem Baby?", fragte sie besorgt.

„Alles in Ordnung, Mum."

„Muss das denn sein? Sie sehen doch, dass es meiner Tochter nicht gut geht!", sagte Mrs Fitzgerald vorwurfsvoll.

„Beruhige dich bitte, Mum!"

„Wir müssten auch mit Ihnen sprechen, Mrs Fitzgerald."

„Mit mir? Was habe ich denn mit all dem zu tun?"

„Wir wissen, dass Mrs Jacobs Ihrer Tochter ein Dorn im Auge war. Schließlich wusste sie, dass Ihre Tochter eine Beziehung mit Professor Loveless hat, und wollte das öffentlich machen."

„Ich verstehe immer noch nicht, was Sie von mir wollen?"

„Wir wollen nur sichergehen, dass Sie nichts mit dem Tod von Mrs Jacobs zu tun haben."

„Machen Sie sich nicht lächerlich!", rief Mrs Fitzgerald entrüstet. Ihre Stimme klang dunkel und kratzig. „Ich hätte andere Mittel und Wege gefunden, dieser Frau meine Meinung zu sagen. Was mischt die sich auch in das Privatleben meiner Tochter ein. Wenn Sie wüssten, wie sich Jules in den letzten Monaten aufgeführt hat. Alles war ihm wichtiger als meine Tochter. Sogar ihren Geburtstag hat er vergessen, und das alles nur, weil er wie versessen auf das Amt des Lord Mayor war! Ich habe Helena gleich gesagt, dass das so einer ist, der seine eigene Karriere über die Familie stellt, aber sie hat ja nicht auf mich hören wollen!"

Mütter haben immer recht, dachte Frederick, ob man will oder nicht.

„Können Sie uns bitte noch einmal beschreiben, was Sie am Montagmorgen zwischen 7 und 8 Uhr gemacht haben?", bat Heidi.

„Sie meinen es also ernst? Sie verdächtigen mich, diese Charlotte Jacobs umgebracht zu haben? Das ist unglaublich!"

„Mum, beantworte doch bitte einfach die Frage."

„Ich konnte nicht schlafen und habe einen Spaziergang gemacht."

„Das hast du mir ja gar nicht erzählt!", rief Helena McCann überrascht.

„Ich habe die halbe Nacht wach gelegen und mir Gedanken darüber gemacht, wie es jetzt mit dir und dem Kind weitergehen wird", sagte ihre Mutter. „Irgendwann habe ich es in meinem Zimmer nicht mehr ausgehalten und bin hinterm Haus hinunter zum Kanal gelaufen."

„Wieso haben Sie uns das nicht eher erzählt?"

„Ich wollte Vivienne schützen. Das war, bevor meine Tochter mir erzählt hat, was für ein geldgieriges kleines Ding sie ist."

„Was genau meinen Sie damit? Haben Sie etwa gesehen, wie Vivienne das Haus verlassen hat?", bohrte Heidi nach.

„Oh nein, aber weil ich selbst nicht im Haus war, konnte ich schließlich nicht bezeugen, dass sie tatsächlich den ganzen Morgen über dort war."

„Was haben Sie unten am Kanal gemacht?"

„Ich bin ein bisschen umherspaziert, bis hinunter an den Steg. Ich wollte gerade wieder zurück ins Haus, als ich etwas Seltsames beobachtet habe."

„Und was?"

„Da war jemand mit einem Boot, weiter unten am Kanal, und hat irgendwas ins Wasser geworfen."

„Wann war das?"

„So gegen 7.30 Uhr."

„Und wo genau?"

„Einige Hundert Meter den Kanal hinunter, würde ich sagen, auch an einem Steg."

„Könnte das der Steg des Hauses von Mrs Jacobs gewesen sein?"

„Das habe ich mich auch schon gefragt."

„Können Sie die Person beschreiben?"

„Sie war groß und dünn und trug schwarze Kleidung."

„Haarfarbe?"

„Ich glaube, sie trug eine dunkle Mütze oder hatte dunkles Haar, so genau konnte ich das nicht erkennen."

„Männlich oder weiblich?"

„Schwer zu sagen. Ich denke, es war ein Mann, aber es kann auch eine große schlanke Frau gewesen sein."

„Und diese Person hat etwas in den Kanal geworfen?"

„Ja, aber was es war, weiß ich nicht."

„Wie sah es denn aus? Wirkte es eher leicht oder schwer?"

„Schwer, es könnte ein schwarzer Müllsack gewesen sein."

In diesem Moment klingelte Heidis Smartphone.

„Simmons? Was gibt's?", fragte sie. Nachdem sie ein paar Sekunden lang zugehört hatte, sagte sie: „Moment, Simmons", entschuldigte sich bei Helena McCann und deren Mutter und bedeutete Frederick, ihr nach draußen zu folgen. Dort stellte sie ihr Smartphone auf Lautsprecher und sagte: „So, Simmons, wiederholen Sie das bitte!"

„Loveless will Sie und Collins sprechen! Sofort! Er führt sich auf wie ein wild gewordener Löwe, brüllt rum und hämmert gegen die Wände …"

„Haben Sie gefragt, was er will?", wollte Heidi wissen.

„Er sagt, er will auspacken."

„Sind Sie sicher?"

„Ich glaube, der würde alles tun, damit er endlich zurück zu seinen Reagenzgläsern darf."

„Gut, wir kommen. Ach, und Simmons, bitte lassen Sie den Oxford-Kanal absuchen, möglicherweise ist der Mörder darüber zum Haus der Jacobs gelangt."

„Den ganzen Kanal?"

„Fangen Sie vor dem Grundstück der Jacobs an."

„WAS HALTEN SIE von Mrs Fitzgeralds Aussage?", fragte Frederick, während sie mit Blaulicht zurück in die Innenstadt fuhren.

„Auch wenn sie uns angelogen hat, was Vivienne betrifft, ich glaube nicht, dass sie lügt, was die Person auf dem Boot anbelangt."

„Sie glauben ihr die Geschichte von dem großen Unbekannten?"

„Wir müssen sie auf jeden Fall überprüfen. Die Person, die sie beschrieben hat, könnte Moore, Enriquez oder

216

Marshall sein – oder aber Loveless, wenn er eine dunkle Mütze getragen hätte."

„Oder es war eine große, schlanke Frau."

„Zoe Hearne und Lisa O'Neill fallen damit raus. Aber die Beschreibung könnte auf Vivienne Miller passen."

„Kommt man eigentlich mit einem Boot vom Magdalen College bis nach Summertown?", fragte Frederick.

„Ich denke schon. Man könnte über den Cherwell auf die Themse rudern und dann flussaufwärts auf den Castle Mill Stream. Später kommt man dann auf den Oxford-Kanal. Der zieht sich bis hoch nach Summertown, an den Grundstücken der Jacobs' und der McCanns vorbei. Wieso fragen Sie?"

„Ich habe da so einen Verdacht."

„Besitzen Sie ein Boot, Professor Loveless?", fragte Frederick.

„Was soll die Frage?"

„Haben Sie ein Boot oder nicht?"

„Ich nicht."

„Aber?"

„Wenn ich eine Bootstour machen wollte, könnte ich mir leicht eines der Boote des Magdalen College ausleihen. Wie Sie wahrscheinlich wissen, hat die Universität eines der besten Ruderteams des Landes, und natürlich besitzt jedes einzelne College Boote."

„Wo werden die Boote gelagert?"

„Direkt am Cherwell, bei der Magdalen Bridge, im Magdalen Bridge Boat House."

„Haben Sie sich am Montagmorgen eines dieser Boote ausgeliehen und sind damit zu Mrs Jacobs' Grundstück gerudert?", fragte Frederick.

„Das meinen Sie doch nicht ernst?"

„Das ist mein voller Ernst."

„Nein, ich bin am Montagmorgen nirgendwo hingerudert. Bei allem Respekt – kein Wunder, dass Sie den

Mörder noch nicht gefunden haben, wenn Sie derart obskure Theorien aufstellen. Ich und nach Summertown gerudert ..." Martin Loveless schüttelte verständnislos den Kopf, dann sagte er: „Kommen wir endlich zum Punkt: Ich habe Sie zu mir rufen lassen, weil ich mich dazu entschlossen habe, das Geheimnis von damals zu lüften, wenn Sie mir im Gegenzug garantieren, dass ich meine Versuchsreihe zu Ende führen kann."

„Professor Loveless, Sie sind wirklich nicht in der Position, Forderungen zu stellen", erwiderte Frederick.

„Wollen Sie nun wissen, was das Geheimnis ist, oder nicht?"

„Natürlich. Aber wir können Sie nicht einfach gehen lassen, selbst wenn Sie uns einweihen. Sie stehen unter dringendem Mordverdacht, und das in zwei Fällen."

„Glauben Sie mir, ich habe mir die letzten Tage den Kopf darüber zermartert, wer Jules und Charlie umgebracht haben könnte. Ich war es jedenfalls nicht, ob Sie mir glauben oder nicht. Doch da ich weder Lisa, Zoe noch Phil einen Mord zutraue, muss es einfach noch jemand anderen geben."

„Wen haben Sie in Verdacht?"

„Es gibt tatsächlich noch eine Person, die außer uns von dem Geheimnis wissen könnte."

„Reden Sie schon!"

„Nur, wenn Sie meinen Bedingungen zustimmen: Ich darf noch heute zurück in mein Labor ..."

„Unter Polizeiaufsicht."

„... und niemand erfährt, dass ich es war, der Ihnen das Geheimnis verraten hat."

Heidi blickte Frederick an, dann sagte sie: „Ich bin einverstanden. Was ist mit Ihnen, Collins?"

„Meinetwegen."

Martin Loveless blickte triumphierend von Heidi zu Frederick und sagte: „Ich habe doch gewusst, dass Sie vernünftig werden würden."

218

„Werden Sie mal lieber nicht übermütig!", mahnte Frederick. „Also, was ist damals passiert?"

„Alles hat damit angefangen, dass Jules' Eltern bei einem Verkehrsunfall ums Leben gekommen sind. Jules hat das furchtbar mitgenommen und seine Studienleistungen haben darunter gelitten", begann Martin Loveless zu erzählen. „Das wäre bei jedem anderen Studenten nicht dramatisch gewesen. Weil Jules aber Stipendiat war, hätte er das Magdalen College verlassen müssen, wenn er seine Abschlussprüfung in Politikwissenschaften nicht bestanden hätte. Das waren die Regeln der Stipendiengeber. Jules war mein bester Freund, und ich hätte alles dafür getan, dass er bleiben kann. Und dann hatte Lisa die Idee, die Prüfungsunterlagen für die Abschlussprüfung von Jules' Tutor zu stehlen. Aber wie Sie sich vorstellen können, war das nicht so einfach. Wir wussten, dass der Tutor ein Auge auf Charlie geworfen hatte, und sie hat selbst vorgeschlagen, dass sie den Mann ablenken würde, während wir anderen in sein Büro einbrechen und die Unterlagen kopieren. Ich bin mit Lisa in das Büro, während Zoe und Phil Schmiere gestanden haben."

„Und Mr McCann?"

„Den wollten wir aus allem raushalten. Wir wussten, dass wir mit einer Verwarnung davonkommen würden, wenn man uns erwischen würde."

„Weshalb?"

„Dean Shaw hätte es niemals gewagt, uns vom College zu werfen, sonst hätte er Probleme mit unseren Eltern bekommen, die ja viel Geld zahlten. Aber bei Jules, dem Stipendiaten, wäre das anders gewesen."

„Was ist dann passiert?"

„Es hat alles geklappt. Niemand hat uns gesehen, Jules hat seine Prüfung bestanden und konnte am College bleiben. Nur wir sechs wussten von dem Betrug. Deshalb sind wir auch davon ausgegangen, dass einer von uns der

Erpresser sein musste, als der Brief aufgetaucht ist. Aber das glaube ich inzwischen nicht mehr. Für uns steht viel zu viel auf dem Spiel, als dass einer von uns es gewagt hätte, das Geheimnis preiszugeben. Wir alle wären mit einem Schlag gesellschaftlich ruiniert. Und mich würde es sicherlich meinen Posten am Magdalen College kosten."

„Worauf wollen Sie hinaus?"

„Vielleicht hat doch irgendjemand etwas bemerkt."

„Sie meinen einer Ihrer Kommilitonen von damals? Wie viele waren das, ein paar Hundert? Damit wären wir die nächsten zwei Jahre mit den Befragungen beschäftigt. Cleveres Ablenkungsmanöver, Professor Loveless, aber darauf fallen wir nicht rein", sagte Frederick aufgebracht.

„Ich hatte eigentlich eher an Jules' Tutor gedacht, vielleicht hat er etwas bemerkt."

„Aber ihm wäre ja sicherlich genauso wie Ihnen daran gelegen, den Betrug geheim zu halten", gab Heidi zu bedenken.

„Damals ja, aber vielleicht ist er heute gar nicht mehr als Tutor tätig. Ich weiß, dass er das College kurz nach unserem Abschluss verlassen hat. Vielleicht braucht er heute dringend Geld. Jules und Charlie standen in der Öffentlichkeit, jeder hier in Oxford kannte sie und wusste, dass sie wohlhabend waren."

„Erinnern Sie sich an den Namen des Tutors?"

„Ja, sicher. Sein Name war Evans, Raynold Evans. Kann ich jetzt endlich zurück in mein Labor?"

„Sie können gehen, aber wir werden zwei Kollegen mit Ihnen schicken, die Sie rund um die Uhr überwachen werden."

HEIDI GAB DEN Namen Raynold Evans in die interne Suchmaschine der Thames Valley Police ein und klopfte ungeduldig auf das Plastik ihres Laptops.

„Und?", fragte Frederick nicht weniger ungeduldig.

„Die Suche läuft noch", erwiderte Heidi und starrte auf den Bildschirm. „Da, da ist es!", rief sie schließlich.

„Sagen Sie schon!"

„Raynold Evans, geboren 1965. Die letzte Adresse, die der Computer mir angibt, ist Medley Manor Farm Nummer 2. Das ist drüben in Binsey, ganz in der Nähe meines Hauses, allerdings auf der anderen Seite der Themse gegenüber des Port Meadow."

„HÄTTEN SIE MIR NICHT sagen können, dass es hier Pferde gibt? Dann hätte ich sicherlich nicht zugestimmt, durch den Port Meadow zu gehen!", rief Frederick mit leichter Panik in der Stimme.

Heidi lachte.

„Sie haben doch nicht Angst vor Pferden? Die tun Ihnen schon nichts, die sind Menschen gewohnt!"

„Was laufen die Viecher denn überhaupt hier einfach so rum, gibt es niemanden, der sie wegsperren kann?"

Eines der Pferde kam auf Frederick zu, woraufhin er sich umdrehte und losrannte.

„Da müssen Sie sich bei Alfred dem Großen beschweren", rief Heidi ihm hinterher und lachte laut. „Der hat das Land 1086 den Freiherren geschenkt, weil sie ihn im Kampf gegen die einfallenden Dänen unterstützt haben. Seitdem darf hier jeder Bürger Oxfords seine Tiere weiden, bis heute. Bleiben Sie doch mal stehen, das Pferd tut Ihnen schon nichts!"

„Das sagen Sie!", rief Frederick außer Atem. Er hatte inzwischen ein kleines stählernes Tor erreicht, das er schnell öffnete und hinter sich wieder schloss.

Das Pferd blieb wiehernd davor stehen.

„Hinter Ihnen ist es ja auch nicht her!"

„Man merkt, dass Sie in einer Großstadt aufgewachsen sind", sagte Heidi, noch immer lachend, und öffnete das Stahltor, um ebenfalls hindurchzugehen.

„Das ist ja ein richtiger kleiner Yachthafen hier", meinte Frederick anerkennend, als sie über die breite Holzbrücke gingen, die über die Themse nach Binsey führte. „Ein Segelboot neben dem anderen, da schwimmen Hunderttausende Pfund im Wasser!"

„Das hier ist der Medley Bossom Boatyard, und da vorne, sehen Sie, das ist das Clubhaus des Medley Sailing Club, des nördlichsten Segelclubs Englands, der flussaufwärts an der Themse liegt."

„Ist das etwa eine Kirche, dort drüben mitten im Feld?"

„Ja, die St. Margaret of Antioch, die einmal zum Kloster St. Frideswide gehörte. Von dem sind allerdings nur noch wenige Ruinen übrig. Was diese Kirche so berühmt gemacht hat, ist die kleine Heilquelle, die Lewis Carroll in seinem Buch ‚Alice im Wunderland' erwähnt."

Schließlich erreichten sie die Medley Manor Farm.

„Das ist ja ein wunderschönes Cottage", meinte Frederick. „So was findet sich kaum noch bei uns im Norden. Und hier wohnt also Raynold Evans."

„Auf dem Klingelschild steht aber nicht Evans, sondern Bromley", erwiderte Heidi.

„Na, dann werden wir mal herausfinden, wer das ist", sagte Frederick und drückte auf den Klingelknopf.

Kurze Zeit später öffnete eine junge Frau die Eingangstür, allerdings nur einen Spaltbreit. „Ja, bitte?", fragte sie.

„Wir sind von der Thames Valley Police", erklärte Frederick und zeigte ihr seinen Polizeiausweis. „Ich bin Inspector Collins und das ist Inspector Green." Er deutete auf Heidi.

Die Frau öffnete die Tür vollständig. „Ich bin allein im Haus und es ist so einsam hier draußen, da bin ich immer ein wenig vorsichtig. Es ist doch nichts mit Carl?", fragte sie ängstlich.

„Carl?", erwiderte Frederick.

„Carl Bromley, mein Mann."

„Nein, machen Sie sich bitte keine Sorgen."

„Wie heißen Sie?", schaltete sich Heidi ein.

„Entschuldigen Sie, dass ich mich nicht gleich vorgestellt habe. Ich bin Jean Bromley. Wie kann ich Ihnen helfen?", fragte die junge Frau.

„Wir sind auf der Suche nach einem gewissen Raynold Evans. Kennen Sie ihn?"

„Nein, nicht persönlich."

„Was heißt das?"

„Er hat, soweit ich weiß, in diesem Haus gewohnt, bevor wir eingezogen sind. Das ist aber schon Jahre her."

„Wissen Sie, wo er hingezogen ist?"

„Oh, Sie wissen gar nicht, dass er verstorben ist?"

„Nein, das wussten wir nicht", sagte Heidi enttäuscht.

„Das Haus stand einige Jahre leer. Eine Nachbarin hat mir mal erzählt, dass niemand hier einziehen wollte, weil es wohl im Haus passiert ist."

„Was ist passiert?"

„Raynold Evans hat sich hier erhängt und angeblich soll sein Geist im Haus herumspuken. Aber ich habe davon noch nichts gemerkt. Allerdings glaube ich auch nicht an Geister", sagte Jean Bromley lachend.

Auf einmal war ein lauter Knall aus dem Haus zu hören und Heidi zuckte zusammen.

„Das war der Wind, ich hatte das Küchenfenster zum Lüften geöffnet", erklärte Jean Bromley.

„Sicher, der Wind", erwiderte Heidi mit zittriger Stimme.

„DAS GLAUB' ICH jetzt nicht! Sie ziehen mich auf, weil mir meterhohe Riesenpferde unsympathisch sind, und Sie selbst fürchten sich vor dem Geist eines Verstorbenen?", sagte Frederick grinsend.

„Vielleicht wollte Raynold Evans uns ein Zeichen geben", antwortete Heidi, während sie durch den Port Meadow stapften, zurück zu dem kleinen Parkplatz, auf dem der Mini stand.

„Das meinen Sie doch nicht ernst?", fragte Frederick ungläubig.

„Aber gruselig ist es schon, dass der einzige Mensch, der noch von dem Geheimnis vom Magdalen College wissen konnte, tot ist. Finden Sie nicht auch?"

Sie erreichten den Mini und stiegen ein.

„Unser Erpresser oder Mörder kann Raynold Evans jedenfalls nicht sein", sagte Heidi und fuhr los. Auf einmal spürte sie, wie ihr Smartphone in ihrer Hosentasche zu vibrieren begann. Während sie es aus der Tasche fischte, fragte sie: „Könnten Sie bitte rangehen, Collins?"

„Sie machen doch sonst auch alles andere, während Sie fahren", frotzelte Frederick.

„Gehen Sie jetzt ran oder nicht?"

„Solange es nicht Meyers ist!" Frederick nahm Heidi das Smartphone aus der Hand. „Inspector Collins am Apparat von Inspector Green", sagte er förmlich und stellte auf Lautsprecher. „Ist alles in Ordnung mit Inspector Green?" Es war die Stimme von Sergeant Simmons.

„Wie man's nimmt, sie fährt gerade Auto." Frederick lachte laut.

„Oh, da rufe ich lieber später noch mal an", meinte Sergeant Simmons.

„Sagen Sie schon, was Sie wollen!", rief Heidi verärgert.

„Ich habe herausgefunden, wer im Vorstand der Jacobs-Stiftung sitzt."

„Und?"

„Die Satzung wurde erst letzte Woche geändert."

„Wer ist es, Simmons?", riefen Heidi und Frederick gleichzeitig.

„Zoe Hearne. Sie wurde zur alleinigen Vorstandsvorsitzenden ernannt", sagte Sergeant Simmons.

„Ausgerechnet Zoe Hearne, die es offenbar kein bisschen berührt hat, dass Charlotte Jacobs tot ist", überlegte Frederick.

„Ganz im Gegensatz zu ihrem Vater. Der war doch ganz versessen darauf herauszufinden, was wir über den Tod von Charlotte Jacobs wissen", meinte Heidi. „Und er hat sich sehr für den Verbleib der halben Million interessiert. Das ergibt jetzt natürlich noch mehr einen Sinn", fügte Frederick hinzu. „Dann wissen wir ja, wo wir als Nächstes hinmüssen", rief Heidi, stieg auf die Bremse und wendete. „Danke, Simmons."

ALS HEIDI UND Frederick den Empfangsraum der Kanzlei Hearne betraten, blickte ihnen der junge Assistent hinter der Empfangstheke mürrisch entgegen.

„Wie kann ich Ihnen helfen?"

Das Telefon klingelte.

„Moment bitte", sagte der junge Mann und nahm den Anruf entgegen. „Kanzlei Hearne. – Nein, ich kann Sie leider nicht durchstellen. Mr Hearne ist in einer Besprechung. – Nein, ich denke, die Besprechung wird länger dauern." Er legte auf. Sofort klingelte das Telefon erneut. „Kanzlei Hearne. – Nein, ich kann Sie leider nicht durchstellen, Mr Hearne ist in einer Besprechung, die länger dauern kann. – Ja, am besten probieren Sie es morgen früh noch einmal." Er blickte hoch zu Heidi und Frederick. „So geht das schon die ganze Zeit."

„Mr Hearne ist also in einer Besprechung. Mit wem?", fragte Frederick.

„Mit seiner Tochter – und sie wollen nicht gestört werden", antwortete der Assistent leise.

„Sind sie in Mr Hearnes Büro?"

„Ja, aber ich habe die strikte Anweisung, niemanden zu ihnen zu lassen."

„Wir sind doch nicht niemand! Sie erinnern sich schon daran, für wen wir arbeiten?"

„Natürlich, Inspector!", antwortete der junge Mann.

In dem Moment öffnete Heidi die Tür zu Michael Hearnes Büro und trat ein. Frederick folgte ihr.

Der Assistent sprang von seinem Stuhl auf und stürmte hinter ihnen her. „Entschuldigen Sie bitte, ich hatte den beiden Inspectors deutlich gesagt, dass Sie nicht gestört werden wollen, Mr Hearne!", rief er beschämt.

„Verdammt noch mal, Thomson!", sagte Michael Hearne unfreundlich, und zu Heidi und Frederick gewandt: „Was fällt Ihnen ein, hier einfach so hereinzuplatzen? Wir sind mitten in einer wichtigen Besprechung."

„Ich fürchte, die muss warten", gab Frederick zurück.

Erst jetzt entdeckte Heidi einen dunkelhaarigen Mann, der auf einem der Stühle saß und sich nun zu ihnen umdrehte. „Guten Tag! Ich bin Inspector Green, das ist mein Kollege Inspector Collins. Wir untersuchen die Morde an Mr McCann und Mrs Jacobs. Und wer sind Sie?", fragte sie.

„Mein Name ist Tim Brown."

„Ach, gerade aus Singapur gelandet, was?", wollte Frederick wissen. „Richtig. Ich bin zur Beerdigung meiner Frau gekommen. Schlimme Sache. Haben Sie den Mörder inzwischen gefunden?"

„Wir sind ziemlich nah dran", sagte Frederick.

Heidi bemerkte, wie Zoe Hearnes Fuß nervös auf und ab wippte. „Ist die Beerdigung der einzige Grund, weshalb Sie nach Oxford gekommen sind?", fragte sie.

„Wir waren immerhin fast ein Jahr verheiratet."

„Doch so lange", kommentierte Frederick. „Und was haben Sie mit den Hearnes zu besprechen?"

„Wie gesagt, es geht um die Beerdigung meiner Frau. Es muss einiges organisiert werden. Sie hatte ja niemanden außer uns."

„Natürlich."

„Miss Hearne, wir würden gerne mit Ihnen sprechen – allein", sagte Heidi.

„Meine Tochter hat keine Geheimnisse vor mir, wir können ruhig hierbleiben. Mr Brown, wenn Sie uns bitte kurz entschuldigen würden."

„Ich habe gesagt, allein, Dr. Hearne", erwiderte Heidi scharf.

„Wir können in mein Büro gehen", sagte Zoe Hearne schnell. „Es wird sicherlich nicht lange dauern, Daddy."

Daddy. Heidi überlegte, wann sie ihren Vater das letze Mal „Daddy" genannt hatte. Das musste mit zwölf Jahren gewesen sein.

„Gut, lassen Sie uns in Ihr Büro gehen, Miss Hearne. Und danach möchten wir auch mit Ihnen beiden sprechen, meine Herren."

„Wenn es sein muss", knurrte Michael Hearne.

„Einzeln."

IN IHREM BÜRO ließ sich Zoe Hearne in einen hohen schwarzen Ledersessel hinter ihrem Schreibtisch fallen. „Was wollten Sie mit mir besprechen? Fassen Sie sich kurz! Und bitte sagen Sie mir jetzt nicht, dass es noch mehr Tote gibt!" Ihr strenges Gesicht zeigte keinerlei Gefühlsregung.

„Nein, zwei Tote sollten reichen. Aber wir haben Grund zu der Annahme, dass Sie etwas mit der Sache zu tun haben", sagte Frederick.

Zoe Hearne verzog keine Miene.

„Wir wissen, dass Sie als Vorstandsvorsitzende der Jacobs-Stiftung eingesetzt wurden und daher nun Verfügungsgewalt über Mrs Jacobs' Vermögen haben", ergänzte Heidi.

„Das weiß ich selbst erst seit wenigen Minuten", sagte Zoe Hearne kühl. „Das ist auf dem Mist meines Vaters gewachsen."

„Finden Sie es nicht seltsam, dass nur ein paar Tage vor Mrs Jacobs' Tod ausgerechnet Sie zur Vorstandsvorsitzenden berufen wurden?"

„Das ist sicher nur ein dummer Zufall."

„Ja, einfach zu dumm, dass Sie jetzt über ein Millionenvermögen verfügen können."

„Wie gesagt, mein Vater hat mich erst vor wenigen Minuten eingeweiht."

„Es ging in der Besprechung also gar nicht um die Beerdigung?", fragte Heidi. Zum ersten Mal regte sich etwas in Zoe Hearnes Gesicht, ihre Wangen färbten sich rot. Sie schien sich offenbar über sich selbst zu ärgern, da sie sich verraten hatte. „Doch, es ging um die Beerdigung."

„Natürlich. Eine letzte Frage noch dazu, Miss Hearne: Stimmt es, dass Mrs Jacobs und Ihr Vater eine Affäre miteinander hatten?"

„Das sind doch alles nur Gerüchte."

„Hatten Sie deswegen eine Auseinandersetzung mit Mrs Jacobs?"

„Nein", sagte Zoe Hearne und ihr linkes Augenlid begann zu zucken.

Also ja, dachte Heidi, es hat ihr offenbar nicht gefallen.

„Ach, noch was: Besitzen Sie ein Boot?", mischte Frederick sich ein.

„Ich? Nein, sehe ich etwa so aus?"

Frederick ging nicht auf ihre Bemerkung ein, sondern fuhr fort: „Eine andere Frage, Miss Hearne: Sagt Ihnen der Name Raynold Evans etwas?"

Zoe Hearnes Augenlid zuckte erneut.

„Nein, der Name sagt mir nichts."

„Dann helfen wir Ihnen mal ein wenig auf die Sprünge: Raynold Evans war Mr McCanns Tutor am Magdalen College."

„Jules' Tutor?"

„Ja."

„Jetzt erinnere ich mich, wir haben ihn immer nur Ray genannt."

„Sie kannten ihn also recht gut, wenn Sie ihn Ray genannt haben."

„Tutoren sind meist nur ein paar Jahre älter als die Studenten selbst, das Verhältnis ist normalerweise eher freundschaftlich. Und ja, Ray kam manchmal auf unsere Bobs, also die Partys, die Freitagabend in der Collegebar des Magdalen College stattfinden."

„Wie alt war Raynold Evans damals?"

„Er dürfte so Ende zwanzig gewesen sein."

„Und er hatte ein Auge auf Charlotte Jacobs geworfen, richtig?"

„Woher wissen Sie das?"

„Also ja?"

„Ja, er war absolut vernarrt in sie. Er hat ihr immer Drinks gekauft und mit ihr geflirtet. Charlie hat mit ihm gespielt. Sie haben sich angenähert, aber dann hat sie ihn wieder weggestoßen, und das hat ihn nur noch mehr angezogen – obwohl er verheiratet war."

„Raynold Evans war verheiratet?"

„Ja, das sagte ich doch. Ray hat mit seiner Frau irgendwo in Binsey draußen gewohnt."

„War er noch am Magdalen College, als Sie Ihren Abschluss gemacht haben?"

„Ja."

„Das heißt, da hat er noch gelebt."

„Wie meinen Sie das?"

„Sie wissen gar nicht, dass er tot ist?"

„Nein, das wusste ich nicht."

„Er hat sich in seinem Haus in Binsey erhängt." Zoe Hearne zeigte keinerlei Betroffenheit, im Gegenteil: Heidi bildete sich ein, ein kurzes Lächeln auf ihren Lippen gesehen zu haben.

„Können Sie sich noch daran erinnern, wie seine Frau hieß?"

„Wenn ich ehrlich bin, hab ich sie nie gesehen. Ich wusste nur von Charlie, dass es sie gibt", sagte Zoe Hearne gelangweilt.

„Sie wissen also nicht, was aus ihr geworden ist?"

„Nein, wie gesagt, ich habe nach dem Studium nichts mehr mit Ray zu tun gehabt, und schon gar nicht mit seiner Frau."

„MR BROWN, SIE sind also hier wegen der Beerdigung von Charlotte Jacobs?"

„Das ist richtig."

Attraktiver Mann, dachte Heidi und blickte in sein braungebranntes Gesicht. Dann stellte sie sich vor, wie er in schwarzer Kleidung auf einem Boot stand und einen Sack in den Kanal hievte. „Seit wann genau sind Sie wieder hier?", fragte sie.

„Ich bin mit der Elf-Uhr-Maschine aus Singapur gelandet. Hier, mein Flugticket." Er hielt Heidi ein geknicktes Papierticket entgegen. „Ich bin in London Heathrow gelandet und Charlies ehemaliger Fahrer hat mich abgeholt."

„Jimmy Marshall?", fragte Frederick.

„Ja. Ich habe ihm ein kleines Taschengeld versprochen, wenn er mich abholt. Die Schlüssel zu Charlies Wagen hat er ja noch."

„Kennen Sie Jimmy Marshall gut?"

„Er hat auch mich gefahren, als ich noch bei Charlie gewohnt habe. Manchmal hat er mich sogar nach London gebracht, weil ich dort geschäftlich viel zu tun hatte. Er war immer dankbar dafür, dass er so die Möglichkeit hatte, mal aus Oxford rauszukommen. Und jedes Mal hat er seiner Freundin ein Souvenir mitgebracht. Netter Kerl!"

„Wann genau sind Sie eigentlich nach Singapur gegangen?"

„Kurz nach Weihnachten. Ich erinnere mich noch daran, dass ich mit Charlie die Weihnachtsmesse in der Kapelle des Magdalen College besucht habe und der Knabenchor den Christmas Carol gesungen hat. Am zweiten Weihnachtsfeiertag habe ich meine Sachen gepackt und bin nach Singapur geflogen, also vor knapp einem halben Jahr."

„Was ist passiert?", fragte Frederick.

„Ich habe herausgefunden, dass Charlie mich betrügt."

Bitte nicht, dachte Heidi, als sie sah, wie Frederick tief Luft holte und sich sein Gesicht rötete. „Aber Sie hatten sicher schon vorher Probleme in Ihrer Beziehung", sagte sie schnell.

„Ich war beruflich viel unterwegs, ich hätte Charlie nicht so oft allein lassen dürfen. Heute weiß ich das, aber jetzt ist es zu spät …"

„Das heißt, Sie wollten sie zurück?", fragte Heidi.

Doch Tim Brown kam nicht dazu, ihr zu antworten, denn schon wollte Frederick wissen: „Mit wem hat Ihre Frau Sie betrogen?"

„Das weiß ich nicht."

„Wollten Sie nicht wissen, wer es war?", fragte Frederick und runzelte ungläubig die Stirn. „Das glaube ich Ihnen nicht! Kein Mann lässt sich einfach so abspeisen."

„War es Mr Hearne?", fragte Heidi.

„Ich bitte Sie! Nein, der war es mit Sicherheit nicht!", rief Tim Brown wütend. „Das sind doch nur Gerüchte."

„Wer war es dann? Sie wissen es doch!", hakte Frederick nach. „Ich bin mir sicher, dass Sie nicht lockergelassen haben, bis Sie wussten, wer der Mann war."

„Verdammt noch mal, ja! Ich hätte den Kerl am liebsten umgebracht!"

„Also, wer war es?"

„Irgend so ein junger Kerl, noch grün hinter den Ohren. Das hat mich noch wütender gemacht, als ich es sowieso schon war."

„Kennen Sie seinen Namen?"

„Nein, mir hat es gereicht, dass ich ihn einmal mit Charlie zusammen gesehen habe. Danach habe ich mich dazu entschlossen, ganz nach Singapur zu ziehen, um zu verhindern, dass ich den Kerl nicht doch noch vermöbele."

„Sie haben nicht noch einmal mit Ihrer Frau gesprochen?", fragte Heidi.

„Nein, es gab nichts mehr zu sagen."

„Wollten Sie Vergeltung?"

„Ja, ich wollte Vergeltung, und wie ich Vergeltung wollte! Aber ich habe Charlie nicht umgebracht, wenn Sie das meinen! Ich wollte nicht diese Art von Vergeltung. Ich will ein Stück des Kuchens abbekommen. Ich verdiene es, dafür entschädigt zu werden, dass ich in meiner Ehe von vorne bis hinten belogen und betrogen wurde. Ich lasse mich doch nicht öffentlich zum Clown machen!"

„Sie sind also hier, weil Sie Geld wollen."

„Ich will nur das, was mir zusteht."

„DR. HEARNE, WIESO haben Sie ausgerechnet letzte Woche Ihre Tochter zur alleinigen Vorstandsvorsitzenden der Jacobs-Stiftung eintragen lassen?"

„Charlie hatte mich darum gebeten."

„Das glauben Sie doch selbst nicht."

„Ich schwöre es Ihnen, und ich kann Ihnen sagen, was es bedeutet, wenn ein Anwalt schwört: Dann sagt er die Wahrheit."

„Seien Sie nicht so pathetisch. Hat Mrs Jacobs Ihnen gesagt, weshalb sie die Änderung wollte?", fragte Frederick unbeeindruckt.

„Nein, das hat sie nicht, und ehrlich gesagt habe ich ihren Wunsch auch nicht hinterfragt. Das wäre ja auch nicht besonders geschickt von mir gewesen, ich weiß schließlich, um was für eine Summe es geht. Vielleicht hat Charlie geahnt, dass ihr etwas zustoßen würde. Hatten Sie nicht gesagt, dass sie erpresst wurde? Vielleicht wurde sie ja auch bedroht. Meine Tochter hat mir nach unserem letzten Gespräch erzählt, dass Charlie irgendetwas wusste, was mit Jules McCanns Tod zu tun hat, und dass sie damit zu Ihnen gehen wollte. Charlie war ein cleveres Mädchen, sie wusste genau, dass die Stiftung bei Zoe in guten Händen ist, falls ihr irgendetwas passiert."

„Sie meinen, dass die Stiftung in guten Händen bei Ihnen ist", fügte Heidi hinzu.

Michael Hearne schwieg.

„Rudern Sie?", fragte Frederick.

„Ich war damals zu Studienzeiten Captain im Magdalen College Boat Club. Den gibt es schon seit 1856." Michael Hearnes Augen begannen zu leuchten. „Der Club hat die Goldmedaillengewinner der Olympischen Spiele 1908 und 1912 hervorgebracht, und auch bei der Henley Royal Regatta waren wir immer ganz vorne mit dabei."

„Rudern Sie heute noch?"

„Ab und an, ja."

„Mit welchem Boot?"

„Alumni des Magdalen College können sich die Boote des College ausleihen."

„Aus dem Bootshaus an der Magdalen Bridge?"

„Genau."

„Wann waren Sie das letzte Mal rudern?"

„Anfang April bei einem Charity-Event, das Charlie organisiert hatte."

„Und was haben Sie am Montagmorgen zwischen 7 und 8 Uhr gemacht, Dr. Hearne?"

Michael Hearne blickte in seinen Kalender. „Das kann ich Ihnen sagen, da war ich hier in der Kanzlei."

„Gibt es dafür Zeugen?"

„Um 7 Uhr kam mein erster Klient."

„Ist das nicht sehr früh?"

„Nein, nicht für einen Geschäftsmann. Ich kann Ihnen gerne die Nummer meines Klienten geben, wenn Sie versprechen, das diskret zu behandeln."

„Wie lange dauerte das Gespräch?"

„Bis kurz nach 8 Uhr."

„Und danach?"

„Dann kam Zoe in die Kanzlei. Wir haben uns zusammengesetzt und die Termine der kommenden Tage besprochen."

„Hatte Ihre Tochter den Hund dabei?"

„Das Drecksvieh kommt mir nicht hier rein!"

„Also nein."

„Nein."

„Geht Ihre Tochter jeden Morgen und jeden Abend mit dem Hund raus?"

„Ja, jeden Tag, ob es stürmt oder schneit! Ich versuche ihr das schon seit Monaten auszutreiben! Sie sollte die Zeit lieber hier verbringen. Aber wenn sie die Kanzlei erst einmal übernommen hat, wird sie keine Zeit mehr haben, gemütlich mit diesem Vierbeiner durch Oxford zu spazieren."

„ZOE HEARNE HAT also doch ein Herz", meinte Heidi, als sie wieder im Mini saßen.

„Ein Herz für Tiere?", fragte Frederick spöttisch.

„Immerhin."

„Ganz im Gegensatz zu ihrem Vater."

„Sie meinen, er könnte Charlotte Jacobs umgebracht haben?", überlegte Heidi.

„Finden Sie es nicht seltsam, dass erst Henry Jacobs tot aufgefunden wird, Charlotte Jacobs all sein Vermögen erbt, das Michael Hearne daraufhin all die Jahre verwaltet, und nun auf einmal Charlotte Jacobs getötet wird, nachdem Zoe Hearne zur alleinigen Vorstandsvorsitzenden der Jacobs-Stiftung ernannt wurde?", fragte Frederick.

„Das ist schon ein seltsamer Zufall. Außerdem war Michael Hearne im Ruderteam des Magdalen College."

„Aber groß und dünn macht ihn das leider nicht – er passt so gar nicht auf die Beschreibung von Mrs Fitzgerald", gab Frederick zu bedenken. „Und ein Alibi scheint er auch zu haben."

„Vielleicht hatte er einen Komplizen. Was ist mit diesem Thomson?"

„Das halte ich für ausgeschlossen", sagte Frederick bestimmt.

„Wieso?"

„Der Junge hätte nicht die Nerven dazu, einen Mord zu begehen. Den scheinen ja schon ein paar Anrufer völlig aus dem Konzept zu bringen. Außerdem hätte er viel zu viel Angst davor, erwischt zu werden."

Heidis Smartphone piepste. Sie zog es aus ihrer Hosentasche und las die Textnachricht, dann sagte sie: „Die Kollegen haben tatsächlich etwas vor dem Grundstück von der Jacobs gefunden!"

„DAS IST JA alles klatschnass", murrte Sergeant Simmons.

„Was haben Sie erwartet, Simmons? Wir haben es schließlich aus dem Wasser gefischt." Stephanie Bradshaw schüttelte verständnislos den Kopf.

„Wo genau habt ihr die Sachen gefunden?", fragte Heidi und zog sich Plastikhandschuhe an. Dann hob sie eine tropfende karierte Hose in die Höhe.

„Etwas unterhalb des Grundstücks der Jacobs", erklärte Stephanie Bradshaw. „Der Sack war mit Steinen beschwert. Zusätzlich war er an einigen Stellen durchlöchert, so dass die Sachen sich mit Wasser vollgesogen haben. Das sind wohl die Kleider, die der Mörder während der Tat getragen hat. Blut habe ich auf den ersten Blick nicht gesehen, aber vielleicht findet sich noch etwas in den Fasern. Ich schicke die Sachen jedenfalls ins Labor. Das hier war auch dabei." Sie zeigte auf ein kleines Fläschchen. „Es ist leer, aber ich nehme an, dass da mal das Akonitin drin war, mit dem McCann ermordet wurde."

„Der Mann auf dem Boot ist also tatsächlich unser Mörder", folgerte Frederick.

„Und sehr wahrscheinlich ein Einbrecher", fügte Stephanie Bradshaw hinzu.

„Wieso Einbrecher?"

„In das Magdalen College Boat House wurde eingebrochen."

„Und niemand hatte das bis jetzt bemerkt?", fragte Frederick überrascht.

„Doch, schon, aber da nichts gefehlt hat, hat der Pförtner sich nichts weiter dabei gedacht. Er meinte, er sei davon ausgegangen, dass ein Obdachloser eine Nacht im Bootshaus verbracht habe."

„Das heißt also, unser Mörder ist wirklich die gesamte Strecke vom College bis zum Anwesen der Jacobs gerudert", stellte Frederick fest. „Er scheint nicht ganz unsportlich zu sein."

„Ich hab was!", rief Stephanie Bradshaw in dem Moment erfreut und zog einen durchgeweichten Zettel aus der Innentasche eines karierten Sakkos.

„Was ist das?"

„Eine Rechnung von der Wheatley Launderette, der Reinigung auf der High Street, und da steht der Name unseres Mörders drauf!"

„Nun sagen Sie schon, wer ist es?", rief Sergeant Simmons aufgeregt.

„Raten Sie mal, Simmons!"

Heidi und Frederick lachten.

„Es ist Martin Loveless."

„Ich war es nicht!", rief Martin Loveless aufgeregt. „Sie müssen mir glauben!"

„Sie würden uns doch alles erzählen, nur um Ihre Forschungsreihe beenden zu können. Es ist vorbei, Professor Loveless", sagte Frederick.

„Noch mal: Ich war es nicht!"

„Sind das nicht Ihre Kleider?" Heidi zeigte auf den durchgeweichten karierten Anzug, der in einer Kiste lag.

„Doch. Das heißt, sie waren es. Helena hat sich vor einigen Monaten über meine Garderobe beschwert, und da habe ich ausgemistet. Ich habe die Sachen an Oxfam gegeben. Sie müssen in irgendeinem Charityshop verkauft worden sein."

„Wurde das Giftfläschchen auch in einem Charityshop verkauft?" Provozierend hielt Frederick das kleine dunkelbraune Glasfläschchen vor Martin Loveless' Gesicht. „Mit dem Gift, das sich in dieser Flasche befand, ist Mr McCann umgebracht worden."

„Ich habe diese Flasche noch nie gesehen."

„Geben Sie auf, Professor Loveless! Sie wurden gesehen, wie Sie den Sack mit Ihren Kleidern und dieser Flasche vor Mrs Jacobs' Grundstück von einem Boot aus in den Kanal geworfen haben."

„Das ist er nicht."

„Sind Sie sich ganz sicher?", fragte Heidi.

„Ja", bekräftigte Mrs Fitzgerald mit fester Stimme. „Die Person, die ich auf dem Boot gesehen habe, war größer und sah nicht so ungelenk aus."

Schlecht gelaunt stieg Heidi aus ihrem Mini. Dann blickte sie hinüber nach Binsey. Sie konnte die Umrisse der Medley Manor Farm sehen, in der sich Raynold Evans erhängt hatte – das Haus, in dem er gemeinsam mit seiner Frau gewohnt hatte.

Heidi hatte in der Datenbank der Thames Valley Police alle weiblichen Personen, die unter dem Namen Evans in Oxford registriert waren, überprüft. Es waren genau fünf Frauen, alles ältere Damen, die älteste bereits über neunzig. Eine Frau um die fünfzig, in dem Alter, in dem Raynold Evans' Frau inzwischen sein musste, war nicht dabei gewesen. Vielleicht hätte sie ihnen erzählen können, was ihren Mann damals in den Tod getrieben hatte. Möglicherweise war das genau das letzte Puzzleteil, das ihnen noch fehlte, um diesen Fall zu lösen. Doch die Frau schien nicht mehr in Oxford zu leben. Wer konnte es ihr auch verdenken?

Als Heidi vor ihrem Haus stand, öffnete sich auf einmal die Tür und ihre Mutter trat ihr entgegen.

„Du bist schon zu Hause, Hun?", fragte sie überrascht.

„Wir kommen bei den Mordfällen einfach nicht weiter", sagte Heidi enttäuscht.

„Wir wollten gerade mit den Zwillingen spazieren gehen."

Heidi sah, wie ihr Vater die beiden Kleinen in einem Kinderwagen die Stufe zum Gehweg hinunterhievte.

„Mummy, Mummy!", riefen die Zwillinge.

Heidi bückte sich zu ihnen hinunter und küsste sie.

„Ein bisschen Bewegung an der frischen Luft hat deinen Vater immer auf die besten Ideen gebracht", erklärte ihre Mutter.

Ihr Vater nickte.

„Du weißt, wie sehr ich es hasse, spazieren zu gehen, Mum."

„Du kannst auch die restlichen Umzugskisten im Wohnzimmer ausräumen, während wir mit den Kindern unterwegs sind. Das müsste nämlich endlich mal gemacht werden!"

„Schon gut, ich komme mit euch", antwortete Heidi schnell.

Während sie den Gehweg entlanggingen, erzählte Heidi ihren Eltern, was sie über Raynold Evans und seine Frau erfahren hatte.

„Dieser Raynold Evans hat also mit seiner Frau drüben in Binsey gewohnt?", fragte ihre Mutter.

„Ja, bis er sich erhängt hat."

„Das muss schlimm für seine Frau gewesen sein."

„Wenn ich mir vorstelle, dass Rich sich etwas antun würde – ich weiß nicht, wie ich das verkraften könnte. Jedenfalls scheint die Frau nach dem Tod ihres Mannes aus Oxford weggegangen zu sein, zumindest ist sie nicht mehr hier in der Stadt gemeldet."

„Hm, weißt du noch mehr über sie?", fragte Heidis Vater.

„Leider nein."

„Und wieso hat sich Raynold Evans umgebracht?"

„Das weiß ich auch nicht."

„Wenn er tot ist, muss es ja ein Grab geben", überlegte Heidis Mutter. „Wann, sagst du, ist er gestorben?"

„Es muss nach 1995 passiert sein."

„Dann wird er auf dem Wolvercote Cemetery liegen, dort wurden in den letzten zwanzig Jahren alle Toten bestattet."

„Auch Selbstmörder?"

„Wir leben zum Glück ja nicht mehr im letzten Jahrhundert!"

„Wo ist der Friedhof noch mal genau?", fragte Heidi.

„In der Banbury Road, du weißt schon, dort, wo auch J. R. R. Tolkien beerdigt wurde. Du solltest da mal hinfahren. Wer weiß, vielleicht findest du ja das Grab oder der Friedhofswärter kann sich an einen Raynold Evans oder seine Frau erinnern."

Heidi nickte. „Wie komme ich am besten dorthin?"

„Du musst in Richtung Norden fahren, es ist noch hinter der A40."

„Kann ich die Kleinen noch eine Weile bei euch lassen?"

„Natürlich. Mach schon, dass du wegkommst, Hun!"

ZWANZIG MINUTEN SPÄTER parkte Heidi ihren Mini auf dem großen Parkplatz vor dem Friedhof in Wolvercote. Sie stieg aus und ging auf einem schmalen Fußweg durch die weitläufige Friedhofsanlage. Als sie zwischen hohen Bäumen eine kleine Kapelle mit rotem Dach entdeckte, lief sie zu ihr hinüber. Sie versuchte, die Eingangstür zu öffnen, doch die Tür war verschlossen.

„Was wollen Sie so spät noch hier? Die Perrin-Beerdigung ist schon seit Stunden vorbei", sagte plötzlich eine Stimme hinter ihr.

Heidi drehte sich erschrocken um und sah einen jungen Mann, der sie beobachtet haben musste. „Ich bin auf der Suche nach dem Grab eines gewissen Raynold Evans", sagte sie. „Können Sie mir da helfen?"

„Jude, Moslem, Christ?"

„Wie bitte?"

„Wenn Sie mir sagen, welcher Religion er angehört hat, dann kann ich Ihnen sagen, wo Sie sein Grab finden können. Der Friedhof ist nämlich nach Religionszugehörigkeit unterteilt."

„Verstehe", sagte Heidi und überlegte. „Christ", meinte sie schließlich.

„Christen liegen da drüben." Der junge Mann zeigte auf ein Feld rechts neben der kleinen Kapelle.

„Das sind ja Hunderte!"

„Mir brauchen Sie das nicht zu sagen! Ich muss mich schließlich um die Gräber kümmern."

„Dann fange ich besser mal mit der Suche an …"

„Aber beeilen Sie sich, wir schließen bald."

Heidi begann, ein Grab nach dem anderen abzulaufen. Teilweise waren die Grabsteine alt und verfallen, dann wieder wohlgepflegt. Endlich fand sie das Grab von Raynold Evans. Auf dem massiven Grabstein flackerte in einem kleinen Glasgestell eine rote Kerze und in einer Vase standen bunte Blumen. Die eingravierte Schrift auf dem schwarzen Stein war schwer zu lesen, doch eines stand fest: In dem Grab lag nicht nur Raynold Evans, sondern auch seine Frau Katie; sie war nur wenige Jahre nach ihm gestorben.

Wenn beide tot sind, wer pflegt dann dieses Grab?, fragte sich Heidi. Derjenige muss erst heute hier gewesen sein, denn die Kerze ist kaum heruntergebrannt und die Blumen sind frisch.

Als sie das kleine Foto entdeckte, das neben dem Namen Raynold Evans in den Grabstein eingelassen war, lief es ihr kalt den Rücken hinunter. Die Ähnlichkeit war nicht zu leugnen. Plötzlich ergab alles einen Sinn.

FREDERICK SASS EINMAL mehr allein an einem der Tische vor dem King's Arms und bedauerte sich selbst. Doch diesmal war es nicht Susan, an die er dachte. Er ärgerte sich darüber, dass sie bei diesen verflixten Mordfällen einfach nicht weiterkamen. Ein paar Minuten lang starrte er verbittert in sein Pint. Das Randolph, ging es ihm schließlich durch den Kopf, der Mörder muss doch irgendwie in das Zimmer von Philipp Moore gelangt sein, um dort die Tatwaffe zu platzieren. Sie hatten nun eine Beschreibung des Mörders: Er war groß, schlank und hatte wahrscheinlich dunkle Haare. Damit musste sich doch etwas anfangen lassen.

Frederick stand auf, ließ sein noch halb volles Glas auf dem Tisch stehen und machte sich auf den Weg. Er ging die Broad Street hinunter, an den hohen Mauern des Baliol College vorbei, und bog dann in die Magdalen Street ein, die zum Randolph führte. Wenn dem Hotelpersonal an dem Montagmorgen, an dem Charlotte Jacobs ermordet worden war, nichts Besonderes aufgefallen war, konnte es eigentlich nur eine Erklärung dafür geben, nämlich die, dass der Mörder sich als Gast in das Hotel eingemietet hatte und deshalb nicht aufgefallen war.

Als Frederick am Randolph ankam, bemerkte er auf dem roten Teppich vor dem Fünfsternehotel einen Portier

Der ältere Herr nickte ihm freundlich zu und sagte laut: „Guten Abend, Sir."

„Guten Abend", erwiderte Frederick und blieb stehen. „Ich bin Inspector Collins von der Thames Valley Police. Ich denke, dass mein Kollege Ihnen diese Frage schon gestellt hat, aber waren Sie es, der am Montagmorgen hier gearbeitet hat?"

„Das war ich, Sir, das ist richtig. Und ja, da war so ein nervöser junger Sergeant, der mich befragt hat, Sir."

„Was haben Sie ihm erzählt?"

„Dass ich am Montag wie jeden Montagmorgen um 7 Uhr meinen Dienst hier begonnen habe, Sir."

„War viel los an dem Morgen?"

„Es ging so, Sir."

„Und waren alle Personen, die hier ein- und ausgingen, Gäste des Hotels?"

„Soweit ich mich erinnere, schon. Weshalb fragen Sie?"

„Ich bin auf der Suche nach einem ganz speziellen Gast, der das Hotel sehr früh verlassen haben muss: groß, schlank und höchstwahrscheinlich dunkelhaarig. Können Sie sich an eine Person erinnern, die so aussah?"

Der Portier überlegte und sagte dann: „Da war eine Gruppe schwarzhaariger chinesischer Touristen, die ganz früh los sind. Und dann waren da noch ein paar Geschäftsleute, von denen hatte aber keiner dunkle Haare."

„Sind Sie sicher?" Frederick konnte seine Enttäuschung nicht verbergen.

„Warten Sie!", sagte der Portier. „Es gab einen Gast, auf den die Beschreibung passen könnte, allerdings kann ich mich nicht daran erinnern, ihn gesehen zu haben, wie er das Hotel verließ. Ich habe mich noch gewundert, weil er eigentlich nicht so wirkte wie die Gäste, die normalerweise hier absteigen."

„Wie meinen Sie das?"

„Es war weniger sein Aussehen, er trug einen piekfeinen Anzug, Sir."

„Was war es dann?"

„Ich arbeite schon so lange als Portier hier, dass ich die Reichen von denen, die nur vorgeben, es zu sein, ganz gut unterscheiden kann. Ich bin mir sicher, dass der Mann es sich eigentlich nicht leisten konnte, hier abzusteigen, Sir."

„Wann ist er ins Hotel gekommen?"

„Das muss so gegen 8.30 Uhr gewesen sein, Sir. Ach, und da war noch was: Er hatte einen braunen Aktenkoffer dabei."

Frederick jubelte innerlich. „War er ganz sicher ein Gast?"

„Ja, Sir, ich hatte ihn bereits am Sonntag hier gesehen. Aber fragen Sie am besten noch einmal an der Rezeption nach."

FREDERICK ERKANNTE DIE rothaarige Rezeptionistin schon von Weitem. Neben ihr stand eine Brünette, ebenfalls in Uniform.

„Inspector Collins, guten Abend!", rief die Rothaarige ihm freundlich zu.

Doch Frederick hatte in diesem Moment nur Augen für ihre Kollegin: Diese seidig glänzenden Haare und die grünen Augen, die ihn interessiert anschauten! „Guten Abend!", sagte er schließlich und lächelte. „Entschuldigen Sie, dass ich noch einmal störe, aber ich bräuchte Ihre Hilfe."

„Sehr gerne. Wie können wir Ihnen helfen?"

„Ich bin auf der Suche nach einem Gast – männlich, groß, schlank und mit dunklen Haaren –, der wahrscheinlich am Sonntag hier eingecheckt hat. Ich könnte mir vorstellen, dass er in einem der Zimmer übernachtet hat, die neben dem von Philipp Moore liegen."

„Philipp Moore?", fragte die rothaarige Rezeptionistin und ihre Augen begannen zu leuchten.

„Ja, in der Nähe seines Zimmers."

„Das könnte Mr Evans gewesen sein", meinte die Brünette mit warmer Stimme und blickte auf den Bildschirm ihres Computers. „Der hat am Sonntag in das Zimmer neben dem von Mr Moore eingecheckt und bis Montag gebucht."

„Mr Evans?", fragte Frederick.

„Ja, Raynold Evans."

Frederick schluckte. „Hatte er viel Gepäck dabei?"

„Nein."

„Wie hat er bezahlt?"

„Moment", antwortete die Brünette und schaute wieder in ihrem Computer nach. „In bar – er hat bar bezahlt."

„Wie oft wird bei Ihnen die Kasse gewechselt?"

„Dadurch, dass die meisten unserer Gäste mit Kreditkarte bezahlen, nur einmal die Woche, immer freitags."

„Ich werde Ihnen einen Kollegen vorbeischicken, der die Kasse untersuchen wird." Frederick blickte der Brünetten direkt in die Augen. „Und könnten Sie mir bitte Ihren Namen und Ihre Telefonnummer aufschreiben für den Fall, dass es zu einer Gegenüberstellung kommt?"

„Sehr gerne."

Sie lächelte ihn vielsagend an, und zum ersten Mal seit Wochen hatte er das Gefühl, Susan langsam vergessen zu können.

„WIE KOMMEN SIE denn hierher?", fragte Frederick überrascht, als er Heidi in ihrem Mini vor dem hohen steinernen Denkmal sitzen sah, das gegenüber des Hotel Randolph stand.

Heidi antwortete durch die geöffnete Fensterscheibe: „Sie haben doch gerade Simmons angerufen und ihn gebeten, die Kasse im Randolph zu untersuchen. Er hat mir natürlich sofort Bescheid gegeben."

„Das hätte ich mir denken können. Ich glaube, ich weiß jetzt, wer unser Mörder ist", rief Fredrick euphorisch.

„Ich denke, ich weiß es auch", meinte Heidi. „Nun steigen Sie schon ein!"

HEIDI PARKTE IHREN Mini an der Ecke Ship Street und Cornmarket Street vor einem dreistöckigen alten Fachwerkhaus.

„Sind Sie sicher, dass es hier ist?", fragte Frederick skeptisch, nachdem sie ausgestiegen waren. „Das Haus sieht aus, als ob es jede Minute einstürzen würde."

„Das ist nicht das Haus, in dem er wohnt. Es ist das rechts daneben, dort, wo gerade das junge Mädchen herauskommt. Schnell, wenn wir uns beeilen, wird sie uns sicherlich die Tür aufhalten."

Heidi lief auf die Eingangstür zu und sie behielt recht: Das Mädchen hielt ihnen höflich die Tür auf.

„Es ist im ersten Stock", sagte Heidi, während sie die breiten Stufen der Steintreppe hinaufstiegen.

244

„Riechen Sie das?", fragte Frederick. „Was ist das? Das stinkt ja furchtbar."

„Ich denke, das ist Weihrauch."

Je näher sie der Wohnungstür im ersten Stock kamen, desto unerträglicher wurde der Geruch.

„Sind Sie bereit?", fragte Heidi.

„Sie können sich hundertprozentig auf mich verlassen", erwiderte Frederick.

„Danke, Collins. Außerdem habe ich Simmons Bescheid gegeben, dass er uns Verstärkung vorbeischicken soll."

„Dann wollen wir es mal hinter uns bringen."

Heidi erwischte sich dabei, wie ihre Hand zitterte, als sie auf den Klingelknopf drückte. Es kam ihr vor wie eine Ewigkeit, bis sich die Tür endlich öffnete.

„Guten Abend, Mr Murdoch", sagte sie. „Oder soll ich lieber Mr Evans sagen?"

„Was wollen Sie hier?"

„Sie sind doch Raynold Evans' Sohn, oder etwa nicht?"

„Woher wissen Sie ...?"

„Es ist vorbei, Mr Murdoch!", rief Frederick und drängte den jungen Mann zurück in die kleine Wohnung. „Wir nehmen Sie fest wegen des Mordes an Charlotte Jacobs und Jules McCann." Die Worte schienen Louis Murdoch wie Kugeln zu treffen, denn er lehnte sich gegen die Wand, sank in sich zusammen und rutschte hinunter auf den Fußboden. Dann fragte er leise: „Wie sind Sie auf mich gekommen?"

„Sie hätten sich im Randolph nicht als Raynold Evans ausgeben sollen", antwortete Frederick.

„Außerdem sind Sie Ihrem Vater wie aus dem Gesicht geschnitten. Das Foto an seinem Grab hat Sie verraten", fügte Heidi hinzu und blickte sich um.

In einer Ecke des Raumes befand sich ein übergroßer hölzerner Altar, auf dem die Fotos von Raynold und Katie Evans in zwei goldenen Rahmen neben unzähligen Räucherstäbchen und Kerzen standen.

„Was soll das hier?", fragte Heidi.

„Das ist eine Gedenkstätte für meine Eltern."

„Wieso haben Sie den Namen Murdoch angenommen?", wollte Frederick wissen.

„Ich habe den Namen nicht angenommen. Meine Mutter hat nach dem Tod meines Vaters wieder geheiratet und ihr neuer Mann hieß Murdoch. Er hat mich adoptiert."

„Haben Sie bei diesem Mann gelebt, nachdem Ihre Mutter gestorben war?"

„Ja, so lange, bis ich herausgefunden hatte, wer mein wirklicher Vater war."

„Das heißt, Sie wussten zunächst gar nicht, dass Raynold Evans Ihr Vater war?"

„Erst als ich im Nachlass meiner Mutter seinen Abschiedsbrief gefunden habe, habe ich erfahren, dass ich adoptiert wurde und dass mein wahrer Vater tot ist. Das war schon schwer genug zu verkraften, doch als ich herausgefunden habe, wieso er gestorben ist, war das wie ein Schlag ins Gesicht. Mein Vater hat sich das Leben genommen, weil er es nicht ertragen hat, dass sich diese fiese Schlange an ihn herangemacht und ihn verführt hat!", schrie Louis Murdoch.

„Meinen Sie Charlotte Jacobs?"

„Wen denn sonst? Als meine Mutter es herausgefunden hat, war sie am Boden zerstört. Mein Vater hat es sich nicht verzeihen können, dass er sie so hintergangen hat. Deswegen hat er sich umgebracht. Ich war damals erst drei, deshalb kann ich mich nicht einmal an meinen Vater erinnern. Und das alles nur wegen dieser verdammten Schlange!"

„Also haben Sie sich erst an Charlotte Jacobs rangemacht und sie dann getötet", stellte Frederick fest.

Die Augen des jungen Mannes funkelten voller Hass. „Ja. Ich habe mir einen Spaß daraus gemacht, sie zu benutzen. Genauso, wie sie meinen Vater benutzt hat. Sie hat es nicht besser verdient!"

„Deshalb hat sie Ihnen die Tür einfach so geöffnet", folgerte Frederick. „Sie hat Ihnen vertraut."

„Aber warum musste Jules McCann sterben?", fragte Heidi.

„Er hat die Jacobs doch erst zu all dem angestiftet. Wäre er nicht zu dumm gewesen, seine Prüfung zu bestehen, wäre mein Vater niemals in diese Intrige verwickelt worden!"

„Wie haben Sie von dem Betrug erfahren?", fragte Heidi erstaunt.

„Mein Vater hat sich in seinem Abschiedsbrief bei meiner Mutter für alles, was er ihr angetan hat, entschuldigt. In dem Brief stand auch, dass er von dem Betrug wusste, aber nicht zu Dean Shaw gehen konnte, weil er sich dafür geschämt hat, dass ihn diese Schlange verführt hat. Er hat sich so schuldig gefühlt, dass er nicht mehr leben wollte. Er hat das Magdalen College verlassen und ist in eine tiefe Depression verfallen. Kurz danach hat er sich das Leben genommen."

„Und die Erpressung? Weshalb haben Sie Jules McCann erpresst?", fragte Heidi weiter.

„Am Anfang wollte ich ihn gar nicht erpressen. Als ich erfahren habe, dass er ein Betrüger ist, wollte ich seine Karriere zerstören, genauso wie er es bei meinem Vater getan hat. Ich habe mich als sein Assistent beworben, um näher an ihm dran zu sein, und habe den Job tatsächlich bekommen. Doch als ich dann tagtäglich mit ihm zu tun hatte, bin ich immer wütender geworden. McCann hat im Luxus gelebt, er hatte eine wunderschöne Frau, ein riesiges Haus und einen BMW. Jeden Abend hat er sich mit den einflussreichsten Menschen Oxfords umgeben und damit geprahlt, was für ein toller Kerl er doch ist! Er wollte unbedingt Lord Mayor von Oxford werden, und als ich gemerkt habe, dass er das tatsächlich schaffen würde, musste ich ihn aufhalten."

„Aber er hat sich nicht aufhalten lassen."

„Nein, er hat wie verbissen an der Vorbereitung für seine Wahl gearbeitet. Also musste ich mir irgendetwas ausdenken, was ihn aus der Bahn werfen würde."

„Und da haben Sie damit gedroht, den Betrug auffliegen zu lassen."

„Ja, ich hatte gehofft, dass ihn diese Drohung schwächen würde. Aber McCann war der arroganteste und selbstzentrierteste Mensch, den Sie sich vorstellen können. Als ich mitbekommen habe, dass er seinen Freunden verkündet hat, ein Councillor Jules McCann sei nicht erpressbar und werde nicht mit dem Geld herausrücken, ist mir der Kragen geplatzt."

„Da haben Sie beim Alumni-Dinner die Chance ergriffen und ihn getötet."

„Ja. Als er mich angerufen hat, um mich zu dem Dinner einzuladen, wusste ich, dass der Moment gekommen war."

„Woher hatten Sie das Gift?"

„Da reichten ein paar Beziehungen nach Cowley. Dort kann man so ziemlich alles bekommen, wofür man bezahlt."

„Aber wieso haben Sie Mr McCann zwei Erpresserbriefe geschickt – einen ins Rathaus und einen nach Hause?"

„Ich hatte ihm nur einen Erpresserbrief nach Hause geschickt. Aber da ich davon ausgehen musste, dass er diesen Brief vernichtet hat, habe ich einfach einen zweiten mit ins Rathaus genommen. Er sollte Sie auf eine falsche Fährte locken."

„Weshalb haben Sie den Verdacht ausgerechnet auf Moore und Loveless gelenkt?"

„Die beiden waren einfache Ziele, der eine kokainabhängig, der andere wie besessen auf seine Forschungsarbeit fixiert."

„Also haben Sie Mr Moore tatsächlich das Messer untergeschoben. Wie sind Sie in sein Hotelzimmer gelangt?"

„Das Schloss hätte sogar ein Fünfjähriger knacken können."

„Aber wie sind Sie an Martin Loveless' Anzug gekommen?"

„Ich habe ihn durch Zufall dabei beobachtet, wie er einen Altkleidersack bei Oxfam abgegeben hat. So bin ich erst auf die Idee gekommen, ihm den Mord an der Jacobs unterzuschieben. Ich habe seine Kleider mit der Giftflasche im Kanal versenkt und wusste, dass ich dabei beobachtet wurde. Ich hatte darauf spekuliert, dass Sie früher oder später den Kanal absuchen, den Sack finden und dann Loveless verhaften würden."

„Wir wären tatsächlich beinahe drauf hereingefallen", meinte Frederick.

„Und wo ist der Koffer mit dem Geld?", fragte Heidi.

„Die halbe Million, die Charlie in ihrer Auffahrt platzieren sollte?"

„Genau die."

„Ich habe das Geld nicht mehr."

„Wo ist es?"

„Mit einem Teil des Geldes habe ich das Zimmer im Randolph bezahlt, den Rest habe ich verbrannt."

„Wie bitte?"

„Ja, in einem Schrebergarten in New Botley."

Heidi schüttelte ungläubig den Kopf.

„Verstehen Sie denn immer noch nicht? Es ging mir nie ums Geld."

„Verbrennt der einfach so eine halbe Million Pfund", sagte Heidi noch immer kopfschüttelnd, während sie Sergeant Simmons hinterherschaute, der Louis Murdoch in Handschellen abführte. „Was hätten Sie denn mit dem Geld gemacht?", fragte Frederick.

„Ich hätte mich auf eine einsame Insel abgesetzt. Sie etwa nicht?"

„Ich würde Sie niemals mit Simmons und dem Chief Inspector allein zurücklassen", erwiderte Frederick grinsend und zwinkerte ihr zu.

Heidi boxte ihn freundschaftlich in den Arm. „Kommen Sie, ich lad' Sie auf ein Pint im Bear Inn ein, das liegt gerade hier um die Ecke."

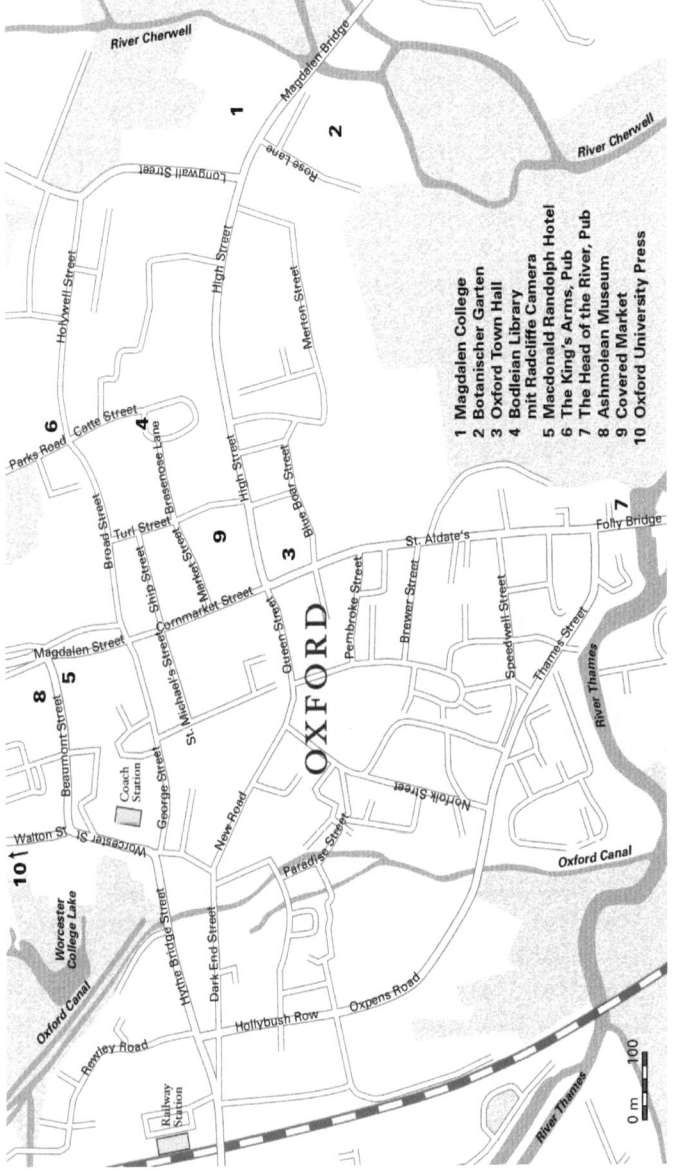

1 Magdalen College
2 Botanischer Garten
3 Oxford Town Hall
4 Bodleian Library
   mit Radcliffe Camera
5 Macdonald Randolph Hotel
6 The King's Arms, Pub
7 The Head of the River, Pub
8 Ashmolean Museum
9 Covered Market
10 Oxford University Press

Wissenswertes

Oxford hat circa 150.000 Einwohner und ist die Hauptstadt der Grafschaft Oxfordshire in England. Die älteste Chronik der Stadt stammt aus dem Jahr 912. Im 12. Jahrhundert wurde die Universität Oxford gegründet, die als erste britische Universität gilt. Im 20. Jahrhundert erlebte Oxford einen großen industriellen und wirtschaftlichen Aufschwung; zeitgleich entwickelte sich die Universität zu einer der renommiertesten akademischen Institutionen der Welt.

Lord Mayor von Oxford: Der Bürgermeister (Mayor) von Oxford wird seit 1962 Lord Mayor genannt. Zusätzlich zu seinem Tagesgeschäft als City Councillor übt er repräsentative Tätigkeiten aus. Er wird aus den Reihen der Lokalregierung gewählt und entstammt typischerweise der Partei, die den größten (politischen) Einfluss in Oxford hat.

Die **Oxford Town Hall** in ihrem jetzigen Zustand wurde Ende des 18. Jahrhunderts erbaut und ist eines der kulturellen Zentren Oxfords. Hier hält nicht nur die Lokalregierung Sitzungen ab, in den historischen Räumen werden auch Hochzeiten, Bälle oder Messen veranstaltet. Zudem beherbergt die Oxford Town Hall ein Museum zur Stadtgeschichte.

Das **Magdalen College** wird [ˈmɔːdlɪn] ausgesprochen – wegen des französischen Einflusses zur Zeit seiner Gründung im Jahr 1458. Es gilt neben dem Christ Church College (bekannt durch die „Harry Potter"-Filme) als eines der herausragendsten und schönsten der 39 Colleges der Universität Oxford.

Der **Botanische Garten** liegt gegenüber dem Magdalen College. Er ist der älteste botanische Garten Großbritanniens und wurde im Jahr 1633 fertiggestellt.

Die **Bodleian Library** (The Bod) ist die Hauptbibliothek der Universität Oxford. 1602 mit einem Bestand von 2.000 Büchern eröffnet, umfasst sie heute eine Sammlung von 9 Millionen Einheiten. Die **Radcliffe Camera**, ein markanter Rundbau aus dem Jahr 1749, wurde 1860 Teil der Bodleian Library und ist heute ein Lesesaal der Bibliothek.

Oxford University Press – oder kurz OUP – ist der größte Universitätsverlag der Welt. Er ist der Universität Oxford angegliedert, der er jährlich 30 Prozent seines Gewinns zukommen lässt.

The **King's Arms** ist der älteste Pub Oxfords und besteht seit 1607. Er ist vor allem bei den Studenten sehr beliebt. Es wird behauptet, dass während der Semesterzeit die höchste IQ-Dichte der Welt pro Quadratmeter in diesem Pub herrscht.

Das **Hotel Randolph**, ein gigantischer Bau mit gotischer Fassade aus dem Jahr 1864, ist das renommierteste Fünfsternehotel Oxfords. Empfehlenswert für alle, die hier nicht nächtigen wollen, ist der Afternoon Tea, englischer Tee mit Sandwiches und süßen Teilchen, oder ein Drink an der berühmten Morse Bar. Und wer weiß – möglicherweise sitzt ein zukünftiger britischer Prime Minister dort direkt neben Ihnen.

Das **Ashmolean Museum of Art and Archaeology**, ein prächtiger Bau aus dem Jahr 1845, liegt gegenüber dem Hotel Randolph. Es zeigt neben archäologischen Funden auch zeitgenössische Kunst und ist das erste Museum der Welt, das einer Universität angegliedert ist.

Der **Covered Market**, auf dem man täglich frisches Obst, Gemüse, Fisch und Fleisch kaufen kann, befindet sich im Herzen Oxfords in einer Markthalle.

Die **Little Clarendon Street** liegt etwas abseits der Touristenströme im Stadtteil Jericho und erinnert an ein Gässchen in Paris: Hier reihen sich Eisdielen, Cafés, Bars, Restaurants und Delikatessläden an kleine Verkaufsläden.

Der **Port Meadow** ist ein weitläufiger Naturpark, der sich durch den Südwesten Oxfords entlang der Themse zieht. Hier tummeln sich tagsüber nicht nur Kinder, Studenten und Rentner, sondern auch Pferde. Abends kann man bei untergehender Sonne vom Yachthafen aus die Trainingseinheiten der Ruderteams der Universität beobachten.

Die **University Parks**, die etwa 70 Hektar großen Grünflächen der Universität, stehen auch Besuchern offen. Wer Glück hat, wird hier bei einem studentischen Cricketspiel mitfiebern können, einer Sportart ähnlich dem amerikanischen Baseball, die heute in vielen Ländern des Commonwealth gespielt wird.

Cowley, ein multikulturelles Viertel, das mit seinen Restaurants, Pubs, Bars und Clubs viele Nachtschwärmer anlockt, liegt im Osten Oxfords.

Punten: Niemand sollte Oxford verlassen, ohne sich im Punten, dem Stechkahnfahren, versucht zu haben. Mieten lassen sich die Kähne mit der unhandlichen Stange an verschiedenen Stellen entlang der Themse, etwa beim Botanischen Garten oder in der Nähe des Head of the River Pub.

Hun: Wenn jemand in Oxford Sie „Hun" nennen sollte, dann will er Sie nicht als kampffreudigen Hunnen beschimpfen, sondern meint es im Gegenteil sehr gut mit Ihnen. „Hun" kommt von „Honey", also „Liebling" oder „Schatz", und ist in ganz England gebräuchlich.

Blenheim Palace, eines der größten Schlösser Englands, ist etwa eine halbe Autostunde von Oxford entfernt. Es wurde für John Churchill, den 1. Duke of Marlborough, erbaut und 1722 fertiggestellt. Seit 1987 gehört es zum UNESCO-Weltkulturerbe. Eine Dauerausstellung erinnert an einen berühmten Nachfahren des Dukes: Winston Curchill, der 1874 hier geboren wurde.

Danksagung

Mein herzlicher Dank gilt meiner Verlegerin Sandra Thoms und meiner Lektorin Kristina Frenzel.

Ich danke meinen Eltern, durch die ich wurde, was ich heute bin.

Danke an Alina, Maximilian, Johanna und Johnny, besonders für ihren (englischen) Humor.

Ein großes Dankeschön geht an meine Freunde in Oxford: Charlotte, die mich so nett in Oxford empfing, Emma, die mich zu einem Alumni-Dinner im Magdalen College mitnahm und in die Welt der Universität einführte, Ilan, der mich durch seine Musik immer wieder inspirierte, und John, den König von Jericho. Auch bedanke ich mich bei Katie und Zoe, die den Mittwoch zum neuen Donnerstag erklärten, und bei Natalie für die besten Freitage.

Besonderer Dank gilt meinem Mann Aidan. Grá mo chroí.